# Lamiel

A coleção CLÁSSICOS DA LITERATURA UNESP constitui uma porta de entrada para o cânon da literatura universal. Não se pretende disponibilizar edições críticas, mas simplesmente volumes que permitam a leitura prazerosa de clássicos. Nesse espírito, cada volume se abre com um breve texto de apresentação, cujo objetivo é apenas fornecer alguns elementos preliminares sobre o autor e sua obra. A seleção de títulos, por sua vez, é conscientemente multifacetada e não sistemática, permitindo, afinal, o livre passeio do leitor.

STENDHAL

# Lamiel

**TRADUÇÃO** JORGE COLI

**TEXTO ESTABELECIDO POR** CASIMIR STRYIENSKI
(LIBRAIRIE MODERNE, 1889)

editora
unesp

Título original: *Lamiel*

Direitos de publicação reservados à:
Fundação Editora da Unesp (FEU)
Praça da Sé, 108
01001-900 – São Paulo – SP
Tel.: (0xx11) 3242-7171
Fax: (0xx11) 3242-7172
www.editoraunesp.com.br
www.livrariaunesp.com.br
atendimento.editora@unesp.br

DADOS INTERNACIONAIS DE CATALOGAÇÃO NA PUBLICAÇÃO (CIP)
DE ACORDO COM ISBD
Elaborado por Odilio Hilario Moreira Junior – CRB-8/9949

S825l Stendhal

Lamiel / Stendhal; traduzido por Jorge Coli. – São Paulo: Editora Unesp, 2025.

Tradução de: *Lamiel*
ISBN: 978-65-5711-219-9

1. Literatura francesa. 2. Romance. 3. Ficção. 4. Século XIX. I. Coli, Jorge. II. Título.

2024-1679 CDD 843.7
CDU 821.133.1-31

Editora afiliada:

Asociación de Editoriales Universitarias de América Latina y el Caribe

Associação Brasileira de Editoras Universitárias

# SUMÁRIO

# APRESENTAÇÃO

STENDHAL, PSEUDÔNIMO DE MARIE-HENRI BEYLE, nasceu em 23 de janeiro de 1783, em Grenoble, França. Ele foi um dos mais importantes escritores do século XIX, conhecido por sua prosa psicologicamente penetrante.

Desde cedo, Stendhal demonstrou interesse pela literatura e pelas artes. Ele estudou na École Centrale em Grenoble e depois ingressou no exército francês durante o período napoleônico, quando teve a oportunidade de viajar por toda a Europa. Essas experiências moldaram profundamente sua visão de mundo e influenciaram sua escrita.

Após deixar o exército, Stendhal mudou-se para Paris, onde começou sua carreira como escritor. Seu primeiro trabalho publicado foi *A vida de Henry Brulard*, uma autobiografia ficcional que explorava suas próprias experiências e pensamentos. Sua primeira obra de destaque foi *Armance*, de 1827. No entanto, foi com *O vermelho e o negro*, lançado em 1830, que Stendhal alcançou reconhecimento e sucesso literário. O romance, ambientado na França pós-napoleônica, é uma análise perspicaz da sociedade e das paixões humanas. Outra obra célebre de Stendhal é *A cartuxa de Parma*, publicada em 1839, romance histórico que narra as aventuras de Fabrice del Dongo, um jovem nobre italiano, durante os tumultuados anos do início do século XIX na Itália.

Além de sua carreira como romancista, Stendhal também escreveu ensaios e crítica literária, mostrando-se um observador privilegiado da cultura e da sociedade de sua época. Sua prosa econômica, aliada a uma exposição desavergonhada da relação entre indivíduo e sociedade – note-se que ele mesmo, especialmente na juventude, esteve envolvido em episódios eticamente controversos, com destaque para acusações de plágio – fizeram dele um marco de inovação na literatura no século XIX, na intersecção entre o Romantismo e o Realismo, cuja influência perdura até os dias de hoje. Faleceu em 23 de março de 1842, em Paris, deixando um legado literário duradouro que ainda inspira gerações de leitores e escritores, com uma visão profunda da condição humana que permanece tão relevante hoje quanto era em sua época.

---

*Lamiel*, o romance inacabado de Stendhal, é uma joia bruta que brilha com a intensidade do espírito rebelde de sua protagonista. Apesar de interrompido pela morte do autor, o texto oferece um olhar fascinante sobre a sociedade francesa do século XIX e a crítica mordaz de Stendhal às suas hipocrisias.

Lamiel, a jovem camponesa de inteligência afiada e ambições implacáveis, é uma personagem singular na literatura. Sua busca por experiências e sua recusa em se submeter às convenções sociais a colocam em um caminho de ascensão e destruição. Stendhal constrói sua personalidade com maestria, explorando suas contradições e revelando a complexidade de sua natureza.

A narrativa fragmentada, com suas mudanças abruptas de cenário e ritmo, reflete a própria trajetória caótica de Lamiel. Essa estrutura, longe de ser um defeito, aproxima o leitor da experiência da protagonista, mergulhando-o em um turbilhão de eventos e emoções.

Apesar de inacabado, *Lamiel* apresenta temas que ecoam até os dias atuais. A crítica à burguesia, a busca pela liberdade individual e a exploração da sexualidade feminina são elementos que tornam a obra surpreendentemente contemporânea. O romance é um convite à reflexão sobre as estruturas de poder, a desigualdade social e a condição da mulher.

*Os editores*

**MARIE-HENRI BEYLE (STENDHAL)**

(GRENOBLE, 1783 – PARIS, 1842)

*BEYLE (STENDHAL)*, IMPRESSÃO DE SAL POR FÉLIX NADAR, 1855-1875. ACERVO J. PAUL GETTY MUSEUM

STENDHAL

# Lamiel

# PREFÁCIO

QUANDO BEYLE PUBLICOU, em 1839, *A cartuxa de Parma*, anunciou como estando no prelo um romance em dois volumes intitulado *Lamiel*.[1]

Trabalhou nesta obra, em sua solidão em Civitavecchia, a partir do mês de outubro de 1839; a morte veio interrompê-lo no momento em que ele estava prestes a dar os toques finais a esta história de uma jovem – parente próxima de Marianne e prima distante de Julien Sorel.

É este romance, ignorado por quase cinquenta anos, que editamos hoje, a partir do manuscrito autógrafo da biblioteca de Grenoble.

⁂

1 Beyle mudou várias vezes o título de seu romance; inicialmente, deveria ser *Um vilarejo da Normandia* (ver Apêndice IX), depois *Amiel*, *O Amiel*, e finalmente ele decidiu por *Lamiel*. Por um momento ele chegou a considerar um título mais geral: *Os franceses do rei Filipe*, que, de acordo com sua ingênua mania, ele redigiu da seguinte forma: *Os franceses do king Φιλιππε*. [Nota de Casimir Stryienski]

Como este estudo teria sido, por assim dizer, rejeitado pelo sr. Colomb, o executor testamentário de Beyle? *Lamiel* decerto não teria desonrado a coleção das *Novelas inéditas*.

O sr. Colomb teria pensado que uma obra inacabada deveria ser condenada ao esquecimento a todo custo e não poderia ser apresentada ao público? Isso seria uma desculpa muito pobre. Preferimos pensar que o autor da *Nota sobre a vida e as obras de Henri Beyle* não tenha lido atentamente os cadernos de Lamiel. Seja como for, antes mesmo de chegarmos a um esboço de conclusão, à simples leitura dos primeiros passos da heroína em Carville já fomos seduzidos, e a ideia de publicar este romance "inacabado" surgiu em nosso espírito.

O caso psicológico – renovado a partir de Marivaux – que Beyle estuda aqui não é, ele próprio, o livro inteiro? Não basta conhecer as influências que fazem de Lamiel uma jovem pervertida, ou vê-la no castelo de Carville, mimada e corrompida pela duquesa de Miossens, nem ouvir suas conversas com o maquiavélico Sansfin e com o sedutor abade Clément, para compreender essa curiosidade do amor que será a paixão dominante dessa falsa camponesa? A unidade desse caráter, cujas manifestações se dirigem todas para o mesmo objetivo, não seria um elemento suficientemente interessante?

E, mesmo se alguns leitores reclamarem um atrativo adicional, eles não ficarão desapontados ao ler *Lamiel*; se vislumbram um pouco confusamente demais, e de maneira muito sumária, o último período de sua vida, essa existência bizarra entre os êmulos de Mandrin[2] e Lacenaire,[3] não serão privados de incidentes e surpresas que lhes são caros.

⁂

2 Louis Mandrin, chefe de bandidos e contrabandistas no século XVII, considerado o "Robin Hood" da França.

3 Pierre François Lacenaire, célebre poeta e assassino do início do século XIX, que defendia seus crimes como sendo um protesto legítimo contra as injustiças sociais.

Com efeito, neste romance Beyle queria se renovar e ceder às exigências de seu público; desejava se aproveitar das críticas que lhe foram dirigidas, sem perceber que a *Cartuxa* e *O vermelho e o negro*, uma vez passada a fase de iniciação, finalmente seriam compreendidos, assim como os *Troianos* ou a *Danação de Fausto* de seu compatriota Hector Berlioz.

Mas Beyle punha uma condição a esse sacrifício. Queria permanecer ele mesmo e, felizmente, não abriria mão de seus princípios literários. As notas lançadas de modo esparso nos cadernos de *Lamiel* nos informam sobre isso e nos permitem adivinhar tudo o que se passava no espírito do autor.

No momento de deixar Civitavecchia para retornar à França pela última vez, ele escreve: "Não me preocupar atualmente em encurtar o que está feito antes de 25 de maio de 1840; vou encurtá-lo em Paris, quando for publicado. SEGUIR AS REGRAS DA MODA DA ÉPOCA, ADAPTANDO-AS, NO ENTANTO, ÀS MINHAS IDEIAS. O grande objetivo atual é o riso." Desta vez, não se tratava apenas de interessar aos *happy few*,[4] era preciso divertir os outros e conquistar o grande público. Desde 6 de outubro de 1839 – o romance mal havia começado então –, Beyle, com uma letra grande, desta vez muito legível, preencheu uma página inteira de seu manuscrito com estas poucas linhas, que revelam a transformação tentada por ele:

> Plano diferente daquele de *a Cart*:[5]
>
> 1º Assunto mais inteligível;
>
> 2º Espírito no estilo;
>
> 3º Vou apresentar antecipadamente os personagens. Este romance não terá a forma das *Memórias*, como reclamou a sra. duquesa de Vicenza.[6]

---

4 Literalmente, "os poucos felizes", usado na acepção de "uma minoria sortuda", forma como Stendhal habitualmente se referia a seu público seleto. Em inglês no original.

5 *A cartuxa de Parma*.

6 Adrienne de Carbonnel de Canisy (1785-1876) foi dama de companhia da imperatriz Josefina, considerada uma das mulheres mais bonitas de seu tempo.

Até decidiu ir mais longe ainda:

> Aviso ao jovem:
>
> Excesso de profundidade na descrição de um caráter impede o riso. Portanto, a maior parte do que escrevi sobre o doutor Sansfin permanecerá nos alicerces da obra. 19 de fevereiro de 1840. Sim, 19 de fevereiro.

Eis por que o doutor corcunda que, por um momento, deveria ser o verdadeiro herói do livro,[7] torna-se o bufão do romance, um bufão um pouco macabro, é verdade.

Várias outras notas ainda mostram essa nova preocupação e completam este arquivo curioso que nos mostra Beyle, como em seu *Diário*, sendo ele ao mesmo tempo ator e analista, crítico e romancista, capaz de se desdobrar à vontade. Diante da primeira página do manuscrito, em 1º de outubro de 1839, provavelmente antes mesmo de ter escrito uma linha do seu romance, inscreve estes dois preceitos:

> Se a narrativa estiver muito carregada de filosofia, é a filosofia que causa o efeito de novidade ao espírito, e não a narrativa.
>
> Em cada incidente, perguntar a si mesmo: é preciso contar isso filosoficamente ou de maneira narrativa, de acordo com a doutrina de Ariosto?

E, nessas poucas linhas, temos toda uma teoria do romance, uma teoria cuja aplicação resume o talento de Beyle. É a *filosofia* que preocupa o autor de *A cartuxa* e de *O vermelho e o negro*; nisso, ele é inovador – e é a combinação inteligente de *filosofia* e da *narração narrativa* que aparece em Lamiel.

7 Ver Apêndice I. [Nota de Casimir Stryienski]

Em seguida, nestas notas, encontramos ainda julgamentos que, mais tarde, seriam formulados pelos críticos mais autorizados:

> A inclinação natural da imaginação de Dominique[8] é *ver*, inventar detalhes característicos. 19 de fevereiro de 1840.

Lembremo-nos, entre outras páginas, da execução de Julien Sorel, relatada – ou melhor, indicada – em algumas notas breves, sóbrias e enérgicas, e leiamos em *Lamiel* a cena da vigília no castelo de Carville, e todos esses "detalhes característicos" tão engenhosamente reunidos para nos levar a conhecer os enguiços e bizarrices do médico corcunda; veremos que o autor tinha uma percepção muito clara de si mesmo.

Devemos perdoar a Beyle quando ele se contempla com complacência em seu espelho e diz a verdade mesmo quando ela é agradável de ouvir; nele, isso era menos um hábito de vaidade do que um poder de observação exercido naturalmente, antes de tudo, sobre si próprio. Ele nos diz, em 8 de março de 1841: "Meu talento, se há talento, é o do *improvisador*. Esqueço tudo o que escrevo, poderia fazer quatro romances sobre o mesmo tema e esqueceria tudo igualmente".

Não há aqui outra coisa além do elogio? Essa confissão não contém uma crítica? No entanto, Beyle não hesita em nos dar isso com a mesma sinceridade verdadeira com que constata uma de suas superioridades. Ele se observa muito sinceramente, com a mesma confiança, a mesma imparcialidade de quando observa os outros. Lamenta esse talento de improvisador, sente que essa facilidade de trabalho e essa falta de memória são incompatíveis, intui que fragmentos improvisados, depois esquecidos, não podem ser facilmente reunidos para formar uma obra de fôlego, para compor um romance; e daí vem esse trabalho árduo e *estafante* que as obras de Beyle sempre exigiam; finalmente sabemos qual é a causa desses recomeços constantes, dos quais os apêndices que

---

8 Um dos pseudônimos de Beyle. [Nota de Casimir Stryienski]

publicamos no final deste volume oferecem um exemplo muito significativo.

⁂

Também acreditamos que um dos principais interesses desta publicação será nos fazer entrar nos bastidores em que Beyle, o romancista, se preparava para enfrentar o público e testava seus gestos e atitudes antes de entrar em cena. Essa gênese do romance é completamente característica; raramente temos a oportunidade de assistir a esse processo de incubação e ver de perto os múltiplos remanejamentos que sofrem as obras literárias; aqui temos os cartões preparatórios do quadro e até os menores esboços necessários para conduzir um estudo tão delicado e minucioso como o do coração de uma jovem como Lamiel.

Esses documentos se somarão às notas íntimas do *Diário de Stendhal* e completarão as informações de que precisávamos para conhecer melhor os bastidores do escritor. E, graças aos cadernos de juventude, que mostram o progresso e o percurso desse "espírito superior",[9] poderemos ver quanto de seu eu Beyle transferia para suas obras de ficção. Encontraremos isso no doutor Sansfin, esse ambicioso insaciável que tenta esquecer sua corcunda, assim como Beyle tentava esconder sua feiura; e no conde d'Aubigné-Nerwinde, que imita as *belas maneiras* dos jovens galãs do Théâtre-Français e desempenha tão habilmente a comédia do amor; nesse falso fidalgo, que se assemelha tanto ao amante da sedutora e astuta Louason. Perceberemos, além disso, que esse *Diário*, escrito dos dezoito aos trinta anos, deveria ter sido útil ao futuro romancista para gravar, não em sua memória, mas em sua alma, todas as nuances de sentimentos e sensações que o tornaram, se não um escritor,[10] pelo menos um pensador lógico, pre-

---

9 Taine. [Nota de Casimir Stryienski]

10 Veremos que o texto de *Lamiel* foi respeitado, embora muitas vezes a frase seja ali excessivamente *improvisada*. [Nota de Casimir Stryienski]

ciso, exato, hábil em escolher o traço e atacar a frase pensando na ideia e não na palavra.

⁂

Essa qualidade tão rara já é encontrada no *Diário*; mas o público é distraído, tão pouco leitor que busca, antes de tudo, mesmo em uma obra íntima, o lado romanesco; deixou-se assim seduzir por essa encantadora história de um jovem apaixonado por sua primeira atriz e tão agradavelmente tapeado por ela. Esse livro, todo feito de análise, repleto de documentos numerosos e diversos, cujo conjunto forma o mais sincero e o menos artificial dos retratos psicológicos, tem, no entanto, um alcance que não escapou àqueles para quem o esforço de buscar o interesse real dessas notas esparsas não foi demasiado. Alguns, no entanto, insistiram, mais do que deveriam, sobre o caráter do autor.

Quando queremos conhecer as pessoas, devemos esperar fazer descobertas tão edificantes? E podemos esperar que um jovem que escreve um diário para si mesmo – essa é a sua desculpa – e que nos conta seus primeiros passos na vida, onde entra com um temperamento ardente, violento, irritado por uma educação ridícula, seja um modelo de todas as virtudes?

Os retratos de nossos museus são todos belos? E o homem com verruga de Domenico Ghirlandaio não encontra, no entanto, admiradores tão inteligentes quanto a *Mona Lisa* de Leonardo da Vinci? Se apreciamos o desenho requintado e a expressão divina da *Gioconda*, não devemos, por causa disso, ser insensíveis à vivacidade de cores e à feiura tão viva do retrato do magistrado florentino.

Por que deveríamos encontrar na *galeria literária* de nossos escritores apenas personagens ditos "simpáticos"? Não podemos, como no Louvre, fazer várias divisões, e acolher todos os letrados cujas obras chamam a atenção e o estudo? Basta ter algumas ideias um pouco mais largas e se compreende qual pode ser o benefício dessa grande e magnífica hospitalidade que devemos a todos aqueles que nos revelam um canto desconhecido da arte ou um problema psicológico novo.

Em Beyle, recusou-se ver o jovem enérgico buscando, através do trabalho, liberar o que seu espírito e inteligência continham de forte; sobretudo, foram ridicularizadas suas fraquezas, suas deficiências, sua vaidade, sem se querer perceber que nessa campanha que ele empreendia, e cujas peripécias se desenrolam diante de nossos olhos, ele deveria suportar algumas derrotas. Chegou-se mesmo a se espantar, de maneira um pouco ingênua, de que *A cartuxa de Parma* e *O vermelho e o negro* pudessem ser escritos, mais tarde, por tal jovem.

Não se compreendeu o suficiente que assistíamos a uma iniciação longa, laboriosa, cujo resultado devia ser a obra final de uma vida em que, a todo momento, havia uma invasiva – e talvez desgastante – preocupação literária. Beyle constantemente pensou em dar expressão a todos os seus pensamentos: esse foi o seu maior defeito.

⁂

"Um romance é como um arco; a caixa do violino, que produz os sons, é a alma do leitor", nos diz Beyle em um manuscrito ainda não publicado. Isso é verdade, sobretudo para os seus próprios livros; eles sempre exigem essa colaboração tácita que alguns consideram penosa; no entanto, *Lamiel*, graças a sua história e a suas aventuras, certamente não terá dificuldade em despertar "a alma do leitor".

Casimir Stryienski

Bellerive, 10 de setembro 1888.

# PREÂMBULO
# ARTE DE COMPOR ROMANCES

*EU NÃO FAÇO PLANO ALGUM. Quando isso ocorreu, fiquei enfastiado com o romance devido ao seguinte mecanismo: eu tentava lembrar, ao escrever o romance, das coisas nas quais havia pensado ao escrever o plano, e, em mim, o trabalho da memória sufoca a imaginação. Minha memória, muito ruim, está cheia de distrações.*

*A página que escrevo me dá a ideia da próxima: assim foi feita a* Car.[1] *Eu pensava na morte de Sandrine, foi apenas isso que me fez empreender o romance. Mais tarde, vi a beleza da dificuldade a vencer.*

*1º Os heróis apaixonados somente no segundo volume;*

*2º Duas heroínas.*

*Ora, fazendo pouco mais que planos gerais, acalmo meu ardor nas bobagens das* expressões *e* descrições *frequentemente desnecessárias, que precisam ser apagadas quando se chega às últimas cenas.*

*Assim, em novembro de 1839, acalmei meu ardor ao descrever Carville e o caráter da duquesa (em* Lamiel*).*

*Não vejo outra maneira (em 25 de maio de 1840) senão indicar apenas abreviadamente*

a exposição
*e* as descrições

1 *A cartuxa de Parma.* [Nota de Casimir Stryienski]

*pois, se faço um plano, aborreço-me com o trabalho (pela necessidade de usar a memória).*

Stendhal

*Civitavecchia, 25 de maio de 1840.*

# LAMIEL

# CAPÍTULO PRIMEIRO
# CARVILLE

ACHO QUE SOMOS INJUSTOS EM RELAÇÃO às paisagens desta bela Normandia, onde cada um de nós pode ir dormir esta noite. Gaba-se a Suíça; mas é preciso comprar suas montanhas durante três dias de tédio, as vexações das alfândegas e os passaportes cheios de vistos. Enquanto isso, mal chegamos à Normandia, o olhar, cansado das simetrias de Paris e de suas paredes brancas, é acolhido por um oceano de verdura.

As tristes planícies cinzentas ficam do lado de Paris; a estrada penetra em uma série de belos vales e altas colinas; seus topos cheios de árvores se desenham contra o céu, não sem alguma audácia, e limitam o horizonte de forma a dar algum alimento para a imaginação, prazer bastante novo para o habitante de Paris.

Se seguimos mais adiante, vislumbramos à direita, entre as árvores que cobrem os campos, o mar, o mar sem o qual nenhuma paisagem pode ser considerada perfeitamente bela.

Se o olho, que desperta para as belezas das paisagens o encanto dos longes, busca os detalhes, verá que cada maciço forma como que um cercado rodeado por muros de terra; esses diques, estabelecidos regularmente nas bordas de todos os campos, são coroados por uma multidão de jovens olmos.

A vista que acabei de descrever é precisamente a que se encontra a duas léguas de Carville, quando se vem de Paris e se aproxima do mar. É uma cidadezinha avantajada onde, há poucos anos, ocorreu a história da duquesa de Miossens e do doutor Sansfin.

Do lado de Paris, o início do vilarejo, perdido no meio das macieiras, jaz no fundo do vale; mas, a duzentos passos de suas últimas casas, onde a vista se estende do noroeste em direção ao mar e ao monte Saint-Michel, passa-se por uma ponte novinha, sobre um lindo riacho de águas límpidas que tem o espírito de correr muito rápido, pois todas as coisas têm espírito na Normandia, e nada é feito sem seu *porquê*, frequentemente um *porquê* muito finamente calculado. Mas isso não é o que me agrada em Carville; e, quando eu ia lá passar o mês em que se encontram perdizes, lembro que teria gostado de não saber francês. Eu, filho de notário não muito rico, ia ficar no castelo da sra. d'Albret de Miossens, esposa do antigo senhor da região, que retornou à França somente em 1814. Por volta de 1826, era um grande título.

O vilarejo de Carville se estende entre os prados, em um vale quase paralelo ao mar, que se avista assim que nos alçamos alguns pés. Esse vale, muito agradável, é dominado pelo castelo; mas apenas de dia minha alma podia ser sensível às belezas tranquilas daquela paisagem. À noite, e uma noite que começa às cinco horas com o sino do jantar, era preciso cortejar a sra. duquesa de Miossens, e ela não era mulher que deixasse prescreverem seus direitos. A sra. de Miossens tinha apenas trinta anos e nunca perdia de vista sua posição, que era de fato considerável; além disso, em Paris, ela era devota e o Faubourg Saint-Germain a colocava voluntariamente à frente de vendas e arrecadações de caridade. Esse era, aliás, o único tributo que aquele *faubourg* consentia em lhe prestar. Casada aos 16 anos com um ancião que a tornaria duquesa (o marquês d'Albret, esse ancião, havia perdido seu pai quando a duquesa de Miossens apenas chegava aos seus vinte e oito anos), ela havia passado toda a juventude desejando as honras que uma duquesa ainda recebia na sociedade da época de Carlos X. A duquesa não era infinitamente espirituosa.

Tal era a grande dama com quem eu passava o mês de setembro, com a condição de me interessar, das cinco da tarde à meia-noite, pelas fofocas e as pequenas aventuras de Carville; trata-se de um lugar que ninguém encontrará no mapa e do qual peço permissão para dizer horrores, ou seja, uma parte da verdade. As sutilezas, os cálculos sórdidos desses normandos raramente me descansavam da vida complicada de Paris.

Eu era recebido no castelo da sra. de Miossens como filho e neto dos bons senhores Lagier, notários da família d'Albret de Miossens desde sempre, ou melhor, da família Miossens que pretendia ser d'Albret.

A caça era soberba e muito bem vigiada naquela propriedade; o marido da dona da casa, um par da França, membro da Ordem do Cordão Azul[1] e devoto, nunca deixava a corte de Carlos X, e o único filho, Fédor de Miossens, era apenas um escolar. Quanto a mim, um belo tiro de espingarda me consolava de tudo. À noite, era preciso aguentar o sr. abade Du Saillard, um grande congregado[2] encarregado de supervisionar os párocos da vizinhança. Seu caráter, profundo como o de Tácito, me entediava; não era um caráter ao qual, na época, eu quisesse prestar atenção. O sr. Du Saillard fornecia ideias sobre os eventos anunciados por *La Quotidienne*[3] para sete ou oito proprietários locais.

De vez em quando, aparecia na sala da sra. de Miossens um corcunda bem engraçado; esse me divertia mais: ele queria ter aventuras amorosas e às vezes, dizem, conseguia.

Esse excêntrico se chamava doutor Sansfin e poderia ter, em 1830, vinte e cinco ou vinte e seis anos.

Se não insistisse em ser um Don Juan, esse médico teria sido aceitável; único filho de um rico fazendeiro da região, Sansfin tornou-se médico para aprender a cuidar de si mesmo; tornou-se caçador para sempre parecer armado aos olhos das pessoas do vilarejo que poderiam ser tentadas a zombar dele; conspirou com o profundo abade Du Saillard para dar a si mesmo uma aparência de poder na região.

---

1 Grã-Cruz da Ordem do Espírito Santo, ou Ordem dos Cavaleiros do Espírito Santo. [N. T.]

2 Participante das congregações religiosas. [N. T.]

3 Jornal monarquista. [N. T.]

O médico não teria cometido tolices e até poderia ser considerado um homem de espírito se não tivesse a corcunda; mas essa desgraça fazia dele um ser ridículo, porque ele queria fazer esquecer sua corcunda por meio de atitudes premeditadas.

O médico teria sido menos ridículo se estivesse vestido como todo mundo; mas era sabido que fazia suas roupas virem de Paris, e, com uma pretensão verdadeiramente insuportável para uma aldeola normanda, ele havia contratado um *cabeleireiro da capital* como seu criado; e não queria que zombassem dele!

Assim, o médico possuía uma cabeça adornada com uma magnífica barba preta, demasiado ampla e arranjada com grande arte. A cabeça não seria desajeitada, mas, como na canção de Béranger, um corpo faltava... Daí a predileção de Sansfin pelo teatro. Sentado na primeira fila de um camarote, ele parecia um homem como qualquer outro; mas, quando se levantava ou deixava ver um pequeno corpo frágil vestido na última moda, o efeito era irresistível.

– Vejam só essa rã!, gritava alguma voz da plateia.

Que frase para um homem com pretensões amorosas!

Uma noite, desenhávamos nas cinzas da lareira – vejam o quanto estávamos ociosos – as iniciais das mulheres que nos levaram a cometer as tolices mais humilhantes para nosso amor-próprio; lembro-me de que fui eu o inventor dessa prova de amor. O visconde Sainte-Foi desenhou M e B; então a duquesa, sem perder seu tom de superioridade, exigiu dele tudo o que poderia contar sobre suas loucuras de rapaz feitas por M e por B. Um velho cavaleiro da Ordem de São Luís, sr. de Malivert, escreveu A e E; então, depois de dizer tudo o que podia, passou as tenazes para o doutor Sansfin; um sorriso apareceu em todos os lábios, mas o médico escreveu com orgulho D, C, J, F.

– O quê! O senhor é bem mais jovem que eu e tem quatro letras escritas em seu coração?, exclamou o cavaleiro Malivert, cuja idade permitia alguma brincadeira.

– Já que a sra. duquesa exigiu de nossa obediência o voto de sinceridade – disse gravemente o corcunda –, eu devo pôr quatro letras.

Já havendo se passado três horas desde que termináramos um excelente jantar composto de vegetais frescos trazidos de Paris pelos lacaios da duquesa, éramos oito ou dez que nos esforçávamos penosamente para manter uma conversa frouxa; a resposta do médico trouxe alegria aos olhos de todos, e nos apertamos ao redor da lareira.

Desde as primeiras palavras, as expressões rebuscadas do corcunda nos fizeram rir, tão estranha era sua seriedade. Para cúmulo da diversão, as belas D, C, e também J, F, todas o haviam amado furiosamente.

A sra. de Miossens, morrendo de vontade de rir, fazia gestos repetidos para que moderássemos nossa alacridade.

– Vocês vão matar a galinha dos ovos de ouro, dizia ela ao sr. de Sainte-Foi, que estava sentado ao lado dela, e fazia circular o comando: – Moderem-se, senhores.

O médico estava tão concentrado em seus pensamentos que nada podia acordá-lo. Acredito que estava inventando os detalhes de um romance que preparara de antemão e, ao narrar, sentia imenso prazer. O que lhe faltava, como, aliás, provou mais tarde, quando a fortuna veio bater à sua porta, era uma pitada de bom senso. Naquela noite, o bom doutor nos contava não apenas suas conquistas amorosas, mas também os detalhes dos sentimentos e nuances de sentimentos que haviam guiado as ações das desafortunadas D, C e J, F, frequentemente negligenciadas pelo conquistador.

O visconde Sainte-Foi bem que tentou chamar o doutor de marquês de Caraccioli, em memória daquele embaixador das Duas Sicílias a quem Luís XVI dissera:

– O senhor faz amor em Paris, embaixador?

– Não, sire, compro já feito.

Nada podia acordar o médico.

A sra. de Miossens, se esquecêssemos sua altivez, tinha maneiras encantadoras e estava perfeitamente feliz quando a fazíamos rir; ela aproveitava a alegria dos outros, mas, verdadeiramente, sua altivez a impedia de permitir a si mesma fazer qualquer coisa que fosse necessária para criar alegria.

Essa duquesa tinha maneiras admiráveis e de uma perfeição tão gentil que, embora fosse a caça que me levasse duas ou três vezes por ano a seu castelo de Carville, durante dois dias sua maneira de se comportar me enganava e eu acreditava que ela tivesse algumas ideias; no entanto, ela só possuía a perfeição do jargão mundano. O que me divertia e me impedia de cair na bobagem de levar essa casa a sério era o fato de que não se podia acusar a duquesa de ter uma única ideia correta; ela via todas as coisas pela perspectiva de uma duquesa, e, ainda, de uma cujos ancestrais haviam participado das cruzadas.

Para ela, a Revolução de 1789 e Voltaire não eram coisas odiosas, eram coisas inexistentes. Esse absurdo se estendia aos menores detalhes, e desse modo, por exemplo, chamar o prefeito de Carville de sr. Escabino[4] me consolava de tudo naqueles meus vinte e dois anos e me impedia de levar a sério qualquer uma das impertinências que pululavam no castelo e afastavam todos os vizinhos. A duquesa só conseguia reunir dez pessoas em torno de sua mesa pagando dez francos por cabeça a seu cozinheiro, além de salários enormes e todas as contas pagas como a de um cozinheiro comum.

No fundo, a sra. de Miossens entediava-se amargamente; o homem que ela mais detestava, como um infame jacobino, estava feliz em Paris e lá reinava. Esse jacobino não era ninguém menos que o amável acadêmico geralmente conhecido sob o nome de Luís XVIII.

No meio dessa vida do campo para a qual, por desgosto de Paris, ela havia fugido, a duquesa só tinha, como distração, o relato das fofocas do vilarejo de Carville, das quais ela era muito exatamente informada por uma de suas camareiras, srta. Pierrette, que tinha um amante na aldeia. O que me divertia é que as histórias de Pierrette empregavam os termos mais claros, muitas vezes com uma energia bastante agradável de se ver sendo ouvidos por uma dama cuja linguagem era um modelo de delicadeza, frequentemente exagerada.

---

4 Magistrado municipal na França antes de 1789.

Portanto, eu estava um pouco entediado no castelo de Carville quando uma missão nos alcançou, liderada por um homem de grande eloquência, o sr. abade Le Cloud, que, desde o primeiro dia, me cativou.

A missão foi uma verdadeira ventura para a duquesa, que todas as noites oferecia um jantar para vinte pessoas. Nesses jantares, falava-se muito sobre milagres. A sra. condessa de Sainte-Foi e vinte outras senhoras da região, que eram vistas todas as noites no castelo, referiram-se a mim para o sr. abade Le Cloud como sendo um homem do qual se poderia fazer alguma coisa. Notei que essas damas nobres e bem pensantes acreditavam pouco em milagres, mas os protegiam com toda a sua influência. Eu não perdia nenhum discurso do sr. abade; logo, entediado com a afetação que era preciso ter com as pessoas da região, ele me mostrou amizade; e, como estava longe de ter a prudência do abade Du Saillard, disse-me uma vez:

– O senhor tem uma bela voz, conhece bem o latim, sua família lhe deixará no máximo dois mil escudos, então junte-se a nós.

Refleti muito sobre essa escolha, que não era ruim. Se a missão tivesse durado mais um mês em Carville, acredito que eu teria me alistado por um ano na tropa do abade.

Calculei que economizaria dinheiro para voltar a passar um bom ano em Paris, e, como tinha horror a escândalos, voltando a Paris recomendado pelo abade Le Cloud, eu poderia conseguir um cargo de subprefeito, o que então me parecia uma grande fortuna. Se, por acaso, eu encontrasse um prazer vívido em improvisar no púlpito como o sr. abade Le Cloud, seguiria essa carreira.

# CAPÍTULO II
# A MISSÃO

NO ÚLTIMO DIA DA MISSÃO DADA A CARVILLE, nobres com medo de 1793 e burgueses enriquecidos que visavam o bom tom enchiam a linda igrejinha gótica da vila; mas nem todos os fiéis conseguiram encontrar lugar: talvez mil ou mil e duzentos tenham ficado no cemitério que a cerca. As portas da igreja haviam sido retiradas por ordem do sr. Du Saillard, e alguns ecos da voz do missionário que ocupava o púlpito chegavam de tempos em tempos até essa multidão impaciente e meio silenciosa.

Dois desses senhores já haviam aparecido. O dia começava a declinar; era um dia triste do final de outubro. Um coro de sessenta jovens moças bem-comportadas, formadas e treinadas pelo sr. abade Le Cloud cantou antífonas seletas.

A noite havia caído completamente quando elas terminaram. Então o sr. abade Le Cloud concordou em subir ao púlpito para dizer algumas palavras de exortação. Com esse preâmbulo, a multidão no cemitério se aglomerou perto da porta e das janelas baixas da igreja, algumas das quais tiveram seus vidros quebrados nesse momento. Naquela multidão reinava um silêncio religioso; todos queriam ouvir aquele pregador tão célebre.

O sr. Le Cloud, naquela noite, falava como um romance da sra. Radcliffe; ele *dava* uma descrição medonha do inferno. Suas frases ameaçadoras ecoavam ao longo das arcadas góticas e obscuras, pois haviam evitado cuidadosamente acender as lâmpadas. O sr. Hautemare, o bedel, tinha dito meio alto que seus subordinados não conseguiriam abrir caminho em meio àquela multidão apertada, tamanha era a ansiedade de cada um por guardar seu lugar.

Ninguém respirava. O sr. Le Cloud exclamava que o demônio está sempre presente em todos os lugares, inclusive nos lugares mais santos; ele busca arrastar os fiéis consigo para seu enxofre ardente.

De repente, o sr. Le Cloud se interrompe e exclama com horror e uma voz angustiada:

– *O inferno, meus irmãos!*

Não se poderia descrever o efeito dessa voz arrastada e ressonante sobre aquela igreja quase completamente escura e cheia de fiéis fazendo o sinal da cruz! Até eu estava tocado. O sr. abade Le Cloud olhava para o altar e parecia impaciente; ele repetiu com uma voz estridente:

– O inferno, meus irmãos!

Vinte estampidos partiram de trás do altar, uma luz vermelha e infernal iluminou todos aqueles rostos pálidos, e, com certeza, naquele momento ninguém estava entediado. Mais de quarenta mulheres caíram sobre seus vizinhos sem dizer uma palavra, tão profundamente desmaiadas estavam.

A sra. Hautemare, mulher do bedel, estava entre as mais desmaiadas; e, como ela podia aspirar ao primeiro lugar entre as devotas do vilarejo, todos se apressaram ao redor dela. Vinte garotinhos correram para avisar o sr. bedel, mas ele os mandou embora com mau humor. Seu dever o impedia de correr: ele estava profundamente ocupado coletando os menores pedaços das embalagens das bombinhas, feitas com pano alcatroado e barbante.

Essa missão lhe fora dada e explicada várias vezes pelo terrível sr. Du Saillard, pároco da vila, e Hautemare prestava atenção para não falhar. O padre era o principal autor de sua pequena fortuna, e o bedel tremia só de vê-lo franzir a testa.

O sr. Du Saillard, inspecionando seu povo da tribuna do órgão, viu que tudo corria bem e que a palavra "bombinha" não estava na boca de ninguém, então saiu para o cemitério. A meus olhos, ele estava um pouco invejoso do imenso sucesso obtido pelo abade Le Cloud. Esse missionário não tinha, como o pároco, o talento de punir e recompensar apropriadamente, de governar todas as vontades; mas, por outro lado, tinha uma facilidade de falar da qual aquele nunca chegou perto. O pároco não reconhecia sua inferioridade. Vendo tanta gente reunida no cemitério, ele não pôde resistir à tentação de subir no pedestal da cruz e falar também a seus fiéis. O que me chamou a atenção em seu discurso foi que ele hesitou em chamar de *milagre* o que acabara de acontecer. São coisas, ele se dizia, que só poderiam ser chamadas francamente de *milagre* seis meses após terem ocorrido. Enquanto falava, prestava atenção se ouvia alguém mencionar as palavras sobre bombinhas e palhaçadas indignas do lugar sagrado. Sua atenção assim dividida não contribuiu para aumentar o fogo de inspiração que naturalmente faltava em seu discurso. O pároco ficou irritado e começou a apontar os ímpios; então, o ardor de sua cólera ateou fogo às suas palavras. Seus olhos inflamados se fixavam especialmente em três pessoas que estavam no cemitério, no meio de algumas mulheres.

O pobre Pernin, com seu aspecto de tuberculoso, olhava para o padre de maneira constrangedora. Era um pobre rapaz pálido que tinha sido demitido de um colégio real, onde era professor de matemática, porque o capelão do colégio afirmou que um geômetra não poderia acreditar em Deus. Retirado para a aldeia junto de uma mãe muito pobre, ele recebia algumas crianças a quem ensinava as quatro operações, e, quando reconhecia talento em alguns garotinhos, ele lhes ensinava geometria gratuitamente.

O irritado pároco estremeceu ao encontrar o olhar muito mais seguro do doutor Sansfin. Ao fazer um ato de prudente oposição, Sansfin obrigava o pároco a inúmeras condescendências. O pároco o considerava por demais independente e, penso eu, procurava a oportunidade de fazê-lo se envolver em algumas conspirações, como tanto se fazia na época. O pároco acreditava que ele fosse capaz de qualquer coisa para fazer que as jovens que tinha a impertinência de cortejar esquecessem sua corcunda: "tal homem", dizia o pároco, "é muito capaz de proferir a ímpia palavra *bombinhas*, e, num momento como este, uma palavra dessas estragaria tudo. Em um mês, vamos rir disso."

A cólera do pároco chegou ao máximo ao encontrar, a seis passos dele, o olhar surpreso, mais do que irônico, de um jovem escolar de Paris, o jovem Fédor, filho único da sra. duquesa de Miossens. "Esse malandrinho, que chegou ontem", pensava o padre, "é criado em Paris, e nunca veremos nada de bom sair dessa capital da ironia. Por que essa criança está aqui? O lugar de honra que oferecemos à sua família fica bem perto do altar; ele é capaz de ter notado o rastro de pólvora que acendeu as bombinhas, e, se disser uma palavra, esses estúpidos camponeses que adoram sua família a repetirão como um oráculo."

Todas essas reflexões acabaram por confundir tanto a eloquência do pároco que ele percebeu que as mulheres estavam deixando o cemitério em massa e foi obrigado a interromper sua homilia para não ser abandonado.

Uma hora depois, encontrei o terrível padre fazendo uma cena horrível a um jovem abade chamado Lamairette, preceptor de Fédor, e perguntando-lhe, de modo azedo, por que ele havia se separado de seu aluno na igreja.

– Não fui eu, foi ele, senhor, que se separou de mim – respondeu timidamente o pobre abade; eu o procurava por toda parte, e ele, que aparentemente me via, fazia todo o possível para me evitar.

O abade Du Saillard repreendeu severamente o pobre jovem padre Lamairette e acabou ameaçando-o com a desagradável ira da sra. duquesa.

– O senhor vai tirar o meu pão – disse timidamente o pobre Lamairette –; mas, realmente, em meio a suas reprimendas e às da sra. duquesa, não sei a que santo recorrer. É culpa minha se o pequeno conde, a quem seu camareiro repete a toda hora que um dia ele será um duque, com uma fortuna imensa, é um menino travesso que empenha toda sua vaidade ao zombar de mim?

Essa resposta me agradou, e eu a repeti para a duquesa, que riu.

– Eu quase preferiria me retirar para a casa do meu pai, porteiro do hotel de Miossens em Paris, e limitar minha ambição à busca de sua sucessão.

– Isso não é muito audacioso e jacobino de sua parte – exclamou Du Saillard –. E quem garante que lhe darão essa sucessão caso eu faça um relatório contra o senhor?

– O duque me honra com sua proteção.

O pequeno abade tinha os olhos marejados de lágrimas e foi com grande dificuldade que escondeu sua emoção do terrível colega. Fédor tinha vindo passar quinze dias para respirar o ar puro do Calvados. Essa criança, a quem queriam desenvolver a inteligência, tinha oito professores, que lhe davam aulas todos os dias, e era fraco de saúde. No entanto, partiu para Paris dois dias após o milagre das bombinhas, e o herdeiro magro e fraco de tantas belas propriedades passou apenas três dias no magnífico castelo de seus antepassados. Du Saillard mereceu crédito por isso, e nós rimos muito do assunto, o sr. abade Le Cloud e eu.

Du Saillard teve grande dificuldade em convencer a duquesa a condescender às suas vontades; foi obrigado a invocar várias vezes o interesse geral da igreja; ele a encontrou em um estado de grande raiva porque havia ficado profundamente assustada com as bombinhas; acreditara firmemente que era o início de uma revolta dos jacobinos unidos aos bonapartistas. Mas, ao voltar para o castelo, teve um motivo de raiva muito maior. No momento inicial de terror causado pelas bombinhas, ela havia desarrumado uma peruca destinada a esconder alguns cabelos brancos, e, por uma hora, havia sido vista nesse estado por todos os camponeses da aldeia e principalmente por seus próprios criados, a quem, acima de todos, ela queria enganar.

– Por que não me pôr a par? – ela repetia sem cessar ao abade Du Saillard. – Alguma coisa pode ser feita sem que eu saiba, em minha própria aldeia? O clero quer recomeçar suas lutas insensatas contra a nobreza novamente?

Havia uma grande distância entre esse grau de exasperação e o envio do pobre Fédor de volta a Paris, tão pálido e tão feliz em correr pelo jardim e olhar para o mar. No entanto, Du Saillard conseguira isso. A criança partiu tristemente, e o sr. abade Le Cloud me disse:

– Esse Du Saillard não sabe falar, mas sabe administrar os inferiores e seduzir os poderosos; são dois talentos que se equivalem.

Enquanto a partida de Fédor ocupava o castelo, a Sra. Hautemare, esposa do bedel, tinha graves discussões com seu marido, e em breve essas discussões, fielmente relatadas à duquesa, a divertiram e fizeram com que ela esquecesse a partida de seu filho.

O sr. Hautemare tinha três cargos, todos ligados à igreja. Ele era bedel, chantre, mestre de escola, e essas três posições combinadas poderiam render vinte escudos por mês; mas, a partir do segundo ano do reinado de Luís XVIII em Paris, o pároco e a duquesa de Miossens conseguiram para ele a autorização para abrir uma escola para os filhos dos camponeses sem ideias subversivas. Os Hautemare conseguiram inicialmente pôr de lado vinte francos, depois quarenta francos por mês, depois sessenta, e estavam enriquecendo. O chantre Hautemare, embora benevolente, havia informado à sra. de Miossens o nome de um camponês astuto e jacobino que estava matando todas as lebres da região; ora, a sra. duquesa de Miossens acreditava firmemente que essas lebres pertenciam a sua propriedade, e via a morte delas como um insulto pessoal.

Essa denúncia tinha feito a fortuna do bedel e de sua escola; a duquesa quisera que houvesse uma cerimônia de premiação na grande sala do castelo, decorada com muitas tapeçarias, onde foram organizados lugares de primeira e segunda classe. O administrador da duquesa convidou para os primeiros lugares as camponesas proprietárias, mães dos jovens alunos, enquanto as camponesas que eram simples meeiras foram convidadas para os segundos. Isso bastou para elevar o número de alunos do bedel para sessenta, quando anteriormente era apenas oito ou dez. Em consequência disso, a fortuna dos Hautemare cresceu, e a sra. Hautemare não estava completamente errada quando, depois do jantar na noite das bombinhas, disse ao marido:

– Você notou o que o sr. abade Le Cloud disse no final de sua *palavra de exortação* sobre o dever dos ricos? Eles devem, de acordo com seu poder, *dar uma alma a Deus*; pois bem, acrescentava a sra. Hautemare, essa frase não me deixa em paz. Deus não nos deu filhos, estamos economizando uma quantia considerável; depois de nós, para quem isso irá? Será usado de uma maneira edificante?

De quem é a culpa se esse dinheiro cair nas mãos de pessoas de mente errada, ou seja, nas mãos do seu sobrinho, um ímpio que, em 1815, fez parte daquele bando de bandidos chamados de *corpos francos*,[1] erguidos contra os prussianos? Dizem, inclusive, mas eu prefiro não acreditar, que ele matou um prussiano.

– Não, não, isso não é verdade – exclamou o bom Hautemare; matar um aliado do nosso rei Luís, o Desejado! Meu sobrinho é leviano, blasfema às vezes, quando bebe; falta à missa com muita frequência, eu admito, mas não matou um prussiano.

A sra. Hautemare deixou seu marido falar sobre esse assunto por uma hora sem lhe fazer a caridade de uma ideia. A conversa tornou-se arrastada; enfim, ela acrescentou:

– Seria uma boa coisa adotar uma menina pequena, uma menininha; nós a criaremos no temor a Deus; será, de fato, *uma alma que daremos a ele*, e, em nossos dias de velhice, ela cuidará de nós.

O marido pareceu profundamente emocionado com essa ideia; estava em jogo deserdar seu sobrinho, Guillaume Hautemare, que carregava seu próprio nome. Ele protestou muito, depois acrescentou com uma voz tímida:

– Se ao menos adotássemos a pequena Yvonne – era a filha mais nova do sobrinho –, o pai ficaria com medo e não perderia mais a missa.

– Essa criança não seria nossa. Em um ano, se perceberem que a amamos, o jacobino ameaçará tirá-la de nós; então os papéis ficarão invertidos: seu sobrinho, o jacobino, o voluntário de 1815, vai se tornar o mestre da situação. Teríamos que fazer sacrifícios financeiros para que não nos tirem a menina.

O casal normando foi atormentado por esse projeto durante seis meses e, enfim, com uma carta de recomendação do sr. abade Du Saillard, na qual ele o chamava de *Prior*, o bom Hautemare,

---

1 Um *corps franc* é um grupo de combatentes civis ou militares ligados ou não a um exército regular, cuja tática de combate é baseada em ataques de guerrilha ou golpes rápidos. Pode se referir a unidades paramilitares organizadas por um Estado ou unidades formadas espontaneamente por civis, com as milícias em tempo de guerra. [N. T.]

acompanhado de sua esposa, foi ao asilo de crianças abandonadas em Ruão, onde escolheram uma menina de quatro anos, devidamente vacinada e já muito engraçadinha: era Lamiel.

Ao voltarem para Carville, eles disseram que a pequena Amable Miel era uma de suas sobrinhas, nascida perto de Orléans, filha de um primo deles chamado Miel, que era carpinteiro; os normandos da aldeia não se deixaram enganar, e Sansfin, o médico corcunda, disse que Lamiel nascera do medo que tiveram do diabo no dia das bombinhas.

Há boas pessoas em qualquer lugar, mesmo na Normandia, onde elas são, em verdade, muito mais raras do que em outras paragens. As pessoas boas de Carville ficaram indignadas ao ver o sobrinho de Hautemare deserdado de maneira tão cruel, e chamavam Lamiel de *a filha do diabo*. A sra. Hautemare veio com lágrimas nos olhos perguntar ao pároco se esse nome não lhes traria má sorte; o pároco, furioso, disse que a dúvida que ela expressava poderia muito bem levá-la ao inferno. Ele acrescentou que poria a pequena Lamiel sob sua proteção imediata e, oito dias depois, a duquesa de Miossens e ele declararam que Hautemare teria alunos de duas classes. A duquesa mandou forrar três bancos da escola do bedel com velhas tapeçarias. As crianças sentadas nesses bancos seriam alunos da primeira classe, enquanto as crianças nos bancos de madeira seriam da segunda. Os alunos da primeira classe pagariam cinco francos em vez dos quatro que haviam pago até então, e a srta. Anselme, a primeira dama de companhia da duquesa, confidenciou a duas ou três amigas íntimas que, durante a entrega de prêmios, o plano da senhora era convidar para os primeiros lugares as mães dos alunos da primeira classe, mesmo que fossem simples meeiras. Seis meses depois, foi necessário forrar com tapeçarias quase todos os bancos da escola.

Os Hautemare, agora se tornando pessoas ricas, merecem que falemos um pouco mais em detalhe a respeito do caráter deles. Hautemare, o melhor e o devoto com menos elevação dentre os homens, dedicava toda a sua atenção aos cuidados da igreja da qual era responsável. Se um vaso de madeira pintada, contendo flores artificiais, não estivesse perfeitamente simétrico no altar, ele acreditava que a missa não valia nada, e rapidamente ia se confessar desse grande pecado ao pároco Du Saillard, e, na segunda-feira seguinte, a narrativa desse incidente alimentava toda a sua conversa com a duquesa de Miossens. Entediada em Paris, onde já não era mais mulher bonita, essa senhora havia se fixado em Carville, local em que tinha como companhia apenas as criadas e o pároco Du Saillard; este último, entediando-se junto dela e com medo de dizer coisas imprudentes, só aparecia no castelo por poucos instantes. Mas, aos domingos, na missa grande, ele incensava de vez em quando a sra. de Miossens, e todas as segundas-feiras Hautemare tinha a honra de levar ao castelo o enorme pedaço de pão bento que, no dia anterior, havia sido apresentado ao banco senhorial, ocupado pela duquesa. Essa dama valorizava muito aquele pedaço de brioche, uma relíquia brilhante, mas praticamente única, das homenagens que os Miossens recebiam há mais de quatro séculos na igreja de sua aldeia.

A duquesa recebia o bedel de maneira especial; quando ele vinha entregar o pão bento, o criado punha sua espada na cinta e abria as duas folhas da porta do salão, porque nesse momento o bedel era o enviado oficial do pároco e cumpria suas obrigações para com a pessoa que exercia os direitos senhoriais. Antes de deixar o castelo, Hautemare descia até a copa, onde encontrava uma espécie de almoço-jantar preparado para ele. O bom mestre-escola descia ao vilarejo, contando a todos os camponeses que encontrava, e depois contando também à sua esposa e à sua sobrinha Lamiel, os detalhes dos pratos que havia comido no almoço e tudo o que a senhora havia se dignado a dizer-lhe. À noite, com tranquilidade, essa boa gente discutia qual seria a melhor maneira de distribuir as esmolas que a grande dama lhe tinha encarregado. Essa confiança da duquesa, aliada ao crédito que vinte anos de cuidado e obediência passiva lhe tinham dado junto ao pároco Du Saillard, um homem terrível em suas raivas, tinha feito do bom professor Hautemare uma figura importante e possivelmente a mais importante na aldeia de Carville. Poder-se-ia até dizer que sua reputação se estendia por todo o distrito de Avranches, onde prestava muitos serviços. Por sua vez, a sra. Hautemare, orgulhosa em relação aos camponeses e levando seu marido pelo nariz, era, se isso fosse possível, ainda mais rasteiramente devota; ela só falava com Lamiel sobre deveres e pecados.

Eu ficava tão profundamente entediado em Carville quando não estava caçando lebres para a duquesa, que (nas noites) eu prestava toda a minha atenção aos longos detalhes que acabei de contar um pouco longamente.

Se o leitor permitir, direi a ele a razão da minha tagarelice; eu conversava sobre esses detalhes com esse amável abade Le Cloud, que ficou vários meses no castelo de Carville por causa de uma doença dos pulmões, adquirida de tanto gritar com entusiasmo em igrejas úmidas, e escrevo isso em 1840, vinte e dois anos depois.

Em 1818, tive a felicidade de ter um daqueles tios da América tão frequentes nas comédias. Este, chamado Des Perriers, era considerado pela família como um sujeito desencaminhado; eu lhe havia escrito duas ou três vezes para lhe enviar roupas e livros de Paris.

Na época em que o sr. abade Le Cloud e eu ríamos da seriedade do bonachão Hautemare e do medo que lhe inspirava o pároco Du Saillard, meu tio da América decidiu morrer e me deixar uma pequena fortuna em Havana e um processo bastante grande.

– O senhor está estabelecido, disse-me o amável abade Le Cloud: será procurador e fazendeiro.

Ganhei meu processo em 1824 e levei a vida celestial de um rico fazendeiro. Após cinco anos, fui tomado pelo desejo de ser rico em Paris, e a curiosidade me levou a saber notícias de Carville, da duquesa, de seu filho e dos Hautemare. Todas essas aventuras[2] – porque houve muitas – giram em torno da pequena Lamiel, adotada pelos Hautemare, e tive a fantasia de escrevê-las, a fim de me tornar um homem de letras.

Assim, ó leitor benevolente, adeus, não ouvirá mais falar de mim!

---

2 Essas aventuras são pouco edificantes, e essa novela é um *livro ruim*. [Nota do autor]

# CAPÍTULO III

# AS LAVADEIRAS

AO SAIR DE CARVILLE EM DIREÇÃO AO MAR, encontra-se ao fundo, à esquerda, o pequeno vale no qual corre o Houblon, esse córrego que tem o espírito de ser bonito. Dois grandes prados muito inclinados margeiam ambos os lados do riacho.

Na margem esquerda, um belo caminho, recentemente restaurado pela sra. de Miossens, orgulhosamente estende suas balizas de pedra de cantaria, que, sob um nome bastante desrespeitoso, têm a função de evitar que os imprudentes caiam no rápido regato que, aqui, se encontra a mais de dez pés abaixo. Por conselho do pároco Du Saillard, a nobre senhora adjudicou as reparações a serem feitas nesse caminho que leva ao castelo, despesas avaliadas em cem escudos no orçamento da comuna. A sra. duquesa de Miossens, *adjudicatária* e recebendo trezentos francos de uma *comuna*! Que palavras ridículas essas, em 1826, pois é por volta dessa época que começa a nossa história bastante imoral.

A dez minutos da ponte, sobre o Houblon, um terceiro prado se apresenta em frente, dominando o encontro do Decise e do Houblon. O Decise, que desce rapidamente, é acompanhado por uma trilha que faz muitos ziguezagues na parte mais alta desse terceiro prado. Ao subir, o olhar do viajante vislumbra as últimas pequenas alamedas arenosas de um jardim inglês bastante cuidado e, além disso, os topos de alguns arbustos destinados sobretudo a ocultar a vista do mar distante às janelas do térreo do castelo.

A visão das pedras pretas e quadradas de uma torre gótica oferece um belo contraste de cor. Essa torre, agora completamente em ruínas, foi uma nobre contemporânea de Guilherme, o Conquistador.

Bem no sopé da terceira colina fica um lavadouro público, estabelecido às margens do Decise sob uma imensa tília. Esse lavadouro, que a sra. duquesa espera remover, é formado por dois enormes troncos de carvalho escavados no centro e algumas pedras planas dispostas ao redor.

Cerca de trinta mulheres[1] lavavam roupas nesse lavadouro, no último dia do mês de setembro. Várias dessas camponesas abastadas da rica Normandia quase não trabalhavam e estavam lá sob o pretexto de vigiar suas criadas que lavavam, quando, na realidade, lá estavam para tomar parte na conversa, bem animada naquele dia. Muitas das lavadeiras eram altas, bem proporcionadas, bem formadas como a Diana das Tulherias,[2] e seus rostos, de um belo oval, poderiam ser considerados bastante bonitos se não fossem coroados pelo infame gorro de algodão cuja ponta, devido à posição abaixada das lavadeiras, pendia bem na testa.

– Ei, não é o nosso adorável doutor, a cavalo no famoso Mouton? – exclamou uma das lavadeiras.

– E esse pobre Mouton tem uma carga dupla: ele tem que carregar o sr. doutor e sua corcunda, que não é pequena – respondeu a vizinha.

Todas levantaram a cabeça e pararam de trabalhar.

O objeto bastante singular que chamou a atenção delas, com uma espingarda apoiada na sua corcunda, não era outro senão nosso amigo Sansfin.

---

1 Veja no final do volume o fac-símile desta página do manuscrito. [Nota de Casimir Stryienski]

2 Diana com a corça, escultura anônima, réplica em bronze de um original do Louvre. [N. T.]

E, na verdade, teria sido difícil para as jovens não rirem ao vê-lo passar.

O corcunda demonstrava grande mau humor, o que aumentou os risos.

Ele descia pelo estreito caminho que seguia o curso do Decise; o riacho formava uma cascata, e o caminho, sustentado por uma grande quantidade de estacas fincadas na terra, formava vários ziguezagues. Eram esses ziguezagues que o infeliz médico estava descendo sob o fogo de trinta vozes esganiçadas.

– Cuidado com a corcunda, doutor, ela pode cair e rolar até lá embaixo e nos esmagar, nós aqui, pobres lavadeiras!

– Canalha! Canalha infame! – exclamava o médico entre os dentes. Infame canalha que é esse povo! E pensar que jamais cobro um centavo desses patifes, quando a Providência me vinga enviando-lhes alguma boa doença!

– Calem a boca, moçada! – gritava o médico, descendo os ziguezagues mais devagar do que gostaria. Que alegria dupla teriam as lavadeiras se seu cavalo Mouton escorregasse! – Calem a boca! Lavem suas roupas!

– Cuidado, doutor, não caia. Se Mouton o jogar no chão, não vacilaremos e roubaremos sua corcunda.

– E o que eu poderia roubar de vocês? Em todo caso, a virtude é que não vai ser! Há muito tempo que ela já foi perdida nos campos! Vocês têm muitas corcovas, mas não é nas costas.[3]

[Aparece a sra. Hautemare.]

Essa mulher tinha um ar pedante e conduzia *pela mão* uma menina de doze a catorze anos, cuja vivacidade parecia muito contrariada por ser contida dessa forma.

Essa mulher não era nada menos que a sra. Hautemare, esposa do bedel, chantre, mestre da escola de Carville, e a menina, cuja vivacidade ela estava contrariando, era sua *sobrinha*, Lamiel.

Ora, as lavadeiras ficaram chocadas com esse *ar de madame* que a sra. Hautemare apresentava: segurando a *menina pela mão*,

---

3 Aqui há uma pequena lacuna no manuscrito. [Nota de Casimir Stryienski]

em vez de deixá-la brincar como todas as outras garotinhas da aldeia!

A sra. Hautemare vinha do castelo, pela bela estrada que contornava o prado situado na margem direita do Houblon.

– Ah! Vejam lá a *madame* Hautemare, exclamaram as lavadeiras.

Mas elas sabiam que *a* Hautemare replicaria demoradamente, enquanto em quinze minutos o médico corcunda poderia se afastar delas; além disso, o doutor, devido à sua calma petulância, era mais divertido.

Seu cavalo Mouton, chegando ao final dos ziguezagues da Decise, bebia daquele riacho, um pouco acima do lavadouro.

Duas lavadeiras gritavam, dirigindo-se à sra. Hautemare:

– Oh! lá lá! Olhe, *madame*, tenha cuidado para não perder essa *filha do seu irmão*, essa sobrinha fajuta.

– Tome cuidado com sua peruca, corcundinha, seu *cabeleireiro* talvez não saiba fazer direito!

– E vocês... respondeu o médico; mas sua resposta foi de tal natureza que não é possível escrevê-la.

A devota sra. Hautemare, prosseguindo na estrada que, descendo do castelo de Miossens, passava ao lado do lavadouro, arrepiou caminho com sua sobrinha. Essa ação, acompanhada de um grande ar de desdém que a esposa do bedel se dava, fez estourar, em volta do lavadouro, uma gargalhada *unânime*, universal.

Essa gargalhada foi interrompida pelo médico, que, forçando sua voz aguda, exclamava:

– Calem a boca, mulheres safadas, ou vou fazer meu cavalo trotar na lama ao redor de vocês, e logo seus gorros brancos e seus rostos estarão tão limpos quanto suas consciências, ou seja, cheios de lama negra e fedorenta como suas pessoas sujas.

Dizendo essas nobres palavras, o doutor estava ferido no orgulho e vermelho como um galo. Nesse homem, que passava a vida sonhando com suas atitudes, a vaidade causava estranhas loucuras; ele bem percebia suas tolices, mas raramente tinha a força de resistir a elas. Por exemplo, naquele momento, bastava que não dissesse nada, e toda a tagarelice insolente das lavadeiras se evaporaria às custas da sra. Hautemare; mas, naquele momento, ele queria se vingar.

– Pois então, continuou uma lavadeira, seremos moças travessas e cobertas de lama por um homem grosseiro; um pouco de água e pronto. Mas com que água será possível lavar um corcunda tão nojento que nunca conseguiu ter uma amante sem pagar?

Mal essa palavra foi pronunciada, o médico, furioso, pôs seu cavalo a galope e, ao passar pelo lamaçal próximo ao lavadouro, cobriu de lama todos os rostos corados, todos os chapéus brancos e, o que era pior, toda a roupa lavada posta sobre bancos de pedra.

Ao ver isso, as trinta lavadeiras se puseram a lançar injúrias, todas ao mesmo tempo, e esse vigoroso coro de insultos durou bem um minuto.

O médico estava encantado por ter coberto de lama aquelas insolentes. "E elas não poderão se queixar", acrescentou com um sorriso diabólico.

Ele se voltou para as lavadeiras para desfrutar da desordem; era o momento em que todas, em conjunto, o inundavam com insultos terríveis. O médico não pôde resistir à tentação de passar novamente trotando no lodo. Ele lançou seu cavalo. Uma das moças, que estava precisamente sob o focinho do cavalo, teve um medo horrível e, por precaução, lançou no cavalo a pequena pá de madeira com a qual estava batendo sua roupa. Essa pá, lançada pelo medo, subiu mais alto que os olhos do cavalo e passou a alguns centímetros de distância. Mouton ficou com medo e parou abruptamente em meio ao trote, dando um pequeno salto para trás.

Esse movimento brusco e seco resultou na separação entre o médico e a sela; o doutor, que estava inclinado para adiante, caiu direto na lama, com a cabeça na frente; o lodaçal tinha cerca de meio pé de profundidade, e o doutor não sofreu nada além da vergonha, mas essa vergonha foi completa.

Ele estava caído aos pés da mulher que, na angústia de um perigo que lhe parecia extremo, havia lançado à frente sua pequena pá de madeira.

As mulheres pensaram que o médico tinha pelo menos quebrado um braço; cada uma delas saiu correndo para não ser reconhecida e nomeada na queixa do médico.

Ele se ergueu, rápido como um raio, e remontou em seu cavalo. Vendo-o remontar com tanta agilidade, as lavadeiras, que estavam paradas a vinte passos de distância, começaram a rir com uma alegria tão genuína, uma felicidade tão grande, que aumentou a fúria do médico infortunado. Ele pegou sua espingarda com intenções trágicas. Mas, na queda, a espingarda havia batido com força no chão, e os cães[4] [estavam] cheios de lama e também haviam perdido as pederneiras. As mulheres não sabiam desse acidente da carabina e, ao ver o médico apontando para elas, fugiram novamente, lançando gritos agudos.

O doutor, ao ver sua espingarda inutilizável para qualquer vingança, deu esporadas terríveis em seu cavalo, que chegou ao pátio de sua casa em questão de segundos. Xingando como um possesso, sem desmontar, o médico fez com que lhe entregassem uma roupa e uma espingarda, e depois acelerou seu cavalo em grande galope na estrada principal de Avranches, que passava sobre a ponte do Houblon, a qual já mencionamos.

As mulheres, depois de terem rapidamente lavado seus gorros brancos, cuidavam das roupas, removendo as manchas de lama.

Durante uns bons quinze minutos, a conversa buscou, sem sucesso, um meio de se vingar do médico; elas estavam contrariadas por não conseguir inventar nada, quando a sra. Hautemare voltou a passar, segurando sua sobrinha Lamiel pela mão. A essa vista, todos os gritos mudaram de direção.

– Ei! Ei! Aí vem aquela sirigaita com sua bela sobrinha! – exclamou Pierrette.

– O que você está chamando de sobrinha? Diga, antes, com a filha do diabo!

– O que você chama de filha do diabo? Diga antes uma bastarda que ela teve pelas costas do marido, e que ela forçou aquele marido dela, um grande mal-educado, a adotar, tudo para deserdar o pobre sobrinho, Guillaume Hautemare.

4 O termo designa aqui a peça de arma de fogo destinada à percussão da espoleta ou cápsula do cartucho. [N. T.]

– Oh, por piedade, minha vizinha, não diga nada imoral! Tenha pelo menos algum respeito por essa jovem que trago comigo.

Essa súplica, dita com um tom doutoral, foi seguida por uma dúzia de respostas lançadas todas de uma vez, mas que não posso transcrever.

– Corra de volta para casa, Lamiel – exclamou a sra. Hautemare; e a menininha partiu, encantada por poder correr. A mulherzinha ofereceu-se o prazer de dirigir um sermão em três pontos às lavadeiras, quando elas, desconsoladas por não conseguirem retomar a palavra, começaram de repente a gritar todas juntas na tentativa de fazer a sra. Hautemare cair fora. Mas aquela mulher intrépida estava determinada a convertê-las e continuou a pregar por mais de cinco minutos, acompanhada pelo coro de trinta mulheres gritando a plenos pulmões.

Por meio desses dois belos ataques a passantes recalcitrantes, as lavadeiras encontraram o segredo para não se entediar durante todo aquele dia. A sra. Hautemare, por sua vez, teve um longo relato a fazer a seu marido, o bedel, e a todas as suas amigas de Carville. Quem menos se divertiu foi o doutor, que, em vez de voltar para casa depois de cobrir as lavadeiras de lama, desceu a galope em direção à ponte do Houblon, sem perceber que sua espingarda pendurada no ombro saltava de forma muito ridícula.

– Meu Deus! – pensava ele – devo ser um grande tolo por ir bater boca com essas sem-vergonhas! Há dias em que eu deveria ser amarrado à cama por meu criado.

Para distrair seu humor, o doutor procurou em sua memória se, na estrada principal que ele continuava a percorrer a galope, poderia encontrar algum doente bondoso o suficiente para acreditar que ele lhe estaria fazendo uma visita noturna.

De repente, achou algo bem melhor do que um paciente. O sr. Du Saillard, o pároco de Carville, tinha ido almoçar naquele dia no castelo de Saint-Prix, a três léguas de sua aldeia. Esse padre era terrível em seus ódios e um dos grandes manda-chuvas da congregação; mas, em compensação – e aqui está o que salva a civilização na França, há compensação em tudo – em compensação, o terrível

Du Saillard não gostava de estar sozinho na estrada principal, em seu pequeno cabriolé.

Portanto, foi com grande prazer que ele viu Sansfin chegando à casa dos Saint-Prix. Esses dois homens poderiam ter causado muito dano um ao outro, mas viviam politicamente em harmonia. Era sobretudo junto à duquesa de Miossens que Du Saillard temia as anedotas maldosas que o doutor sabia contar tão bem.

O doutor, a cavalo, escoltou o padre; mas, quando ficou sozinho em casa, reencontrou sua tristeza amarga e as lembranças do lavadouro. Um instante depois, chegou um consolo. Chamaram-no para atender a um bonito rapaz de cinco pés e seis polegadas, que tinha apenas 25 anos e acabara de sofrer um belo ataque de apoplexia. O doutor passou a noite ao lado dele e, enquanto aplicava o tratamento adequado, teve o prazer de ver esse ser tão bonito morrer ao amanhecer.

– Está aí um belo corpo vago – pensou ele –. Por que minha alma não pode entrar nele?

O doutor, filho único de um fazendeiro enriquecido pelos bens nacionais,[5] tornara-se médico para cuidar de si próprio; tornara-se caçador hábil para parecer armado aos olhos dos maldosos piadistas. A recompensa por uma atividade muitas vezes penosa para sua saúde frágil era ver belos homens morrerem e assustar o pequeno número de pacientes bonitas que a região fornecia.

A pequena sobrinha Lamiel já era bem sabida para não perceber que algo muito extraordinário estava acontecendo quando sua tia, a sra. Hautemare, a mandou de volta à aldeia. A devota sra. Hautemare nunca a deixava dar vinte passos sozinha.

Seu primeiro pensamento, como era natural, foi ouvir o que sua tia queria esconder dela; bastava fazer um desvio e voltar para se esconder no dique de terra coberto de árvores que dominava o lavadouro público. Mas Lamiel pensou que iria ouvir xingamentos e palavras grosseiras, coisas às quais tinha horror.

---

5 Negócios feitos durante a Revolução Francesa, com a desapropriação de bens do clero e dos nobres. [N. T.]

Uma ideia muito mais sedutora lhe apareceu.

– Correndo bem rápido – pensou–, posso chegar ao campo de dança, onde pude entrar só uma vez na vida, e retornar à casa antes que minha tia volte.

Carville consistia quase que só em uma rua muito larga, com uma praça no meio. Na extremidade oposta da ponte sobre o Houblon, ou seja, na direção de Paris, estava a linda igreja gótica da região; depois havia o cemitério, e mais além, as três grandes tílias sob as quais se dançava aos domingos, para grande desgosto do pároco Du Saillard. Dizia ele que profanavam as cinzas dos mortos, e o pretexto era de que as tílias não estavam a mais de quarenta passos do cemitério. A casa rural,[6] que a comunidade *passava* ao sr. Hautemare como mestre-escola, dava para a rua, quase em frente ao cemitério, e dali era possível ver a alameda de tílias e ouvir o violino da dança.

Lamiel pegou o antigo caminho que ia do lavatório até a estrada de Paris, fora de Carville.

Esse caminho a levava até as tílias, cujo topo frondoso via de longe levantar-se acima das casas, e essa visão fazia seu coração bater. Eu vou vê-las de perto, pensava ela, essas árvores tão bonitas!

Lamiel pensou que, se não passasse pelo vilarejo, não correria o risco de ser denunciada à sua tia por algumas devotas que moravam ao lado da casa do mestre-escola.

Enquanto corria ao longo do antigo caminho fora da aldeia, ela teve o infeliz encontro com quatro ou cinco velhas da região, carregando cestas cheias de tamancos.

Antigamente, a sra. Hautemare era tão pobre quanto essas mulheres e fazia o mesmo trabalho para ganhar a vida; a proteção do sr. pároco Du Saillard havia mudado tudo. Essas mulheres, que

---

6 A palavra em francês empregada por Stendhal é "*chaumière*", cuja tradução imediata seria choupana. Mas aqui o autor faz referência a uma casa rural normanda, coberta de "*chaume*", colmo, ou sapé: a "*chaumière normande*". Essas casas são sólidas, bem construídas, grandes e confortáveis, e nada possuem em comum com uma cabana muito pobre, que a palavra choupana induz em português. Por isso, preferimos traduzir pelo genérico "casa rural". [N. T.]

andavam descalças, carregando tamancos sobre a cabeça, logo perceberam que Lamiel estava vestida com muito mais cuidado do que o normal; aparentemente, sua tia Hautemare a havia levado ao castelo da sra. duquesa.

– Ei! Ei! Você está aí, muito orgulhosa, porque está vindo do castelo! – disse uma delas.

– Não sei o que me segura – exclamou outra –. Vamos tirar seus lindos sapatos. Por que você não andaria descalça como nós?

Lamiel não perdeu a coragem; ela subiu no campo que dominava o caminho por vários pés; de lá, ela retribuiu com insultos os insultos de suas inimigas.

– Vocês querem roubar meus belos sapatos porque são cinco; mas, se me roubarem, o sargento da gendarmeria, que é amigo do meu tio, as colocará na prisão.

– Quer calar a boca, cobrinha, filha do diabo?

Com essas palavras, as cinco mulheres começaram a gritar bem forte, ao mesmo tempo: “filha do diabo! filha do diabo!”.

– Tanto melhor – respondia Lamiel –, se sou filha do diabo; nunca serei feia e rabugenta como vocês; o diabo, meu pai, saberá me fazer feliz.

# CAPÍTULO IV
# MANDRIN E CARTOUCHE

DE TANTO ECONOMIZAR, A TIA E O TIO DE LAMIEL conseguiram reunir um capital que rendia dezoito mil libras de renda. Portanto, eram muito felizes, mas o tédio estava matando Lamiel, a linda sobrinha deles. Os espíritos são precoces na Normandia; embora tivesse apenas doze anos, ela já era suscetível ao tédio e o tédio, nessa idade, quando não está relacionado ao sofrimento físico, anuncia a presença da alma. A sra. Hautemare achava pecado na menor distração; aos domingos, por exemplo, não só era proibido ir ver a dança sob as grandes tílias no final do cemitério, como também o era sentar-se na porta da casa rural que a comuna havia oferecido ao sacristão, pois dali se ouvia o violino e se podia vislumbrar um pedaço daquela dança maldita que deixava amarelo o rosto do sr. pároco. Lamiel chorava de tédio; para acalmá-la, a boa tia Hautemare lhe dava doces, e a menina, que era gulosa, não podia deixar de gostar dela. Por outro lado, o mestre-escola Hautemare, muito zeloso desse dever, forçava-a a ler uma hora de manhã e uma hora à noite.

– Se a comuna me paga para ensinar todas as crianças a ler, com muito mais razão devo ensinar minha própria sobrinha a ler, já que, depois de Deus, sou a razão de sua vinda para esta comuna – pensava.

Essa leitura contínua era um dos suplícios da menininha; mas, quando o bom mestre-escola a via chorar, dava-lhe algum dinheiro para consolá-la. Apesar desse dinheiro, que logo era trocado por bonequinhos de gengibre, Lamiel abominava a leitura.

Num dia de domingo, em que não podia escapar e sua tia proibia que ela olhasse pela porta aberta, temendo que descobrisse ao longe alguma touca saltando em cadência, Lamiel encontrou na prateleira de livros a *História dos quatro filhos de Aymon*.[1] A gravura em madeira a encantou. Depois, para compreendê-la melhor, lançou os olhos, embora com repulsa, à primeira página do livro. Essa página a divertiu; ela se esqueceu de que lhe haviam proibido de ir à dança; e logo não conseguia pensar em mais nada além dos quatro filhos de Aymon... Esse livro, confiscado por Hautemare de um estudante libertino, causou estragos incríveis na alma da menina. Lamiel pensava a noite toda nesses grandes personagens e em seus cavalos. Embora muito inocente, ela pensava que seria coisa muito diferente passear pelo cemitério, bem perto da dança, dando o braço a um dos quatro filhos de Aymon, em vez de ser impedida de saltar pelo braço trêmulo de seu velho tio. Ela leu quase todos os livros do mestre-escola com um prazer louco, embora sem entender muita coisa; mas gostava das imaginações que eles lhe proporcionavam. Ela devorou, por exemplo, por causa dos amores de Dido, uma velha tradução em versos da *Eneida* de Virgílio, um livro surrado, encadernado em pergaminho e datado do ano de 1620. Qualquer história a divertia. Depois de percorrer e tentar entender todos os livros do mestre-escola que não eram em latim, ela levou os mais velhos e feios para a mercearia da aldeia, cujo dono lhe deu em troca meio quilo de uvas-passas e a história do *Grande Mandrin*, seguida pela história do *Senhor Cartouche*.[2]

Confessaremos com tristeza que essas histórias não foram escritas na tendência altamente moral e virtuosa que nosso século moral coloca em todas as coisas. Claramente, a Academia Francesa e os prêmios Monthyon[3] ainda não atravessaram essa

1 Lenda medieval pertencente ao ciclo carolíngio. [N. T.]

2 Bandidos do século XVIII, então célebres, que alimentaram a literatura popular do século XIX. [N. T.]

3 Prêmio literário da Academia Francesa. [N. T.]

literatura; portanto, ela não é entediante. Logo, Lamiel só pensava no sr. Mandrin, no sr. Cartouche e em outros heróis que esses livrinhos a faziam conhecer. O final deles, que sempre acontecia em um local alto e na presença de muitos espectadores, lhe parecia nobre; o livro não exaltava a coragem e a energia deles? Uma noite, durante o jantar, Lamiel teve a imprudência de falar sobre esses grandes homens para seu tio; com horror, ele fez o sinal da cruz.

– Saiba, Lamiel – exclamou –, que só existem grandes homens entre os santos.

– Quem pôde lhe dar essas ideias terríveis? – gritou a sra. Hautemare.

E, durante todo o jantar, o velho e sua esposa conversaram na presença de sua sobrinha apenas sobre o estranho discurso que ela tinha acabado de fazer. Durante a oração costumeira após o jantar, o mestre-escola teve o cuidado de acrescentar um *Pater* para pedir ao céu que preservasse sua sobrinha de pensar em Mandrin e Cartouche.

Lamiel era muito esperta, cheia de espírito e imaginação; ela ficou profundamente impressionada por essa espécie de cerimônia expiatória.

– Mas por que meu tio não quer que eu os admire? – ela se perguntava na cama, sem conseguir dormir.

Então, de repente, essa ideia muito criminosa surgiu:

– Mas será que meu tio teria dado, como o sr. Cartouche, dez escudos àquela pobre viúva Renoart das redondezas de Valence, a quem os cobradores haviam confiscado sua vaca preta, e que só tinha treze tostões para viver, ela e seus sete filhos?

Durante quinze minutos, Lamiel chorou de pena; depois pensou:

– Será que, no cadafalso, meu tio teria aguentado os golpes da massa de ferro do carrasco que quebrava seus braços, sem pestanejar um instante, como fez o sr. Mandrin? Meu tio geme sem parar quando seu pé gotoso topa numa pedra.

Aquela noite revolucionou a mente da menina: no dia seguinte, ela levou a antiga tradução de Virgílio, que tinha imagens, ao dono da mercearia; recusou figos e uvas-passas de Corinto e, em troca do livro, recebeu uma daquelas belas histórias que tinham acabado de lhe proibir de ler.

O dia seguinte era sexta-feira, e a sra. Hautemare caiu em profundo desespero porque, à noite, ao sair da mesa, percebeu, encontrando vazio um certo pote de barro, que tinha posto na sopa um resto do caldo gorduroso da quinta-feira.

– Bom, o que é que tem? – disse Lamiel, estabanadamente – Assim, comemos uma sopa melhor, e talvez esse resto de caldo estragasse até domingo.

Pode-se imaginar o quanto, por essas palavras horríveis, a jovem sobrinha foi repreendida seriamente pelo tio e pela tia; esta última estava de mau humor, e, não sabendo a quem culpar, descarregou sua raiva, como dizem em Carville, sobre a jovem sobrinha. A menina já tinha bom senso suficiente para não se zangar com uma tia tão boa que lhe dava doces.

Além disso, via-a realmente desesperada por ter comido e feito com que todos comessem esse resto de caldo. Lamiel fez reflexões profundas sobre esse jantar da sexta-feira. Ela ainda pensava nisso um mês depois, quando ouviu a Merlin, dona do café local, dizer a um cliente:

– Os Hautemare são bons como o pão, *mas que idiotas*!

Ora, Lamiel tinha a mais alta estima pela Merlin; ouvia-a rir e cantar o dia todo em seu café e, muitas vezes, até mesmo às sextas-feiras.

– Então, essa é a chave do enigma, exclamou Lamiel, como se fosse atingida por uma luz repentina: *meus pais são idiotas*!

Durante oito dias, ela não pronunciou dez palavras; tinha ficado livre de uma grande preocupação pela explicação da dona do café.

– Não me dizem ainda essas coisas – pensou – porque sou pequena demais; é como o amor, sobre o qual me proíbem de falar, sem nunca querer me dizer o que é.

A partir dessa grande aventura com o comentário da Merlin, a vendedora de sidra, tudo o que era pregado pela tia Hautemare, ou seja, tudo o que era *dever real* ou de convenção entre os devotos da aldeia, também parecia ridículo aos olhos de Lamiel; ela respondia baixinho:

– *É idiota*! – a tudo o que sua tia e seu tio podiam lhe dizer. Não rezar o terço nas noites dos feriados religiosos ou não jejuar em um dia de Têmporas,[4] ou ir ao bosque namorar, pareciam a Lamiel pecados da mesma importância.

4 As têmporas, no ano litúrgico da Igreja Católica, são ciclos litúrgicos de poucos dias, correspondendo ao final e ao início das quatro estações do ano, dedicados especialmente à oração e à penitência. [N. T.]

# CAPÍTULO V
# UMA LEITORA

LAMIEL CRESCEU ASSIM. Tinha quinze anos quando os olhos da duquesa de Miossens se cercaram de algumas rugas – (esquecemos de dizer que, após a morte do velho duque, seu filho só sobreviveu a ela por alguns meses) – e ficou desesperada com essa descoberta. Um correio enviado às pressas a Paris trouxe de volta o oculista mais célebre, o sr. de la Rouze. Esse homem perspicaz ficou muito embaraçado durante a consulta realizada pela manhã junto à cama da duquesa; ele precisou alinhar uma longa série de frases elegantes a fim de ganhar tempo para inventar uma palavra grega que significasse "enfraquecimento causado pela velhice". Suponhamos que essa bela palavra grega seja amorfose; o sr. de la Rouze explicou longamente à duquesa que essa doença, resultante de um frio repentino na cabeça, atacava de preferência as mulheres jovens de vinte a vinte e cinco anos. Prescreveu um regime rigoroso, entregou à duquesa duas caixas de pílulas com nomes muito diferentes, mas feitas igualmente de miolo de pão e coloquíntida, e a aconselhou, acima de tudo, a ter cuidado ao consultar médicos ignorantes, que poderiam confundir essa doença com outra, exigindo um regime enfraquecedor. Ele a instruiu a não ler durante seis meses, especialmente à noite; portanto, era necessário arranjar uma leitora. Mas o médico foi tão hábil que foi a própria duquesa quem proferiu a primeira palavra fatal, *leitora*, e outra palavra ainda mais terrível: *óculos*. O oculista pareceu refletir profundamente e acabou decidindo que, durante o período de tratamento, que poderia levar seis ou oito meses, não seria prejudicial poupar os olhos e usar óculos, que ele se encarregaria de escolher em Paris de um opticista muito douto e que os jornais elogiam duas vezes por semana.

A duquesa ficou encantada com esse médico cativante, cavaleiro de todas as ordens da Europa, e que não tinha nem quarenta anos – e ele partiu bem pago para Paris. No entanto, a duquesa estava em apuros: onde encontrar uma leitora no campo? Esse tipo de dama de companhia era muito difícil de encontrar, mesmo na Normandia. Foi em vão que a srta. Anselme espalhou o desejo da sra. duquesa pela aldeia. O bonachão Hautemare, o único ser masculino na aldeia que merecia ser chamado de bonachão, pensou, a princípio, nessa posição de leitora para sua sobrinha Lamiel.

– Mas – disse a si mesmo – ninguém mais na aldeia é capaz de preencher essa vaga, e a duquesa tem tanta inteligência que é impossível que não pense em Lamiel.

No entanto, havia uma grande objeção: uma garota retirada do orfanato era digna de servir como leitora para uma dama de tão alta nobreza?

Hautemare e sua esposa estiveram imersos por quinze dias no tormento que causa um grande projeto em andamento, quando, em uma noite em que se anunciavam notícias muito decisivas sobre o que estava acontecendo na Vendeia, o carteiro entregou ao castelo o número do *Quotidienne* vindo de Paris.

Foi em vão que a srta. Anselme colocou um par de óculos; ela lia com tanta lentidão e ininteligência que desesperava a impaciente duquesa.

A srta. Anselme era muito inteligente para ler bem. Ela considerava isso uma obrigação que não traria nenhum aumento em seu salário. Esse raciocínio parecia justo, e, no entanto, essa moça tão hábil, a srta. Anselme, se enganou. Quantas vezes, mais tarde, ela amaldiçoou essa inspiração da preguiça!

A duquesa exclamou de repente durante essa leitura abominável:

– Lamiel! Que preparem os cavalos e que alguém vá buscar a pequena Lamiel na aldeia, a filha de Hautemare; ela será acompanhada por seu tio ou sua tia.

Lamiel apareceu duas horas depois, vestindo suas roupas de domingo. Ela leu mal no começo, mas com graça encantadora, que fez a duquesa esquecer até mesmo o interesse das notícias da Vendeia. Seus lindos olhos finos se inflamaram de zelo ao ler as frases de entusiasmo do *Quotidienne*.

– Ela pensa bem, disse a si mesma a duquesa.

E quando, por volta das onze horas, Lamiel e seu tio se despediram da grande dama, ela afirmou o desejo bem definido de ter Lamiel ao seu serviço.

Mas a sra. Hautemare não admitia a ideia de que à noite, às nove ou dez horas, Lamiel, uma moça de quinze anos, muito desenvolta, pudesse retornar do castelo para a casa do mestre-escola.

Aqui ocorreu uma negociação muito complicada, que durou mais de três semanas. Esse atraso foi suficiente para elevar ao estado de paixão, na duquesa, a ideia, inicialmente bastante vaga, de ter Lamiel no castelo.

Após infinitas negociações (que poderiam ter o mérito de descrever o gênio normando, do qual vemos belos exemplos em Paris, mas que correriam o risco de parecer muito longas ao leitor benevolente), ficou acordado que Lamiel dormiria no quarto da srta. Anselme, e esse quarto tinha a honra de estar ao lado do da duquesa. Essa última circunstância, que tranquilizava totalmente o escrúpulo e, especialmente, a vaidade da sra. Hautemare, não deixou de chocá-la extremamente em outro sentido.

– Como, então! – dizia ela ao marido, quando tudo parecia concluído. – As más línguas de Carville poderão dizer que nossa sobrinha se tornou doméstica? Isso faria renascer as esperanças de seu sobrinho, o jacobino, que disse de nós tantos *horrores*.

Esse escrúpulo chegou quase ao ponto de os fazer desistir do negócio; porque a duquesa, por sua vez, achava que entrar no castelo era uma honra insigne para a sobrinha do mestre-escola, e explicou isso à sra. Hautemare. Imediatamente, a comadre da aldeia fez uma reverência profunda à grande dama e saiu sem responder.

– Aí está, é a revolução! – exclamou a duquesa, fora de si; é em vão que pensamos evitá-la, a revolução nos cerca e até se insinua entre as pessoas a quem contribuímos para que façam fortuna.

Essa reflexão a encheu de indignação, dor e medo. Na manhã seguinte, depois de uma noite quase sem dormir, a duquesa mandou chamar o bonachão Hautemare para repreendê-lo; mas ficou muito mais surpresa quando o mestre da escola, todo consternado e girando o chapéu entre as mãos, tão assustado pela terrível mensagem de que havia sido encarregado, anunciou que, depois de refletir bem, Lamiel tinha os pulmões muito sensíveis para aceitar a honra que a duquesa quisera lhe dar.

A resposta a essa declaração insolente foi tirada de *Bajazet*;[1] consistia em apenas uma palavra:

– Saia!

A duquesa tinha tentado lidar com essa situação sem falar com o pároco Du Saillard; a singular profundidade do espírito desse clérigo hábil havia lhe conferido o defeito imperdoável de, às vezes, reagir com réplicas um tanto bruscas quando lhe eram feitas objeções excessivamente absurdas.

– Mais uma vez, pensava a duquesa, são coisas que não veríamos antes de 89.

Ela evitava, portanto, o máximo possível falar com o padre sobre coisas sérias. Inclusive, às vezes, a sra. de Miossens tentava convidar Du Saillard para jantar e lhe dizer apenas duas palavras delicadas: uma quando ele entrava e outra quando saía. Aquele homem de espírito se divertia com essas pretensões e aguardava pacientemente até que a duquesa precisasse dele. Na raiva causada pelo mestre-escola, a grande dama chamou Du Saillard imediatamente e nem teve a perspicácia de fazê-lo jantar e falar sobre Lamiel apenas no final da refeição.

Du Saillard considerou o caso tão mal encaminhado que o julgou sem remédio. Antes de falar de Lamiel, era necessário descobrir algum abuso na escola de Hautemare. Aí estava a fonte de seu bem-estar e de sua arrogância. Poderiam ameaçá-lo de fechar

1 Tragédia de Racine. [N. T.]

a escola, e até a fechariam se fosse necessário. Então, Hautemare teria humildemente vindo pedir a admissão de Lamiel no castelo. O padre fez que a duquesa sentisse, com toda sua amargura, o erro imenso que havia sido cometido ao não consultá-lo sobre esse assunto; então ele a deixou, sem lhe dar conselho, no profundo desespero de sua vaidade ultrajada por um plebeu.

A profundidade de sua emoção, retirando dessa grande dama o pouco de senso que ela tinha para lidar com seus negócios, fez com que ela nem mesmo conseguisse reunir, a respeito, um resto de dignidade, e a srta. Anselme endereçou ao *senhor* Hautemare uma carta na qual lhe dizia, em nome de *madame*, que a *senhorita* Lamiel teria a honra de ser empregada junto à duquesa como leitora, até que fizessem vir de Paris uma pessoa *mais instruída*. Todo o vilarejo se escandalizou com a essa palavra: *senhorita,* adicionada ao nome de Lamiel.

Esta não tinha ignorado todas as *démarches* que seu tio fizera nas últimas três semanas e estava ansiosa para entrar no castelo. Tinha vislumbrado os belos móveis que preenchiam os quartos, tinha visto sobretudo uma magnífica biblioteca e todos os volumes dourados nas lombadas que a compunham. Havia esquecido de notar que esses volumes estavam em um armário com vidros, e que a duquesa, muito desconfiada, mantinha a pequena chave sempre presa ao seu relógio.

Ao chegar, para permanecer ali, naquele belo castelo que tinha telhado de ardósia, profundamente sério e parecido com um apagador de velas, Lamiel sentiu em seu peito uma sensação tão extraordinária e violenta que foi obrigada a parar nos degraus do patamar. Sua alma tinha vinte anos e, como último conselho, sua tia, que a tinha acompanhado até a porta, mas não quisera entrar para não ser obrigada a *agradecer* à duquesa, recomendou que ela nunca risse na frente das criadas e não se prestasse a qualquer tipo de brincadeira. – Caso contrário – acrescentou a sra. Hautemare – elas vão desprezar você como uma camponesa e a inundarão de pequenos insultos, tão pequenos que será impossível reclamar com a duquesa, no entanto tão cruéis que, depois de alguns meses, você ficará muito feliz em deixar esse castelo.

Essas palavras foram fatais para Lamiel; toda a sua felicidade desapareceu imediatamente. Ela ficou cheia de profunda desilusão ao observar as expressões das mulheres que cercavam a duquesa. Depois de apenas três dias, Lamiel estava tão infeliz que perdeu o apetite. O quarto onde ela dormia tinha um belo tapete, mas não era permitido caminhar rapidamente sobre ele; isso seria indelicado e desrespeitoso para com a senhora. Tudo deveria ser feito lentamente e de maneira comedida naquele magnífico castelo, já que era a morada de uma grande dama. A corte da duquesa era composta principalmente por oito mulheres, a mais jovem das quais tinha cerca de cinquenta anos. O camareiro, do Poitou, era ainda mais velho, assim como os três lacaios, que eram os únicos com o privilégio de entrar na longa sequência de cômodos ocupando o primeiro andar. Havia um magnífico jardim composto por alamedas de tílias e cercas vivas, rigorosamente aparados três vezes por ano. Dois jardineiros cuidavam de um magnífico canteiro de flores que se estendia sob as janelas do castelo.

Desde o segundo dia, ficou decidido que Lamiel só poderia passear, mesmo junto ao canteiro de flores, com a companhia de uma das aias da senhora, e essas senhoritas sempre alegavam que estava muito úmido, muito quente ou muito frio para passear. Quanto ao interior do castelo, essas senhoritas que, quase todas, tinham a pretensão de ser jovens, apesar de estarem com bem mais de cinquenta anos, haviam descoberto que a luz intensa do dia era de mau gosto etc. etc.

Enfim, mal havia passado um mês e Lamiel perecia de tédio; e sua vida não era lá muito alegrada pelo número do fiel *Quotidienne*, que ela lia todas as noites para a senhora. Que diferença em relação à vida de Mandrin, o livro mais divertido do mundo aos olhos dela! Ela tinha esquecido de trazer seus próprios livros, e, quando ia de carruagem passar breves momentos com seus pais, nunca a deixavam sozinha por um instante e ela não podia ir até seu esconderijo.

Lamiel quase não tinha mais vontade de passear; estava tão infeliz que sua pequena vaidade, embora bem desperta, nem percebia seu sucesso junto à duquesa: era um sucesso imenso. O que mais conquistou a grande dama foi o fato de Lamiel não *ter o ar de uma senhorita*.

É preciso saber que entre os desastrosos efeitos da revolução ao qual a sra. de Miossens era mais sensível estavam esses ares de decência e reserva que adotavam as filhas de pessoas do povo que ganharam algum dinheiro. Lamiel tinha vivacidade e energia demais para andar lentamente e com olhos baixos ou, pelo menos, suavizados, para só deixar escapar um olhar insignificante sobre o magnífico tapete do salão da duquesa. Os conselhos benevolentes das criadas a tinham levado a uma singular conduta; ela andava devagar, é verdade, mas tinha a graça de uma gazela acorrentada; mil pequenos movimentos rápidos traíam suas raízes camponesas. Ela nunca havia conseguido adotar esse caminhar da sociedade elegante, que deve demonstrar o último esforço de uma natureza que quer agir. Sempre que não era vigiada de perto pelos olhares severos de algumas das antigas camareiras, ela percorria, saltando, a enfiada de cômodos que precisava atravessar para chegar àquele em que a duquesa se encontrava. Alertada pelas denúncias de suas criadas, a grande dama mandou colocar um espelho em seu salão para ver de seu próprio assento essa alegria. Embora Lamiel fosse a própria leveza, tudo era tão silencioso naquele vasto castelo que a agitação causada por seus saltos podia ser ouvida de todos os lugares. Todo mundo ficava escandalizado com isso, e foi o que terminou por decidir a sorte da jovem camponesa. Quando a duquesa ficou certa de que não tinha adquirido uma mocinha que se dava ares de senhorita, ela se entregou com loucura à forte atração que sentia por Lamiel. Esta não compreendia a metade das palavras que lia no *Quotidienne*. A duquesa pretendia que para ler bem era preciso compreender; partiu daí para ter o prazer de explicar a Lamiel todas as coisas de que fala o *Quotidienne*. Não foi pouca coisa, e, sem que a duquesa tivesse previsto, esse esforço de educar Lamiel se tornou, todas as noites, a origem de uma ocupação muito envolvente; graças a isso, a leitura do *Quotidienne* durava três horas, em vez de meia hora. A grande dama explicava à jovem camponesa normanda, bastante inteligente, mas muito ignorante, todas as coisas da vida; e, enfim, esses comentários sobre o jornal que o carteiro trazia às oito frequentemente preenchiam o serão até a meia-noite.

– Como assim, já é meia-noite? – exclamava a duquesa com alegria; eu teria pensado que eram no máximo dez horas! Aí está: outra noite passada bem!

A duquesa tinha horror a se deitar cedo. Muitas vezes, os comentários sobre o *Quotidienne* recomeçavam na manhã seguinte, e, enfim, coisa incrível, a duquesa, que repetia ainda com bastante frequência que foram os normandos que haviam perdido a França, declarou que o comentário sobre o *Quotidienne* não bastava para a educação da *pequena*; é assim que Lamiel era chamada no castelo. A *pequena*, para cumprir bem suas funções de leitora, tinha que entender até mesmo as histórias maldosas sobre as mulheres dos banqueiros e outras senhoras liberais com que o *Quotidienne* enriquecia seus folhetins. A jovem leu em voz alta as *Noites do castelo* de Madame de Genlis[2] e, em seguida, os romances mais morais dessa famosa atriz.[3] Mais tarde, a duquesa achou que Lamiel era digna de entender o *Dicionário das etiquetas,* a obra mais profunda do século. Tudo o que se refere à diferença e, sobretudo, à demarcação de categorias na sociedade, tinha direito especial à atenção de uma mulher que, durante toda a sua juventude, havia estado à beira de se tornar duquesa. Foi por uma estranha fatalidade que ela só tenha chegado a essa suprema posição, idolatrada pelas mulheres do Faubourg Saint-Germain,[4] aos quarenta anos, quando, dizia, já não se importava muito em ter posição no mundo. A infelicidade, consequência dessa longa espera, havia azedado um caráter naturalmente fraco e supersticioso, ao qual tudo faltou durante o frescor da juventude. Ela poderia ter encontrado consolo nos cuidados apaixonados de algum homem pobre atraído ao castelo; mas um primeiro infortúnio desse tipo foi tratado com

2 Livro do século XVIII, com histórias e contos morais destinados à educação e entretenimento da juventude. [N. T.]

3 Mme. de Genlis não era atriz, embora tenha escrito peças de teatro. Talvez seja empregado aqui no sentido metafórico de "hipócrita". [N. T.]

4 Bairro aristocrático de Paris. [N. T.]

tanto horror pelo seu diretor de consciência que a duquesa chegou às portas da velhice sem pecar de novo, e esse azedume constante acabou por amargar seu caráter. Havia momentos em que ela sentia a necessidade de se zangar. Quando chegou à Normandia, a arrogância dessa marquesa, que pretendia ser tratada como duquesa, pareceu tão peculiar às damas nobres dos castelos vizinhos que logo o salão de Miossens foi declarado supremamente enfadonho. As pessoas só iam lá contra a própria vontade, e, se ainda respondiam aos convites da duquesa para jantar, era principalmente durante a época das primeiras colheitas. A duquesa tinha mantido os hábitos de grande riqueza, como enviar mensageiros a Paris para obter as primeiras ervilhas, os primeiros aspargos etc. etc. Ela percebia muito bem aquilo que os belos e numerosos castelos vizinhos nem se esforçavam para esconder dela: as pessoas vinham vê-la apenas em consideração ao que lhe chegava de Paris.

# CAPÍTULO VI
# SANSFIN E DU SAILLARD

A PRETENSA FRAQUEZA DOS OLHOS DA DUQUESA servia de pretexto a essa mulher amável para jamais se separar de Lamiel, que tinha sucedido plenamente o prestígio do cão Dash, morto pouco antes.

Esse gênero de vida teria sido delicioso para uma camponesinha vulgar, mas não durara nem mesmo um ano e já toda a alegria da juventude havia desaparecido na jovem camponesa.

Vários meses se passaram assim; enfim, Lamiel adoeceu gravemente. O perigo foi tão grande desde o início da doença que a duquesa se resignou a chamar o dr. Sansfin, que, havia vários anos, só vinha ao castelo no dia 1º de janeiro. Du Saillard fizera com que ela preferisse o dr. Buirette, de Mortain, uma pequena cidade a algumas léguas do castelo. Du Saillard temia que Sansfin dominasse o espírito da duquesa e até que curasse a pretensa doença de seus olhos. A vaidade ilimitada do médico corcunda gozou imensamente desse chamado ao castelo; isso era a única coisa que faltava à sua glória na região. Ele resolveu causar uma impressão profunda. Segundo ele, a duquesa deveria morrer de tédio; portanto, durante a primeira metade da visita, ele foi de uma grosseria completa; empregava as palavras mais estranhas com aquela grande dama, cuja linguagem, ele sabia, era tão comedida e elegante.

Depois, ficou maravilhado com a doença da jovem.

– Este é um caso muito raro na *Normandia* – pensou ele; é o *tédio*, e o tédio apesar da carruagem da duquesa, do excelente cozinheiro, dos melhores frutos e legumes, dos belos móveis do castelo etc. Isto está se tornando curioso; portanto, importante não fazer com que me expulsem: apliquei a grosseria cáustica com bastante força. Além disso, essa mulher pode se sentir mal, desmaiar, e eu ficaria entediado aqui. Seja mais comedido, sr. Doutor! A coisa mais cruel que posso inventar para o serviço dessa grande dama que neste momento me detesta é devolver a garota a seus pais.

Sansfin de repente voltou a suas maneiras habituais; se não eram muito refinadas, pelo menos indicavam um homem sensato, sobrecarregado de trabalho e sem tempo para suavizar o fervor de seus pensamentos ou polir suas expressões.

Ele tomou o ar mais lúgubre:

– Senhora duquesa, tenho a dor de dever preparar seu espírito para o que há de mais triste; tudo acabou para essa criança adorável. Só vejo uma maneira de talvez atrasar o progresso da terrível doença pulmonar; ela deve, acrescentou com ar duro, ir ocupar o pequeno quarto na cabana dos Hautemare, onde viveu por tanto tempo.

– Não foi chamado, senhor, exclamou a duquesa com raiva, para mudar a ordem da minha casa, mas sim para tentar, se puder, curar a indisposição dessa criança.

– Aceite a homenagem do meu profundo respeito, exclamou o doutor com ar sarcástico, e chame o sr. Padre. Meu tempo é reclamado por outros doentes a quem me permitirão curar.

O médico saiu sem querer ouvir a srta. Anselme, que a duquesa enviou atrás dele. Ele não se sentia à vontade para infligir infelicidades a uma tão grande dama que tinha tão belo aspecto!

– Que grosseria! Que falta de todas as conveniências! – exclamou a duquesa indignada. – Como se não pagássemos a esse personagem grosseiro uma segunda meia hora que ele poderia ter dedicado à menina. Mandem chamar Du Saillard.

O padre apareceu instantaneamente. Seus discursos não podiam ter a nitidez dos de Sansfin: de acordo com o hábito de sua profissão, acostumado a falar com tolos e a manter todas as portas trancadas contra a crítica, a primeira resposta do padre Du Saillard durou bem uns cinco minutos. Esse pensamento tão verboso poderia assustar o leitor, mas agradou à duquesa, que reencontrava o tom ao qual estava acostumada. O padre aderiu completamente à sua raiva contra o procedimento indigno *daquele homem*, que, em outros lugares, ele chamava de respeitável amigo; e, após uma visita que durou pelo menos uma hora e quarenta e cinco minutos, a duquesa decidiu enviar um mensageiro para buscar um médico em Paris.

– A grande objeção a essa medida é que nunca, na casa de Miossens, alguém chamou um médico de Paris para os domésticos.

– Eu poderia sugerir à senhora duquesa a ideia bastante simples de chamar esse médico para sua própria saúde, que, de fato, todos esses problemas nos provocam a tristeza de vê-la fortemente alterada.

– Minhas criadas saberão muito bem, respondeu a duquesa com um tom romano, que o médico de Paris virá chamado para Lamiel, e não para mim.

Esse médico, chamado por um mensageiro, após um atraso de quarenta e oito horas, dignou-se enfim a aparecer. Este sr. Duchâteau era uma espécie de Lovelace[1] suburbano, ainda jovem e muito elegante; falava muito e com espírito, mas havia alguma coisa de tão horrivelmente vulgar em suas maneiras e em sua linguagem que escandalizava até mesmo as camareiras da duquesa. De resto, em meio a suas intermináveis tagarelices, até as criadas perceberam que ele mal dignou consagrar seis minutos para examinar a doença de Lamiel. Como queriam lhe contar os sintomas, ele declarou que não precisava disso, e prescreveu um tratamento completamente insignificante. Quando, ao fim de três dias, ele partiu para Paris, a ausência desse homem foi um alívio para a sra. de Miossens. Chamaram o médico de Mortain, que então se correspondia com uma camareira e fingiu estar doente para não aparecer. Um médico de Rouen, o dr. Dervillers, foi chamado

1 Libertino, refere-se a Robert Lovelace, personagem do romance *Clarissa*, ou a *História de uma jovem*, de Samuel Richardson. [N. T.]

em seguida; muito diferente de seu colega de Paris, tinha um aspecto lúgubre e não dizia uma palavra. Não quis se explicar com a duquesa, mas disse ao padre que a menina não teria mais que seis meses de vida. Essa frase foi cruel para a duquesa; ela a privava da única distração que tinha no mundo; seu capricho por Lamiel estava mais forte do que nunca; ela ficou desesperada e repetia frequentemente que daria cem mil francos para salvá-la. Seu cocheiro, que ouviu isso, disse a ela com a franqueza rude de um alsaciano:

– Pois bem! Que a senhora chame Sansfin.

Um dia, voltando tristemente da missa em sua carruagem pela rua principal de Carville, ela viu de longe o médico corcunda e, instintivamente, o chamou. Ele havia inventado uma maldade a ser feita, o que o fez correr até a carruagem com o ar mais simpático. Subiu na carruagem e, ao chegar junto à doente, declarou que ela estava horrivelmente mudada e lhe deu remédios que deviam redobrar todos os sintomas da doença. Essa artimanha do malandro teve sucesso e o deixou encantado. A própria duquesa ficou doente e como, apesar de uma aparência de egoísmo horrível, mas que estava apenas relacionada a sua posição, ela possuía no fundo uma boa alma, arrependeu-se amargamente de não ter permitido que Lamiel fosse levada para a casa de seus pais. Esse transporte ocorreu, e o médico corcunda pensou: "Serei a cura".

Ele se pôs a divertir a mulher doente e a lhe pintar a vida como bonita; empregou vinte meios diferentes; por exemplo, assinou a *Gazeta dos Tribunais*[2] e lia para Lamiel todas as manhãs. Os crimes a interessavam, ela se sensibilizava com a firmeza de caráter demonstrada por alguns bandidos. Em menos de quinze dias, a extrema palidez de Lamiel pareceu diminuir. A duquesa notou isso um dia.

– Bem, minha senhora, exclamou Sansfin com altivez, é preciso chamar médicos de Paris quando se tem um doutor Sansfin por perto? Um padre pode ser inteligente, mas, quando essa

2 *Gazette des Tribunaux*, jornal francês do século XIX destinado ao meio jurídico. Rico em episódios da crônica policial. [N.T.]

inteligência é perturbada pela inveja, ela se assemelha, como duas gotas d'água, à tolice. Sansfin vê o que é verdadeiro em *tudo*, mas devo admitir que as ciências que estudo para aperfeiçoar minha arte me deixam tão pouco tempo a perder que às vezes digo a verdade em termos claros e precisos demais, e, sei disso, os salões dourados se arrepiam ao ouvir essa linguagem simples de um homem virtuoso que não precisa fazer a corte a ninguém. Por egoísmo, para não se separar de uma criada que a diverte, a senhora não quis que Lamiel fosse levada para seus pais no início e expôs a vida dela. Não cabe a mim dizer o julgamento que a religião faz de tal ação. Se o padre Du Saillard ousasse cumprir seus deveres com uma mulher de sua posição, sua severidade talvez fosse ainda mais ofensiva que a minha; mas ele não se importa com a perda da alma de seus pacientes. A morte da alma não é tão visível quanto a do corpo. O trabalho dele é mais cômodo que o meu. Quanto aos remédios do seu tolo de Paris e aos do doutor de Rouen, eles levaram a *pequena* à beira do túmulo. Desminta se estiver errado, e eu, que tenho tanta humanidade e tanto amor pela minha profissão, que, se uma daquelas velhas mulheres imbecis, com as quais a senhora encheu seu castelo, tivesse me permitido, eu teria secretamente ido até a interessante doente e teria substituído os venenos que o charlatão de Paris estava administrando pelos remédios verdadeiros; mas não pude. Note, minha senhora, que eu correria os riscos de um processo criminal para salvar uma garotinha que a diverte. É assim, senhora duquesa, que a tolice, mesmo no caso mais indiferente à primeira vista, pode levar à morte. Durante oito dias, fiz de tudo para ter notícias da pequena de manhã e à noite. Ela estava morrendo e a qualquer momento poderia ter um vômito de sangue no qual ela teria morrido em seus braços. Se lhe fosse dado, no momento final, conhecer a verdade, ela poderia ter lhe dito: "*Senhora duquesa, a senhora me mata*; sacrificou minha vida ao seu desprezo pelo discurso firme e nobre da verdade; a verdade a chocou porque estava na boca de um pobre médico rural".

A duquesa ficou aterrada com as palavras do médico; pareceu-lhe que estava ouvindo um profeta; ela havia organizado sua vida de maneira tão malfeita que havia muito tempo ninguém se dava ao trabalho de ser eloquente para tirar seu tédio. Deixava sua vida correr como nos tempos em que sua beleza e palavras encantadoras povoavam seu salão.

O médico aumentou propositadamente o desconforto da grande dama, deixando-a louca de dor; é verdade que todos os dias, durante uma hora, ele a submetia ao terrível magnetismo de sua eloquência infernal. A duquesa ficou tão indisposta que não teve mais a força de visitar Lamiel duas vezes por dia na casa de seus pais. Então, por cuidados do médico que desejava curá-la de sua languidez, chegou a um ponto de loucura tal que deixou o castelo para passar publicamente vários dias na casa rural vizinha à dos Hautemare, que o médico fez evacuar e mobiliar em poucas horas. O que aumentava o zelo de Sansfin era o fato de que Du Saillard estava furioso e empregava todo o seu gênio para encontrar algum meio de afastar o médico corcunda. O meio de defesa deste foi bem simples. Todo mundo, em Carville, tinha medo do padre. O médico, depois de repetir isso em todas as tonalidades duzentas ou trezentas vezes, fez com que a duquesa e a vila entendessem que o padre estava com inveja dele porque ele estava salvando a vida da pequena Lamiel, para a qual aquele quisera chamar um médico de Paris. A coisa, uma vez bem explicada, era tão clara que toda a vila *captou a anedota* (linguagem de mascate) e a grande agitação do padre Du Saillard não foi mais um enigma. O doutor nada negligenciou para fazer entender a verdade aos padres da região, que ficaram encantados por poderem censurar uma fraqueza ao terrível padre de Carville, encarregado de vigiá-los.

# CAPÍTULO VII
# A DOENÇA DE LAMIEL

O MÉDICO PENSOU: tenho que investir em duas coisas.

Fazer com que eu seja amado por Lamiel, ela tem quase dezessete anos e será encantadora quando eu a desinibir.

Tornar-me indispensável para essa grande dama de belos traços, ainda bastante bem, apesar dos seus cinquenta e dois anos, para que ela finalmente se decida, após alguns meses ou um ano, a um casamento desigual com o médico rural maltratado pela natureza.

A duquesa consultava-o sobre tudo e, na realidade, desde que via Sansfin todos os dias, e várias vezes ao dia, ela quase não se entediava mais.

No meio da agitação que o médico mantinha em sua mente, ela dizia em voz alta a todos que, desde que morava em uma choupana, descobrira a felicidade.

“Eu seria perfeitamente feliz”, acrescentou ela, “se estivesse tranquila sobre a saúde de Lamiel.”

Nessas circunstâncias, Sansfin alegou que o farmacêutico de Avranches nunca seria capaz de preparar certas pílulas necessárias para dar alguma força à jovem doente. Ele foi passar vários dias em Rouen; nos últimos meses, ele mantivera uma correspondência bastante regular com o sr. Gigard, grande vigário de confiança do sr. cardeal-arcebispo. Chegando a Rouen, considerou que era necessário fazer a conquista completa do grande vigário do arcebispo, ele mesmo propôs fazer uma confissão geral ao vigário; finalmente, chegou ao verdadeiro objetivo de sua viagem: foi apresentado ao sr. cardeal, e se comportou com tanta habilidade, mostrou tanto espírito e moderação, fez elogios tão pérfidos ao sr. pároco Du Saillard, que não pisava em Rouen havia dezoito meses, que, quando deixou aquela capital, o cardeal ouviria antes uma denúncia dele contra Du Saillard do que uma denúncia do padre contra ele. Chegando a esse ponto, o médico rural viu se avizinhar a possibilidade de se casar com uma viúva da mais alta nobreza que, legalmente, tinha mais de oitenta mil libras de renda e que, tendo apenas um filho, com dezessete anos e aluno da Escola Politécnica, poderia gastar quase duzentos mil francos por ano.

"*Eu agarraria* o espírito desse filho, faria com que ele me adorasse", dizia-se Sansfin para si mesmo, enquanto passeava solitariamente pela colina de Sainte-Catherine, que domina Rouen; "e, de qualquer forma, mesmo que tudo dê errado, quem me impediria de fugir para a América com uma bolsa de cem mil francos? Lá, sob um nome falso, sr. Petit ou sr. Pierre Durand, eu recomeçaria minha carreira médica e, aliás, teria arranjado tão bem as coisas, levando meus cem ou duzentos mil francos, que a duquesa e seu filho se cobririam de ridículo se tivessem a ideia de me perseguir."

Sansfin voltou para Carville; a recuperação de Lamiel avançava muito rapidamente e, para dar à sra. de Miossens a ideia de voltar ao castelo, ele recorreu a drogas que aumentaram as aparências da indisposição de Lamiel.

Nesse estado de coisas, Sansfin ia caçar na floresta de Imberville; lá, um dia, em vez de caçar, entregou-se profundamente a seus sonhos.

"Pois bem! Então, que seja", pensou ele, sentando-se nas raízes de uma faia que emergiam da terra, "eis-me aqui marido dessa duquesa, manipulando à vontade uma fortuna de mais de duzentas mil libras de renda; pois bem, não mudei minha posição, apenas a *dourei*, ainda sou um subalterno, *cortejando pessoas mais poderosas do que eu*, e tendo que lutar contra o desprezo e, além disso, um desprezo que sinto ser merecido por mim. Sigamos o segundo plano: transplantado para a América, passo a me chamar, se quiser, sr. de Surgeaire, tenho duzentos mil francos na carteira, e o que é tudo isso? É um embelezamento da minha posição; adquiro o fardo da minha falcatrua para adicionar ao fardo da minha corcunda. Essa corcunda me torna reconhecível em qualquer lugar e, dada a infame liberdade de imprensa que reina na América, o que faria se um belo dia lesse toda a minha história nos jornais? Não, estou cansado das imposturas, o que preciso é o *legítimo* e o *real* para mim; o dinheiro só serve para mim como luxo; certamente, uma bela carruagem esconderia meu defeito natural, mas, quanto a mim, para viver, não preciso mais do que dez mil francos."

Após quatro horas de uma agitação febril, o médico saiu da floresta de Imberville e voltou a Carville, decidido a fazer da duquesa apenas uma amiga íntima, e de forma alguma uma esposa. Essa falcatrua a menos para realizar o deixou todo feliz. Oito dias depois, ele se dizia:

"Deus grande, como eu me enganava querendo praticar uma nova impostura que teria de sustentar. Eu seria bem mais feliz desenvolvendo minhas qualidades naturais. Se a natureza me deu um triste invólucro, sei como manusear as palavras e conquistar a opinião dos tolos e, mesmo", acrescentou com um suspiro de satisfação, "a opinião das pessoas de espírito, pois, enfim, essa duquesa não é nada má nesse aspecto, tem um tato admirável para o ridículo, e para as afetações, apenas, ela não raciocina, como toda a gente de sua classe. O raciocínio, que não admite brincadeiras, lhe parece de uma tristeza horrível, e quando, por acaso, ela quer raciocinar e chegar a uma conclusão de que eu não gosto, posso sempre destruir todo o raciocínio com uma palavra espirituosa e picante. Quanto a mim, sei como trabalhar; para me tornar deputado, teria que estudar um pouco de economia política e ler os títulos de algumas centenas de ordenanças administrativas; pois bem! O que é isso comparado ao estudo de três ou quatro doenças? Quando fizer meus primeiros ensaios na tribuna, minha corcunda me impedirá de ser invejado. Para que correr para a América? Meu país me oferece a posição que me convém; é necessário que a sra. de Miossens tenha um salão considerado em Paris, e que esse salão garanta que a boa sociedade me aceite. Pelo cardeal-arcebispo, posso ser admitido na congregação. Com essas duas belas preparações concluídas, a porta se abre e é a minha vez de entrar, se tiver vigor suficiente *nas pernas*. Ao mesmo tempo, é preciso me divertir; enquanto seguir esse grande plano, é necessário obter as primícias do coração dessa jovem."

Para alcançar todas essas belas coisas, Sansfin prolongou a suposta doença de Lamiel por vários meses; como a origem do pouco de realidade que havia nessa indisposição muito simples era o tédio, Sansfin sacrificava tudo para divertir a doente; mas ficou surpreso com a clareza e a vivacidade desse espírito tão jovem: enganá-la era muito difícil. Logo, Lamiel ficou convencida de que esse pobre médico de aparência tão burlesca era o único amigo que tinha no mundo. Em pouco tempo, por meio de brincadeiras bem calculadas, Sansfin conseguiu destruir todo o afeto que o bom coração de Lamiel tinha por sua tia e seu tio Hautemare.

– Tudo em que você acredita, tudo o que eles dizem para você hoje e que a torna tão encantadora é estragado por um reflexo de todas as pobrezas que o bom Hautemare e sua esposa lhe inculcaram como sendo verdades respeitáveis. O que a natureza lhe deu é uma graça encantadora e uma espécie de alegria que se comunica, sem que você perceba, às pessoas que têm a sorte de lhe ouvir. Veja a duquesa, ela não tem o menor bom senso e, no entanto, se ainda fosse bonita, ela passaria por uma mulher bastante agradável; pois bem, sua conquista foi tal, a ponto de não haver sacrifício que ela não aceite com alegria para manter a felicidade de passar seus serões consigo. Mas sua situação é perigosa, deve esperar o complô mais sombrio por parte das camareiras; a srta. Anselme, em particular, muda de expressão só de ouvir uma única palavra de elogio que lhe seja destinada. O sr. abade Du Saillard tem o hábito de ter sucesso em tudo o que empreende; se ele se juntar às camareiras, a senhorita estará perdida, pois possui todas as graças possíveis, mas sua juventude ainda não adquiriu bom senso, a senhorita não sabe raciocinar. Por esse lado, eu poderia lhe ser de alguma utilidade; mas sua doença vai cessar em breve, então eu não terei mais pretexto para vê-la e a senhorita pode cair em erros muito graves. Se eu estivesse no seu lugar, gostaria de adquirir *bom senso*; é um trabalho de um mês ou dois.

– Por que não me dizer isso em duas palavras, por que esse prefácio de quinze minutos? Estou preocupada desde que o senhor começou a falar, tentando adivinhar o que quer dizer.

– Eu quero – respondeu Sansfin, rindo – que consinta num assassinato horrível: a cada oito dias, eu lhe trarei, no bolso do meu casaco de caça de Staub,[1] um pássaro vivo; vou cortar a cabeça dele, a senhora vai despejar o sangue em uma pequena esponja que colocará na boca. Teria coragem? Tenho lá minhas dúvidas.

– E depois? – perguntou Lamiel.

– Depois – continuou o médico –, nos momentos em que passará junto à duquesa, de vez em quando cuspirá sangue. Com seus pulmões atacados a esse ponto, não haverá mais objeções a tudo o que eu quiser fazer para entretê-la. Eu já lhe disse: sua doença a levava ao marasmo, não há nada mais perigoso para as moças da sua idade; mas, no fundo, sua doença não passava de tédio.

– E o senhor mesmo, doutor, não tem medo de me entediar me ensinando o que chama de *bom senso*?

– Não, porque o que estou pedindo é trabalho, e, assim que o realizamos, o trabalho traz prazer e expulsa o tédio. Imagine que, de todas as coisas que uma jovem bonita da baixa Normandia acredita, não há uma única que, de uma forma ou de outra, não seja uma idiotice ou uma falsidade. O que a hera que se vê ali na avenida faz aos carvalhos mais belos?

– A hera abraça firmemente um lado do tronco e depois segue os galhos principais.

– Pois bem! – continuou o médico –, o espírito natural que o acaso lhe deu é o belo carvalho; mas, enquanto a senhora crescia, os Hautemare lhe diziam todos os dias doze ou quinze bobagens em que eles próprios acreditavam, e essas bobagens se agarravam

---

1 O alfaiate da moda. [Nota de Stendhal]
Esse alfaiate já é mencionado em *O vermelho e o negro*. [Nota de Casimir Stryienski]

aos seus pensamentos mais belos como a hera se agarra aos carvalhos da avenida. Eu estou aqui para cortar a hera e limpar a árvore. Quando eu for embora, vai me ver descer do cavalo e cortar a hera das vinte árvores à esquerda. Essa será minha primeira lição, vamos chamá-la de regra da hera. Escreva essa palavra na primeira página de seu livro de orações, e toda vez que se pegar acreditando em alguma coisa escrita nesse livro, diga a si mesma a palavra *hera*. Uma hora vai perceber que não há uma única das ideias que a senhorita tem atualmente que não contenha uma mentira.

– Assim – exclamou Lamiel, rindo –, quando eu digo que há três léguas e meia daqui a Avranches, digo uma mentira; ah!, meu pobre doutor, que bobagens o senhor está falando! Ainda bem que o senhor é divertido.

A obra-prima do médico havia sido dar esse tom às conversas que tinha com sua linda paciente; tinha pensado que o tom sério que ela devia manter com a duquesa tornaria sempre infinitamente mais agradáveis os momentos que passava com ele.

"E", pensava ele, "se mesmo algum dia um desses infames jovens que eu desprezo, e aos quais a natureza deu um corpo impecável, vier falar de amor para a minha joia, esse tom assustará o amante tolo e eu terei todas as facilidades para ridicularizá-lo."

Embora o sangue do pobre passarinho que o médico trouxe para sua paciente lhe tenha inicialmente causado grande repugnância, ele conseguiu fazê-la colocar na boca a pequena esponja impregnada de sangue e, o que foi muito melhor, pelo tom de voz que assumiu, o médico não deu a Lamiel apenas a convicção, mas, antes, a sensação de que estava cometendo um grande crime; ele fez com que ela repetisse para ele juramentos horríveis, pelos quais ela se comprometia a nunca revelar a instrução que ele lhe dera de usar o sangue de um pássaro. A visão da morte imposta a esse serzinho tão gentil havia abalado profundamente a alma da jovem; ela cobriu os olhos com seu lenço para não ver o crime ser executado; o médico deleitava-se profundamente ao ver as emoções tão vivas que provocava nesse ser tão bonito.

"Ela será minha", pensava.

Toda a sua alma estava plena com a felicidade de ter reduzido a jovem ao estado de *cúmplice*. Se ele a tivesse envolvido em grandes crimes, ela não teria sido mais sua cúmplice do que era então. O caminho estava traçado naquela alma tão jovem, esse era o ponto essencial. Uma segunda vantagem, não menos importante, que ele obteve ao aplicar *o terror*, foi que a jovem adquirira o hábito da discrição.

Esse hábito foi facilitado pelo surpreendente sucesso que a morte do pássaro obteve. Assim que a duquesa ficou convencida de que sua jovem favorita às vezes cuspia sangue, as fantasias mais loucas de Lamiel tornaram-se leis sagradas para ela; não era permitido tocar nas vontades de Lamiel. Para completar seu império, o médico, que tinha um medo extremo do gênio de Du Saillard, não deixou de ser cruel com a duquesa.

– Esses jovens pulmões – ele repetia frequentemente – foram inflamados por muito tempo, e talvez tenham sido completamente perdidos pelos excessos de leitura impostos pelo emprego que Lamiel tinha a honra de exercer a seu lado.

Ele nada negligenciou para dar vivos remorsos a sua nova amiga. Esses remorsos, aos quais todos os dias a duquesa encontrava alguma objeção, foram uma nova causa de intimidade entre o médico rural e a grande dama. Essa intimidade chegou a ponto de o médico dizer a si mesmo:

"Já que não pretendo fazer dela minha mulher, posso falar-lhe de amor".

Claro, a princípio, só se tratava de amor platônico; era um truque que Sansfin sempre usava para desviar a atenção da mulher a ser seduzida e fazê-la esquecer o horrível defeito de sua aparência.

Essa infelicidade é que, desde a primeira infância, tinha habituado o médico a prestar a máxima atenção aos menores detalhes. Desde seus oito anos, sua incrível vaidade era ofendida por um meio sorriso que ele via do outro lado da rua, quando passava.

Sob o pretexto de ser muito friorento, o doutor adotara o hábito de usar magníficos casacos e peles de todas as espécies; ele imaginava que o defeito de seu corpo fosse assim disfarçado, embora essa quantidade de tecidos colocados sobre seus ombros, que já eram proeminentes por si só, tornava seus defeitos mais perceptíveis; pois bem, nas primeiras noites mais frescas de setembro, ele via com gratidão, no final da praça, o primeiro homem da alta sociedade de Carville que havia decidido usar um casaco. Imediatamente, ele corria para casa e dizia a todas as suas visitas da noite:

– Eu peguei um casaco, foi o sr. Fulano que me deu o exemplo. Nada é tão perigoso quanto os primeiros frios, eles podem repercutir no peito os humores que a transpiração insensível eliminava e muitas tuberculoses tiveram essa causa.

Esse hábito do médico lhe era perfeitamente útil junto às mulheres.

Seu primeiro passo era isolá-las sob o pretexto de doença; por esse meio simples, ele as lançava no tédio; então ele as divertia com suas mil atenções e, às vezes, conseguia fazer com que esquecessem sua estranha deformidade. Para pôr sua vaidade à vontade, ele havia adotado o hábito salutar de não contar suas derrotas, mas apenas seus sucessos.

“Feito como sou”, ele se tinha dito bem cedo, “de cem mulheres que atacarei, não posso contar com muito mais do que dois sucessos.”

E ele só ficava aflito quando se encontrava abaixo dessa taxa.

# CAPÍTULO VIII
# FESTA NA TORRE

ELE HAVIA CONSEGUIDO PERSUADIR a duquesa convencendo Lamiel, o que, aliás, não tinha sido difícil, a não querer voltar para o castelo. A duquesa havia comprado um jardim adjacente à casa de Hautemare e, em seu terreno, havia construído uma torre quadrada que, em cada andar, continha um quarto magnífico e um gabinete. O que tinha decidido a duquesa a empreender essas fantasias dispendiosas fora o desejo de mostrar aos habitantes de Carville, que estavam infectados pelo jacobinismo, uma verdadeira torre da Idade Média, o que não deixaria de lhes lembrar o que eram outrora os senhores de Miossens em relação a eles. A torre, erguida no local do jardim, era uma réplica exata de uma torre meio arruinada que ficava no parque do castelo. O doutor conseguiu vencer certas objeções que a avareza da duquesa não deixava de levantar ao sugerir que poderiam, para a nova torre, se servir das pedras de corte quadrado que formavam a antiga. Depois, quando a torre foi erguida, ele notou que os pedreiros locais não tinham alinhado perfeitamente as pedras de corte; assim, então, fizeram vir de Paris artesãos cinzeladores que, talhando as pedras numa profundidade de seis polegadas em alguns lugares, cercaram a torre com ornamentos em ogivas inspirados na arquitetura sarracena da qual podem se ver belos restos na Espanha. Nessa época da vida da nova torre, ela provocou um impacto imenso em todos os castelos da vizinhança.

– Isso é ao mesmo tempo útil e agradável, exclamou o marquês de Fernozière; em caso de revolta dos jacobinos, pode-se refugiar em uma torre desse gênero e resistir muito bem por oito ou dez dias, até que se consiga reunir a gendarmeria da região. Em tempos mais tranquilos, a visão de um tão belo monumento dá aos solares vizinhos um pouco em que pensar.

O doutor organizou tudo de maneira que, em menos de quinze dias, essa ideia foi repetida vinte vezes diante da duquesa. Ela estava no auge da felicidade. A falta de sucesso junto aos castelos da vizinhança era uma das infelicidades de sua vida, e o tédio que a fazia languir antes da doença de Lamiel acrescentava uma nova ponta à mágoa mais ou menos real, da qual ela acreditava que sua vida estava rodeada. Sempre que seu olhar pousava em um daqueles castelos da vizinhança, durante seus passeios, ela emitia um gritinho de profunda tristeza. O médico tinha conseguido extrair a razão por trás desse gritinho; ele fingia que esse grito pudesse indicar uma horrível doença dos pulmões. Por mais de um mês, Sansfin imaginou o estado de êxtase em que o sucesso da torre havia lançado a senhora de Miossens. A paixão que, na verdade, ela sentia mais dificuldade em combater era a avareza. Ele quis dar nela um golpe fatal e, quando tudo estava bem preparado, exclamou um dia, com ar da mais profunda convicção:

– Convenha, minha senhora, que é uma coisa muito feliz, esta torre lhe custa no máximo cinquenta ou cinquenta e cinco mil francos... pois bem! Ela lhe dá mais de cem mil francos de felicidade. A vaidade dos fidalgotes que a rodeiam finalmente foi-se embora; eles prestam homenagem à posição elevada para a qual a providência a chamou. Digne-se a convidá-los para um grande banquete que a senhora oferecerá para inaugurar a *torre de Albret*. (Deram esse nome à torre em homenagem ao marechal.)

Havia vários meses que o médico vinha trabalhando para reconciliar a nobreza local com o temperamento um tanto singular da duquesa. Ele injetou essa ideia em todos os castelos, explicando que a suposta arrogância que os havia ofendido não era arrogância de verdade, mas apenas um mau hábito de espírito adquirido em Paris, do qual, aliás, a duquesa começava a sentir o ridículo.

A duquesa organizou um banquete esplêndido para inaugurar a torre de Albret. Com cinco andares, o médico fez questão de ter cinco mesas, uma em cada andar. Ergueram um galpão de madeira a dez passos da torre para servir como cozinha; colocaram mesas fora, em um campo próximo, para onde foram convidados todos os parentes dos alunos de Hautemare. A divisão singular da boa companhia em cinco mesas produziu naturalmente muita alegria, que foi intensificada pelo tom verdadeiramente amável com o qual, pela primeira vez em sua vida, a duquesa respondeu aos elogios que lhe dirigiram. Essa transformação foi a obra-prima de Sansfin.

Ele havia contratado músicos, que se apresentaram como por acaso quando anoiteceu, quando todas as jovens das cinco mesas começaram a lamentar que ninguém tivesse tido a ideia de encerrar um dia tão agradável com um baile. Sansfin subiu correndo e anunciou que a sra. duquesa havia tido a ideia de chamar um grupo de músicos que estava indo para Bayeux.

As árvores do prado foram iluminadas também como por acaso, e o baile começou para as camponesas. A sala mais alta da torre, o quinto andar, foi reservada às damas para as trocas de toalete que exigia o baile improvisado. Durante meia hora, dedicaram-se a esse cuidado, enquanto o doutor Sansfin explicava aos fidalgos da região como, sem que ninguém tivesse pensado nisso, a torre de Albret havia se tornado uma fortaleza muito difícil de ser conquistada.

– Seus antepassados, senhores, sabiam das coisas de guerra, e, como os pedreiros seguiram exatamente o plano da velha torre, sem imaginar que estavam preparando armadilhas para as pessoas de baixa classe, construíram uma fortaleza que poderá servir de refúgio para todas as pessoas honestas, caso os jacobinos voltem a queimar os castelos.

Essa ideia consoladora completou o encanto desse dia. As senhoras dançaram das oito até a meia-noite, e seus maridos, totalmente ocupados com a torre, só pensaram em recolocar os cavalos nas carruagens bem tarde. Os camponeses dançaram até o amanhecer. O doutor estava a cavalo e tinha feito trazer barris de cerveja e até vinho para o campo.

Esse dia mudou completamente a maneira de ser da duquesa com seus vizinhos, e também foi o momento em que ela esqueceu completamente como a natureza havia tratado esse homem tão amável, o doutor Sansfin.

Lamiel viu toda a festa fechada dentro da carruagem da duquesa – que fizeram avançar até o meio do campo e da qual levantaram os vidros. A duquesa veio ver mais de vinte vezes se sua favorita não estava incomodada pela umidade. Sua avareza, paixão dominante até então, estava completamente subjugada.

Oito dias após essa famosa festa na torre de Albret, que se tornaria célebre por muito tempo na região de Bayeux, viram chegar a Carville uma grande carroça de mudança vinda de Paris. Ela estava cheia de operários, tapeceiros e tecidos de todos os tipos, adequados para mobiliar um castelo. Eles mobiliaram de forma encantadora os cinco quartos, superpostos uns sobre os outros, que formavam a torre gótica. A duquesa, tendo expulsado a avareza, sentia-se com o coração vazio e caiu no amor dos excessos, já projetando um segundo jantar.

O quarto do segundo andar, destinado a Lamiel, fora arranjado de maneira encantadora, e esta declarou ao médico que queria viver ali. Em vão, o médico lhe suplicou de joelhos a considerar que aquele quarto, muito úmido, faria mal até a uma pessoa forte como uma camponesa, e muito mais a ela, que já tinha a saúde de uma mulher da alta sociedade. Lamiel foi inflexível. O médico percebeu que já havia cinco meses que a vaidade emergente da linda normanda aprendia sempre alguma coisa com ele; esse doutor sempre tinha razão, sempre o espírito de Lamiel ficava em uma posição inferior em relação ao dele. O espírito prudente do médico realizou várias experiências, mas enfim entendeu o verdadeiro princípio do capricho daquela criança.

– Já é a vaidade, já é o orgulho de seu sexo! – exclamou ele. – Preciso me apressar em ceder, ou planto aqui o germe de uma aversão que pode se estender pelos belos anos dessa encantadora moça, quando chegar o momento em que sua conquista será verdadeiramente uma coisa agradável para um homem defeituoso como eu.

# CAPÍTULO IX

# A EDUCAÇÃO DE LAMIEL E O ABADE CLÉMENT

NA ÉPOCA DA FESTA DA INAUGURAÇÃO DA TORRE, faleceu o pároco de uma pequena aldeia bastante próxima do castelo de Miossens e, por recomendação da duquesa, o arcebispo de Rouen concedeu aquela pequena paróquia ao senhor abade Clément, sobrinho da srta. Anselme, governanta do castelo e todo-poderosa antes da chegada de Lamiel. Esse jovem padre, muito pálido, muito piedoso, muito instruído, era alto, magro e sofria bastante dos pulmões, mas tinha um defeito cruel para a sua condição: sentia que, apesar de si mesmo e contra a sua vontade, tinha muito espírito; logo, apesar da baixeza da sua origem e em virtude do seu espírito que, entre dois partidos, sempre o fazia escolher o melhor, tornou-se o personagem essencial do salão da sra. de Miossens. Em primeiro lugar, fizeram-no compreender sem muita cerimônia que, quando o tinham feito pároco, aos vinte e quatro anos, com uma paróquia valendo pelo menos cento e cinquenta francos, esperava-se uma ilimitada assiduidade. A duquesa levou esse jovem pároco para a casa rural habitada por Lamiel. Ele ficou impressionado com a graça que havia na união de um espírito vivo, audacioso e do maior alcance com uma ignorância quase completa de todas as coisas da vida e uma alma perfeitamente ingênua. Por exemplo, uma noite, quando a duquesa estava subindo em sua carruagem para passar o serão na casa dos Hautemare com o abade Clément, trouxeram da diligência de Paris uma enorme caixa, que o abade teve a gentileza de abrir. Era um retrato magnífico. Só sua moldura custava vários milhares de francos. Esse retrato era o de Fédor de Miossens, filho único da duquesa, vestindo o uniforme da Escola Politécnica. A duquesa mandou abrir o landau, apesar do horror que tinha pela umidade da noite. Queria mostrar o retrato à amável Lamiel e, de algum modo, não queria entregar-se ao seu prazer até ter a opinião do amável ser que dispunha de seu coração. Chegando ao quarto de Lamiel, a duquesa entregou-se aos mais exagerados elogios, mas seu olhar interrogava sua favorita, que mal respondeu. Depois de mil maneiras de falar que pediam uma resposta, a duquesa, impaciente, viu-se obrigada a perguntar a Lamiel o que pensava daquela fisionomia. Lamiel admirou os detalhes da moldura; a pedido da duquesa, mal considerou, com um olhar distraído, o personagem pintado; depois disse simplesmente, e sem intenção de malícia, que a fisionomia daquele jovem soldado lhe parecia insignificante. Apesar dos modos modestos e da contenção habitual do abade Clément, aquela ingenuidade foi imprevista demais para o pouco traquejo da vida em sociedade que ele conseguira adquirir. Desatou então numa gargalhada, e a duquesa, para não se zangar e sobretudo para não irritar sua favorita, decidiu imitá-lo. Essa encantadora ingenuidade surpreendeu e cativou o pobre abade, já meio abafado pelo constante tom de falsidade necessário naquela pequena torre. Sem suspeitar, ele apaixonou-se por Lamiel.

Isso aconteceu justamente no momento em que Lamiel quis absolutamente tomar posse de seu quarto na torre. Numa bela manhã, ela mudou de repente, e o doutor Sansfin ficou muito espantado quando, vindo fazer sua primeira visita às oito horas, os Hautemare lhe disseram que já fazia mais de uma hora desde que Lamiel havia embarcado para o castelo no cupê de Madame.

O retorno da favorita deixou a duquesa alegre como uma criança; para ser justo, é preciso dizer que ela teria sentido o mesmo prazer por qualquer passo singular dado por Lamiel. Desde o momento em que ela ficara ocupada com alguma coisa, não estava continuamente ocupada em lamentar o progresso do jacobinismo; a duquesa recuperara uma saúde brilhante e, o que era de grande importância a seus olhos, as primeiras rugas que lhe invadiam a testa iam desaparecendo, e sua tez ia perdendo a cada dia aquele tom amarelo que acompanha os gemidos contínuos. À noite, ao entrar no salão, o médico ficou consternado; ele ouviu risadas desde o segundo salão que precedia aquele em que estava a duquesa; era Lamiel, que pronunciava em inglês palavras que lhe estavam ensinando havia quinze minutos. A duquesa, que passara vinte anos de sua juventude na Inglaterra durante a emigração, pensava que falava inglês; e surgira a ideia ao abade Clément, que, nascido em Boulogne-sur-Mer, falava inglês e francês, de ensinar inglês a Lamiel, para que, quando ela retomasse as suas funções de leitora, pudesse ler os romances de Walter Scott para a duquesa. O médico viu que estava perdido e, como tinha por princípio que um corcunda triste que deixa ver a sua tristeza é um homem perdido para sempre nos salões em que cometeu tal imprudência, saiu apressado e ninguém notou seu desaparecimento. O bom abade Clément, longe de confessar a si mesmo o tipo de interesse que tinha por Lamiel, pensava sempre nela. Supunha que, com o tempo e a proteção aberta da duquesa, ela faria um casamento que lhe daria um lugar na boa burguesia. Então, ensinou a Lamiel um pouco do que ela ignorava e que, no entanto, era preciso saber para não ser ridícula na sociedade. Um pouco de história, um pouco de literatura etc. etc. Esse ensinamento era bem diferente daquele dado pelo doutor Sansfin. Não era duro, cortante, voltado aos princípios das coisas, como o de Sansfin; era suave, insinuante, cheio de graça; sempre uma pequena máxima chegava precedida por uma bela pequena anedota, da qual era como que a consequência, e o jovem tutor tomava muito cuidado para deixar que a jovem aluna chegasse à conclusão esperada. Muitas vezes, ela caía num profundo devaneio que o abade não sabia como explicar. Era quando algo ensinado pelo abade parecia estar em contradição com uma das terríveis máximas do doutor. Por exemplo, segundo este, o mundo era apenas uma comédia ruim, representada sem graça, por malandrinhas sem graça, por mentirosos infames; por exemplo, a duquesa não pensava uma só palavra do que dizia e só tinha o cuidado de espalhar máximas úteis às pretensões de uma duquesa; a boa conduta de uma mulher, nesse sentido, era perigosa porque, forte na sua consciência e na realidade da sua virtude, ela se permitia imprudências das quais um inimigo prudente poderia aproveitar-se, enquanto a mulher que seguia todos os seus caprichos tinha primeiro o prazer de se divertir, o que no mundo é a única coisa real, dizia o médico.

– Quantas mocinhas não morrem antes dos vinte e três anos! – dizia a Lamiel – E então, para que serve todo o constrangimento que elas se impuseram durante quinze anos, todos os prazeres dos quais se privaram para conquistar a boa opinião de oito ou dez velhas que formam a alta sociedade do vilarejo? Várias dessas velhas, que, em sua juventude, conheceram a flexibilidade dos costumes então em uso na França antes do reino de Napoleão, devem estar bem zombando, no fundo do coração, do atroz rigor que impõem às jovens que completam dezesseis anos em 1829! Há, portanto, um duplo ganho em ouvir a voz da natureza e seguir todos os seus caprichos; primeiro, oferecemo-nos o prazer, que é o único objeto para o qual a raça humana está colocada aqui embaixo; em segundo lugar, a alma fortalecida pelo prazer, que é o seu verdadeiro elemento, tem a coragem de não admitir nenhum dos teatrinhos necessários a uma jovem para conquistar a boa opinião das velhas com prestígio na aldeia ou no bairro em que moram. O perigo da doutrina do prazer é que o prazer dos homens os leva a gabar-se incessantemente da bondade que as jovens podem ter para com eles. O remédio é fácil e divertido; é preciso sempre colocar em desespero o homem que serviu aos prazeres das jovens.

O médico acrescentava uma série de detalhes:

– Nunca se deve escrever, ou, se tiver essa fraqueza, nunca se deve entregar uma segunda carta sem que a primeira seja devolvida. Nunca se deve demonstrar confiança em uma mulher, se não se tem em mãos os meios de puni-la pela menor traição. Jamais uma mulher pode sentir amizade por outra mulher da mesma idade que ela. Tudo isso é muito minucioso – acrescentava o médico –, mas veja em quantas minúcias e mentiras se baseiam as opiniões que são tomadas como verdades do evangelho por todas as velhas da cidade.[1]

O abade já estava tão apaixonado, sem que o soubesse, que esses momentos de distração de Lamiel o mergulhavam num pesar mortal.

Fez com que a sua jovem aluna lesse o célebre tratado de Fénelon sobre a educação das moças, mas Lamiel já tinha inteligência suficiente para achar vagas e sem conclusão aplicável todas aquelas ideias tão suaves, expressas num estilo tão polido e cheio de atenções para a vaidade do espírito que aprende.

"Por exemplo", pensava Lamiel, "aqui está uma graça que o doutor jamais conheceu. Que diferença entre a sua alegria e a desse abade Clément! Sansfin só fica feliz no fundo do coração quando vê alguma infelicidade atingir o próximo. O bom abade, ao contrário, é cheio de bondade para com todos os homens."

Mas, admirando e mesmo amando um pouco o jovem abade, Lamiel tinha dó dele ao vê-lo contar com a mesma benevolência por parte dos outros. Quanto a ela, já era uma pequena misantropa. A visão do médico servira de prova às explicações que ele lhe dava de todas as coisas; ela pensava que todos os homens eram tão maus quanto ele. Um dia, por diversão, ela contou ao abade Clément que sua boa tia Anselme tinha dito à duquesa todo o mal possível sobre ele. A tia estava furiosa com a amizade que seu sobrinho desenvolvera por Lamiel, sua rival na estima da duquesa; ela havia contado muito com o abade para diminuir o império que aquela camponesinha havia forjado sobre a grande dama. Ao ver a expressão surpresa e desorientada do abade Clément ao receber essa notícia, ela o achou ridículo e o observou fixamente por um longo tempo nos olhos. Ela aceitava essa observação como verdadeira.

---

1 Para distrair Lamiel da aridez dos preceitos, o médico emprestara a ela uma *Vida do sr. de Talleyrand*, escrita por um homem de espírito agudo, Sr. Eugène Guinot. 11 de janeiro de 1840, *amor* [Roma]. [Nota de Stendhal]

– Ele é muito mais amável que Sansfin, mas é como o retrato do filho da senhora, tem um jeito um pouco *curto* – era uma das expressões da duquesa. Lamiel, ao conviver em boa companhia, rapidamente adquiriu a habilidade de pintar suas ideias com palavras, de maneira exata.

Ela brincava sempre com o abade; dizia-lhe injúrias, mas de maneira tão afetuosa que ele se sentia perfeitamente feliz quando estava perto dela. Lamiel também, ao ouvi-lo, sentia dissipar-se todo resquício de tédio que lhe davam as vastas salas do castelo, tão magníficas, mas tão tristes.

A duquesa tinha se lembrado de um livro inglês que havia adorado quando morava na aldeia vizinha ao castelo de Hartwell, e o abade Clément explicava a Lamiel os insultos de um certo Burke contra a Revolução Francesa. Aquele homem havia sido influenciado por um cargo importante nas finanças dado a seu filho. Nas poucas ocasiões em que o dr. Sansfin ainda conseguia ter conversas particulares com Lamiel, ele lhe fez compreender todo o ridículo da adoração que a duquesa tinha por aquele livro; Sansfin raramente mencionava o abade Clément, mas todos os seus epigramas eram direcionados de maneira a cair sobre ele. Ou aquele jovem padre era um tolo incapaz de entender a política que havia orientado a Convenção Nacional, ou, melhor, ele era um patife como os outros, que também queria um cargo importante nas finanças ou equivalente.

O leitor talvez pense que Lamiel vá se apaixonar pelo amável abade Clément, mas o céu lhe dera uma alma firme, zombeteira e pouco suscetível a sentimentos ternos. Toda vez que ela via o abade, as brincadeiras de Sansfin lhe voltavam à mente, e quando ele argumentava em favor da nobreza ou do clero, ela sempre dizia:

– Seja sincero, sr. abade, qual é o cargo financeiro que o senhor quer obter, que está mirando, seguindo o exemplo do seu bom sr. Burke?

No entanto, se ela era pouco suscetível a sentimentos ternos, em compensação, uma conversa divertida atraía-a de maneira irresistível, e a maldade muito a descoberto do dr. Sansfin feria um pouco aquela alma ainda tão jovem, que desejava a força incisiva das ideias do médico, revestida da graça perfeita que o abade sabia dar a tudo que dizia. Eis aqui o retrato de Lamiel, que naquela época o abade Clément enviou a um amigo íntimo deixado em Boulogne:

"Essa moça espantosa, sobre quem o senhor me repreende por falar dela com muita frequência, ainda não é uma beleza; é um pouco alta demais e magra demais. Sua cabeça possui o germe da perfeição da beleza normanda, testa soberba, alta, ousada; cabelos de um loiro acinzentado, um narizinho admirável e perfeito. Quanto aos olhos, são azuis e não grandes o bastante; o queixo é magro, mas um pouco longo demais. O rosto tem uma forma oval e, a meu ver, só se poderia criticar a boca, que tem um pouco o canto voltado para baixo como a boca de um bagre. Mas a tutora dessa alma, que, embora com mais de quarenta e cinco anos, encontrou há pouco um verão de São Martinho,[2] insiste tanto sobre os defeitos reais da jovem que eu fiquei quase insensível a eles."

---

2 Retorno do calor que ocorre no final do outono. Nos Estados Unidos é chamado de *indian summer*, verão índio. Diz-se também das pessoas maduras que reencontram tardiamente um pouco de rejuvenescimento. [N. T.]

# CAPÍTULO X
# O QUE É O AMOR?

QUANDO OCORRIA A VISITA DE ALGUMA DAMA nobre da região, o jovem padre e a pequena leitora burguesa, talvez menos do que isso, não eram considerados dignos de ouvir os segredos do partido *ultra*.[1]

Naquela época, estavam sendo preparadas as Ordenanças de Julho,[2] cujo segredo era compartilhado por muitos castelos da Normandia. Nessas ocasiões, os dois personagens, nossos amigos, iam admirar as graças de um magnífico papagaio branco, que uma pequena corrente de prata mantinha em seu poleiro, na extremidade do salão e perto de uma janela. Podiam ser vistos, mas estavam fora do alcance da voz. O pobre abade corava, mas logo a conversa de Lamiel se tornava mais animada do que nunca. Na presença da senhora, teria sido desrespeitoso falar sobre assuntos que ela não tivesse introduzido. Quando ficava sozinha com o padre,

1 Denominação das posições extremistas dos monarcas legitimistas, com posições radicais em favor da linhagem real dos Bourbon, contrários aos Orleães e, portanto, a Luís Felipe, rei da linhagem de Orleães que sucedeu a Carlos X, Bourbon, que fora deposto. [N. T.]

2 Quatro decretos de Carlos X, datados de 1830, que anunciavam um retorno ao absolutismo: supressão da liberdade da imprensa, dissolução da Câmara dos Deputados, redução do número de eleitores, modificação da carta constitucional. Esses decretos provocaram a revolução de Paris em julho de 1830, que depôs Carlos X e que chama Luís Felipe ao poder. [N. T.]

a jovem garota o inundava com perguntas sobre todas as coisas, sobre tudo o que a surpreendia; sentia-se perfeitamente feliz, mas, muitas vezes, deixava seu interlocutor bastante desconcertado. Por exemplo, um dia ela disse:

– Há um inimigo contra o qual todos os belos livros que a duquesa me faz ler para a minha educação tendem a me prevenir; no entanto, nunca me dizem claramente o que é; muito bem, senhor abade, em quem tenho tanta confiança, o que é o amor?

A conversa tinha sido até então tão sincera e ingênua que o jovem padre, distraído por seu amor, não teve a presença de espírito para responder que ignorava o que fosse o amor; ele disse estouvadamente:

– É uma amizade terna e dedicada que faz com que se sinta uma felicidade suprema ao passar a vida com o objeto amado.

– Mas em todos os romances da sra. de Genlis que a duquesa me faz ler, sempre é um homem que se vê apaixonado por uma mulher. Duas irmãs, por exemplo, passam a vida juntas, têm uma amizade profunda uma pela outra, e, no entanto, não se diz absolutamente que elas têm amor.

– É – respondeu o jovem padre – porque o amor deve ser santificado pelo casamento, e essa paixão logo se torna criminosa se não for consagrada por um sacramento.

– Assim – retomou Lamiel, com uma inocência perfeita, mas também percebendo que ia embaraçar o abade Clément –, assim, o senhor pároco não pode sentir o amor, porque não pode se casar.

Essa frase foi lançada com tanto espírito e acompanhada de um olhar tão singular que o pobre padre ficou imóvel, com os olhos bem abertos e fixos em Lamiel.

"Ela sente a força do que disse?", perguntava-se a si mesmo; "nesse caso, estou errado em aparecer tão frequentemente no castelo; a extrema confiança que ela tem em mim está muito próxima do amor e parece estar levando a isso."

Essas ideias encantadoras ocuparam a alma do jovem padre por cerca de vinte segundos; então ele pensou com horror:

"Meu Deus, o que fiz eu? Não só estou cedendo a uma paixão culpada para mim mesmo, mas ainda estou me expondo a seduzir uma jovem cuja virtude me foi confiada por um compromisso – tácito, é verdade, mas que, por isso mesmo, deve ser ainda mais sagrado para mim."

– Minha filha!... – disse ele, no tom que usava no púlpito e com uma voz tão extraordinariamente alta que fez com que a duquesa e as duas damas, que falavam com ele sempre em voz baixa, levantassem os olhos; após essa manifestação, o jovem pároco, como se estivesse fora de si pelo esforço que havia feito, ergueu-se com toda a sua altura, o que surpreendeu muito Lamiel e até a divertiu:

"Consegui ferir o orgulho dele", pensou, "deve haver alguma coisa de muito extraordinário nessa palavra *amor*!".

Enquanto ela fazia essa rápida reflexão, o abade Clément recuperava a coragem.

– Minha filha – disse ele, moderando a voz –, meu ministério me proíbe absolutamente de responder às perguntas que a senhora possa me fazer sobre o amor. Tudo o que posso lhe dizer é que esse tipo de loucura desonra uma mulher se ela permitir que dure mais de quarenta dias (a mesma duração da quaresma) sem ser consagrada pelo sacramento do matrimônio. Os homens, por outro lado, são mais estimados no mundo quanto mais tiverem desonrado moças ou mulheres. Assim, quando um rapaz fala de amor a uma jovem, esta sempre busca o segredo, e o rapaz, que nesse caso é chamado de sedutor, mesmo fingindo estar procurando-o também, só deseja ser descoberto. Ele procura manter sua amante enquanto sugere ao mundo a vitória que obteve sobre sua prudência. Assim, é verdade dizer que o pior inimigo que uma jovem pode ter é o rapaz que fala de amor a ela. No entanto, não dissimularei a verdade. Para escapar ao estado de obediência passiva em que uma jovem se encontra em relação à mãe e para poder comandar, por sua vez, é natural que ela procure se casar. Mas esse momento é muito perigoso. Uma jovem pode perder sua reputação para sempre. Ela sempre deve considerar quais são os interesses de vaidade do jovem que a corteja, pois, entre nós, só há duas maneiras de desempenhar um grande papel na sociedade: é preciso ter mostrado coragem na guerra ou em duelos com jovens estimados, ou então é preciso ter seduzido muitas mulheres notavelmente belas e ricas.

Aqui, Lamiel estava em seu elemento; vinte vezes o médico a havia instruído sobre o comportamento que uma jovem deveria adotar para atravessar alegremente uma juventude que poderia ser interrompida pela morte, e, no entanto, não perder o respeito das velhas senhoras do local em que vive. Lamiel olhou para o pároco com um olhar malicioso e, depois, disse:

– Mas o que é seduzir, senhor pároco?

– É, por parte de um homem, falar com muita frequência e com interesse a uma jovem.

– Mas, por exemplo – retomou Lamiel com malícia –, o senhor está me seduzindo?

– De modo algum, graças aos céus – respondeu o jovem padre, assustado; e com um rubor extremo sucedendo a palidez mortal que, alguns momentos antes, tomara conta de seu rosto, ele segurou a mão de Lamiel com vivacidade e, em seguida, afastou a moça de si com um gesto feroz que pareceu muito singular a ela. O abade Clément, retomando o tom com que pregava no sermão, acrescentou, falando bem alto:

– Eu não poderia seduzi-la, pois não posso me casar consigo; mas toda moça fica desonrada e provavelmente condenada ao inferno se permite que um homem fale de amor ou amizade, não importa a palavra, por mais de quarenta dias, e não pergunte ao homem que pretende amá-la se ele tem a intenção de consagrar o que sente pelo sacramento do casamento.

– Mas… e se o homem que sente amizade pela jovem moça já é casado?

– Então, é o horrível pecado de *adultério*, que faz a glória suprema dos rapazes e que, na França, diferencia as classes. Mas, enquanto o moço é glorificado, a infeliz adúltera é obrigada a viver sozinha no campo e, na maioria das vezes, na miséria; quando ela entra em um salão, todas as mulheres se afastam dela com afetação, mesmo aquelas que são tão culpadas quanto ela. Sua vida é abominável neste mundo e, com seu coração cheio de ódio e maldade, ela provavelmente é condenada no outro; de modo que sua vida é abominável na Terra e, após a morte, os tormentos mais horríveis lhe são reservados.

Essa imagem pareceu tocar profundamente a jovem e, depois de um instante, ela pensou:

"Mas há um inferno? Há um inferno eterno e Deus seria bom se criasse um inferno eterno? Pois, enfim, no momento em que nasci, Deus sabia que viveria, por exemplo, cinquenta anos e que, no final desse tempo, estaria condenada eternamente. Não teria sido melhor me fazer morrer naquele instante? Que diferença de profundidade e interesse entre os argumentos do doutor e os do pároco! Mas é preciso responder a este último, ou ele vai pensar que não consigo responder." Ela acrescentou, com uma expressão muito aborrecida:

– Compreendo muito bem, nunca se deve falar todos os dias, especialmente com amizade, com um homem casado ou com um padre; mas... e se sentirmos amizade por eles?

Ante essas palavras, o abade Clément tirou o relógio do bolso com um movimento convulsivo.

– Tenho um doente para ver – exclamou ele com os olhos alucinados. – Adeus, senhorita. E fugiu, esquecendo-se de se despedir da duquesa, que ficou extremamente chocada com a falta de consideração desse *padrequinho*.

– Esse homem não faz parte do seu serviço? – disse-lhe a marquesa de Pauville, que estava sentada à sua direita.

– Ele é nada menos que o sobrinho da minha camareira, respondeu a duquesa, sorrindo com desprezo.

– Padrequinho! – exclamou a baronesa de Bruny, sentada à esquerda da duquesa.

Essa expressão "padrequinho", lançada com tanto desprezo àquele pobre abade Clément, que tinha cabelos tão lindos, deu a ele vantagens no coração de Lamiel.

Em vez de pensar na pobreza de seus argumentos comparados com o raciocínio inabalável como granito do doutor Sansfin, ela o viu jovem, cheio de ingenuidade e obrigado por sua pobreza a repetir argumentos ridículos, nos quais talvez não acreditasse. "Será que Burke", pensava ela, "acreditava nos argumentos absurdos que lançava contra a França? Claro que não", exclamou, interrompendo-se a si mesma, "meu abade é um homem honesto."

Em seguida, ficou extremamente pensativa, sem saber como provar a si mesma que o abade era um homem honesto, e também via perfeitamente que a conversa que acabara de ter com ele a colocara, em relação a esse homem amável, em uma posição realmente extraordinária. Depois de quinze minutos, ela ficou encantada, pois tudo o que alimentava seu espírito fazia sua felicidade, e aqui havia algo a adivinhar: o que poderia ter perturbado tanto o jovem abade? Lamiel nunca o tinha visto tão lindo.

“Que diferença”, ela pensou, “entre este aspecto e o de Sansfin! Eu perguntei a ele o que é amor; bem, sem querer, ele me mostrou. Preciso decidir. Ele me ama? Ele me vê todos os dias e sempre com a mais viva alegria; fala comigo com amizade sincera e intensa. Por exemplo, tenho certeza: ele prefere me dirigir a palavra do que falar com a sra. duquesa, e, no entanto, ela sabe tantas coisas! Ela tem jeitos de falar que são tão lisonjeiros para a pessoa a quem se dirige! Sim, mas Sansfin diz que a maldade que está no coração de uma mulher sempre aparece em seus traços, e a duquesa é malvada; outro dia, quando a sra. condessa de Sainte-Foi tombou, ao voltar daqui para casa, a duquesa ficou contente, e eu estava com lágrimas nos olhos; tenho certeza desse mau sentimento da duquesa, pois a srta. Anselme o notou também, assim como eu, e brincava sobre isso com sua colega. Mas, supondo que o abade Clément tenha amor por mim, mais uma vez, o que é o amor?

O leitor talvez ache essa pergunta ridícula vinda de uma jovem crescida, de dezesseis anos, criada no meio das brincadeiras grosseiras das festas da aldeia; mas, em primeiro lugar, Lamiel não tinha amigas íntimas entre as moças de sua idade, e, em segundo, ela raramente participava de festas desse tipo. As garotas de sua idade a chamavam de “a sabichona” e tentavam lhe pregar peças. Acontece que a casa da sra. Hautemare era o centro da sociedade do vilarejo; ali se reuniam todas as devotas que traziam, sempre que podiam, suas filhas consigo. A sra. Hautemare estava toda orgulhosa por se ver como o centro de uma sociedade e, na esperança de que as filhas da aldeia aparecessem ali, exigia que Lamiel não saísse. O pároco Du Saillard ficou encantado de ver nascer a oportunidade de passar o serão de maneira honesta. Esses párocos do campo se permitem estranhas liberdades. Du Saillard chegou até a recomendar, do púlpito, os serões da mulher do bedel. Tudo isso acontecia antes de Lamiel ter sido chamada para o castelo; quando, sob o pretexto de saúde, o doutor Sansfin a fez voltar para a casa dos Hautemare, ela tinha muito mais ideias e, naquela época, a conversa das velhas devotas maldosas não deixava de ser perigosa para uma jovem de sua idade, pois, ocupadas em falar mal das mulheres bonitas da vila, detalhavam, frequentemente de maneira muito clara, seus crimes e os diversos graus desses crimes. As devotas discutiam entre si sobre o que deveriam acreditar em relação aos pecados das moças, e muitas vezes havia discussões de um grau de extrema inconveniência; mas a profunda ignorância de Lamiel compensava tudo; seus pensamentos estavam todos ocupados por problemas de um tipo muito mais elevado, ela se sentia completamente incapaz da hipocrisia constante que, segundo o médico, era necessária para ter um mínimo de sucesso; ela não achava nada mais aborrecido do que os cuidados de um pequeno lar pobre, como ela via sua tia Hautemare praticar; ela sentia uma repugnância extrema de casar com um bom aldeão de Carville; o objetivo de todos os seus desejos era ir para Rouen, quando ela perdesse a proteção da duquesa, e, lá, ganhar a vida administrando as contas de uma loja. Não tinha nenhuma disposição para o amor; o que ela gostava acima de tudo era de uma conversa interessante. Uma história de guerra, em que os heróis enfrentavam grandes perigos e realizavam feitos difíceis, a fazia sonhar por três dias, enquanto ela dava apenas uma atenção muito passageira a uma história de amor. O que desacreditava o amor perante seus olhos era o fato de ver as mulheres mais patetas da aldeia se entregando a ele com insistência. Quando a duquesa a fez ler os romances hipócritas da sra. de Genlis, eles não falaram ao seu coração, ela achava ridículas e tolas as coisas de *bom gosto* pelas quais a sra. de Miossens interrompia a leitura. Lamiel só prestava atenção aos obstáculos que os heróis enfrentavam em seus amores. Eles iam sonhar com os encantos de suas amadas no fundo das florestas iluminadas pelo pálido raio da lua, ela pensava nos perigos que corriam de ser surpreendidos por ladrões armados com punhais, cujas façanhas ela lia detalhadas todos os dias no *Quotidienne*. E ainda, para dizer a verdade, era menos o perigo que a preocupava do que o incômodo do momento da surpresa, quando, de repente, de trás de uma sebe, dois homens malvestidos e rudes se lançavam sobre o herói.

Tudo o que acabamos de observar em Lamiel seria perfeitamente impossível entre essas jovens camponesas muito enfeitadas que podem ser vistas indo todos os domingos à dança em seus vilarejos.

Sendo essa *dança* cercada por todos os lados de casais passeando sob as árvores, segurando-se carinhosamente pelas mãos, Lamiel não deixou de notar vários desses casais, e essa maneira de se exibir em público lhe pareceu chocante; era tudo o que ela sabia de secreto sobre o amor quando retornou à cabana. Nessa época, o bonachão Hautemare acreditou que deveria explicar a ela o perigo de maneira mais nítida. Ele frequentemente lhe falava sobre o enorme pecado de ir passear na floresta com um rapaz.

"Pois bem, irei passear na floresta com um rapaz", pensou Lamiel.

Esse foi o resultado das longas reflexões que se seguiram à sua conversa com o abade Clément.

"Quero saber absolutamente", pensou ela, "o que é o amor. Meu tio diz que é um grande crime, mas o que importam as ideias de um imbecil como meu tio? É como o grande crime que minha tia Hautemare achava que era colocar caldo gordo na sopa de sexta-feira: Deus ficava profundamente ofendido; e vejo daqui a sra. duquesa, que, por vinte francos, come caldo gordo o ano todo, assim como sua casa e eu também, e isso não é mais um pecado! É preciso admitir que tudo o que meus pobres parentes Hautemare dizem é cruelmente tolo. Que diferença com as palavras do doutor! Esse pobre e jovem padre Clément recebe, como todo o pagamento neste mundo, cento e cinquenta francos por ano. Vejo claramente que, desde que ele me ama, a srta. Anselme não lhe dá mais presentes; no dia de seu onomástico, ela lhe deu apenas seis côvados de tecido preto, e ainda assim era uma sobra do luto pelo falecimento do sr. duque. Ele recebe alguns presentes da senhora e algumas peças de caça e aves dos camponeses, mas, assim como o subprefeito, sr. De Bermude, talvez ele seja obrigado a dizer muitas coisas para não ser destituído. Que longos discursos em favor dos ministros esse pobre sr. De Bermude nos despeja; pois bem, *crack*!, ele foi destituído por não ter falado nas eleições como queria o seu ministro. – Que tolice! que imprudência! – diz a senhora, eram bobagens que em geral não fariam sentido; mas, para ele, ela acrescenta, tinham o sentido de mantê-lo em seu cargo, e agora o Bermude será reduzido a vegetar com oitocentas libras de renda. Isso é o que sempre acontecerá com todos esses pequenos burgueses que querem se fazer de romanos."[3]

Isso lançou Lamiel em uma série de pensamentos sublimes que a afastavam cada vez mais da ideia prática de ir passear na floresta e escolher o jovem a quem ela perguntaria o que é o amor.

3 Ou seja, defender nobremente suas convicções. [N. T.]

# CAPÍTULO XI
# FÉDOR

O PRIMEIRO SENTIMENTO DE LAMIEL ao ver uma virtuosa qualquer era acreditar que se tratasse de uma hipócrita.

– O mundo – dizia-lhe Sansfin – não está dividido, como acredita o imbecil, entre ricos e pobres, entre homens virtuosos e canalhas, mas simplesmente entre os trouxas e os trapaceiros; essa é a chave que explica o século XIX desde a queda de Napoleão; pois – acrescentava Sansfin – *a bravura pessoal, a firmeza de caráter,* não oferecem apoio para a hipocrisia; como alguém pode ser hipócrita ao se lançar contra o muro de um cemitério rural bem fortificado e defendido por duzentos homens? Com exceção desses fatos, minha bela amiga, nunca acredite em uma palavra de todas as virtudes com as quais vêm encher seus ouvidos. Por exemplo, sua duquesa fala constantemente de bondade; para ela, essa é a virtude por excelência; o verdadeiro significado de seus atos de admiração é que, como todas as mulheres de sua posição, ela prefere lidar com trouxas do que com trapaceiros, e essa é a chave do enigma desse pretenso costume da alta sociedade sobre o qual as mulheres da posição dela falam sem parar. A senhora não deve acreditar no que estou lhe dizendo. Aplique em mim a regra que estou explicando, sabe-se lá se não tenho algum interesse em enganá-la. Eu já bem lhe disse que, cercado por seres grosseiros aos quais sempre é necessário mentir para não ser vítima da força brutal que possuem, é boa sorte que eu tenha encontrado alguém cheio do gênio natural. Cultivar esse gênio e ousar dizer a verdade é, para mim, um prazer encantador e me distrai de tudo o que faço durante o dia para ganhar a vida. Talvez tudo o que estou lhe dizendo seja uma mentira. Portanto, não acredite cegamente em mim, mas observe se, por acaso, o que estou lhe dizendo não seria uma verdade. Assim, será que estou lhe dizendo uma mentira quando chamo sua atenção para um evento acontecido ontem à noite? A duquesa fala constantemente de bondade e, ontem à noite e esta manhã, ela estava muito alegre com o acidente que aconteceu com sua boa amiga, a sra. condessa de Sainte-Foi, que foi jogada por seus cavalos em um fosso anteontem à noite, quando ela voltava ao seu castelo, a uma légua daqui.

Sansfin desapareceu depois dessas palavras. Tal era a maneira dele com Lamiel; queria, sobretudo, que ela se desse ao trabalho de refletir. Após a partida do doutor, Lamiel pensou:

"Não posso ver a guerra, mas, quanto à firmeza de caráter, não só posso vê-la nos outros, mas também posso esperar pô-la eu mesma em prática."

Ela não se enganara, a natureza lhe dera a alma necessária para desprezar a fraqueza; no entanto, o amor tentava seus primeiros ataques a seu coração; ela voltou a pensar no abade Clément, e não foi a sequência do raciocínio que a fez pensar nesse jovem amável; ele estava muito pálido, a veste negra que ele tinha feito com os seis côvados de pano, presente da srta. Anselme, parecia torná-lo ainda mais magro e aumentava a terna piedade que inspirava em Lamiel. Quanta alegria não teria em discutir com ele os princípios severos que ela devia à alta sabedoria do doutor!

"Mas talvez" acrescentava, "tudo o que o padre Clément me diz contra o amor é porque o arcebispo de Rouen lhe ordena, sob pena de perder sua paróquia. Nesse caso, ele está muito certo em falar assim, mas eu seria uma tola, da qual ele zombaria no fundo de seu coração, se acreditasse na menor palavra de tudo o que ele me diz; quando ele fala comigo sobre literatura inglesa, é muito diferente, essas coisas não interessam ao seu bispo, que talvez nem saiba inglês. Querem me enganar em tudo o que diz respeito ao amor e, no entanto, não há um único dia em que eu não leia algumas páginas relacionadas a *esse amor*. As pessoas que se apaixonam estão na classe dos trouxas ou das pessoas inteligentes?"

Lamiel fez essa pergunta ao seu oráculo, mas o doutor Sansfin era muito inteligente para responder diretamente.

– Recorde-se bem, minha bela amiga – disse ele –, que me recuso categoricamente a responder a essa pergunta. Apenas lembre-se de que há um perigo extremo para a senhora em procurar se esclarecer sobre isso; é como o terrível segredo das *Mil e uma noites*, aquelas histórias que tanto a divertem: quando o herói quer saber a respeito, um enorme pássaro aparece no céu, se abate sobre ele e arranca-lhe um olho.

Lamiel ficou muito irritada com essa recusa de responder.

"Querem me enganar em tudo o que se refere ao amor; portanto, não devo mais procurar esclarecimentos com ninguém e tenho que acreditar apenas no que eu vir por mim mesma."

O anúncio de um perigo extremo, que o prudente doutor havia feito entrar em sua resposta, acirrou a coragem de Lamiel:

"Vejamos se eu realmente sentiria perigo", exclamou; "tudo o que sei de pura prática sobre o amor é o que meu tio quis me ensinar, repetindo que não devo ir ao bosque com um rapaz; pois bem, então, eu irei ao bosque com um rapaz e veremos. E, em relação ao meu pequeno abade Clément, vou redobrar minha amizade por ele a fim de desesperá-lo. Ele estava muito engraçado ontem quando tirou o relógio de bolso com um ar de cólera; se eu tivesse ousado, o teria beijado. Que cara ele teria feito?"

Lamiel estava no auge de sua curiosidade sobre o amor, quando um dia, entrando na casa da duquesa, esta interrompeu abruptamente a conversa com a srta. Anselme porque o assunto era ela, Lamiel. A duquesa tinha recebido uma correspondência de Paris durante a noite; estavam na véspera das Ordenanças de Julho. Um amigo íntimo lhe dava sobre isso detlhes que a faziam tremer a respeito de seu filho; o acampamento de Saint-Omer ia atacar Paris para controlar a grande conspiração dos deputados da esquerda. Ela respondeu a carta, dizendo a seu filho que se sentia cada dia mais fraca e que lhe pedia uma prova de amizade que poderia ser a última; que ele partisse sem demora, duas horas depois de receber sua carta, e viesse passar oito dias em Carville.

Essa Escola Politécnica foi um erro do pobre duque; mesmo sob Napoleão, ela se manteve republicana. Sabe Deus se aqueles senhores da esquerda não negligenciaram de fanatizá-la!

– Um duque de Miossens republicano! – ela exclamou com nojo –, muito bonito que isso seria.

Mas não haviam se passado duas horas que a duquesa respondera sua correspondência no maior segredo, e o médico já sabia que o jovem duque estava prestes a chegar ao castelo. Era um dos acontecimentos que ele mais temia.

– Esse rapaz tem uma aparência encantadora, usa uniforme, o que por si só bastaria para trazer a lembrança de Napoleão aos olhos de Lamiel e para surrupiar minha encantadora amiga. Já tive muito trabalho para salvá-la da influência desse pequeno abade Clément, cuja virtude tímida trabalhou a meu favor. Na verdade, não posso contar com a mesma contenção por parte do jovem duque, que é conduzido por um criado malandro. Esse criado pode muito bem revelar o avesso disso tudo à minha pequena Lamiel, e aí terei me dado ao trabalho de transformá-la em uma mulher de espírito para que seus encontros com o jovem duque sejam mais apimentados.

Duas horas depois, o venerável Hautemare apareceu no castelo com sua roupa dos domingos. Sua chegada às oito horas da noite causou sensação; o primeiro sino do grande pátio tocou por mais de quinze minutos antes que Saint-Jean, o velho mordomo responsável pelas portas externas, finalmente admitisse que alguém tocava. A duquesa chegou a pensar que o som do sino era fúnebre.

"Algo aconteceu em Paris", pensou, "que partido meu filho terá tomado? Meu Deus! Que infelicidade esse sr. de Polignac ter chegado ao ministério! É o destino dos nossos pobres Bourbons sempre chamar os imbecis para seus conselhos. Eles tinham o sr. de Villèle; na verdade, trata-se de um burguês, mas é uma razão para que ele conheça melhor os burgueses que atacam a corte. A Escola Politécnica deve ter sido levada para as Tulherias com canhões, e esses pobres meninos, seduzidos por algumas palavras lisonjeiras do rei, vão defender o lugar, como outrora fizeram os suíços, em 10 de agosto."[1]

Na sua impaciência, a duquesa chamou todas as suas criadas; abriu sua janela e se precipitou, meio vestida, em seu grande balcão.

– Vamos, Saint-Jean, vamos, vai se decidir a abrir?

– Por Deus!, senhora – respondeu o velho mordomo, muito irritado –, que bela hora para abrir! Não quero que me mordam.

– Então tem medo de ser mordido por gente que cerca minha porta? E quem é essa gente?

– Bela ideia, de fato! – respondeu o velho, irritado –, são os seus cachorros que correm atrás de mim; que bela ideia mandar trazer esses horríveis buldogues ingleses! É que, uma vez mordendo, eles nunca largam.

Foram necessários mais de bons quinze minutos para acordar e vestir Lovel, o criado inglês, que, só ele, tinha o crédito de ser ouvido por seus compatriotas, os buldogues. Enquanto isso, as badaladas do sino redobraram. Hautemare, que estava batendo na porta, supunha que não quisessem abrir. Os sons redobrados, os latidos dos cães, os murmúrios de Saint-Jean, os xingos de Lovel transformaram em um verdadeiro ataque de nervos a extrema emoção da duquesa. Suas criadas tiveram que colocá-la na cama e fazer com que aspirasse sais.

– Meu filho está morto! – ela exclamou – E, quando ele retornar a Paris, a revolução já terá começado.

A duquesa estava absorta em seus pensamentos quando lhe disseram que era simplesmente o bedel da aldeia que tinha a insolência de acordar o castelo inteiro.

– Não sei o que me segura – disse Saint-Jean ao abrir a porta –, basta eu dizer uma palavra ao inglês e ele o faria ser devorado pelos cachorros.

1 No ano de 1792, quando a multidão tomou o palácio das Tulherias e atacou a Assembleia, causando a queda da monarquia constitucional. Os guardas suíços enfrentaram os insurretos e foram em parte massacrados. [N. T.]

– É o que veremos – respondeu o mestre-escola, indignado –, nunca ando à noite sem meu sabre e o revólver que o senhor pároco me deu.

A duquesa ouviu o fim desse diálogo e estava prestes a desmaiar novamente, de raiva, quando Hautemare, ele próprio muito colérico, finalmente apareceu no quarto.

– Senhora, com todo o respeito que lhe devo, insisto em lhe pedir minha sobrinha Lamiel de volta; não é apropriado que ela durma sob o mesmo teto que seu filho, que não hesitaria em brincar com a desonra de uma família respeitável.

– Como? Senhor bedel, a primeira palavra que o senhor me dirige, depois de ter posto o castelo de cabeça para baixo, numa hora imprópria, não é um pedido de desculpas? O senhor chega aqui no meio da noite como se estivesse entrando na praça da aldeia.

– Senhora duquesa de Miossens, retomou o chantre com um ar bem pouco respeitoso, peço desculpas e rogo que me devolva imediatamente minha sobrinha Lamiel. A sra. Hautemare não quer que ela veja o senhor seu filho.

– O que está dizendo sobre meu filho? – exclamou a duquesa, atordoada.

– Digo que talvez ele chegue aqui amanhã de manhã e não queremos que veja nossa sobrinha.

“Meu Deus!”, pensou a duquesa, “a conspiração de Paris perverteu até este vilarejo. Não posso me desentender com esse insolente; ele tem prestígio sobre a ralé; o melhor que posso fazer é ir passar o restante da noite na minha torre. Rouen está em chamas, assim como Paris; não conseguirei fugir para Rouen, é no Havre que preciso buscar um asilo. Lá, há muitos comerciantes que têm grandes lojas cheias com suas mercadorias, e, embora sejam fortemente jacobinos no fundo, seus interesses farão com que se oponham ao saque por algumas horas. Minha prima de La Rochefoucault foi assassinada no início da revolução porque o povo havia descoberto que estavam indo atrás dos cavalos de aluguel. É preciso seduzir esse sujeito, Hautemare. Essas pessoas se põem de joelhos diante de uma moeda de ouro, e darei a ele vinte e cinco, se for necessário, para que ele providencie cavalos de aluguel para mim."

A duquesa ficou em silêncio enquanto ponderava todas essas ideias. Hautemare, muito irritado com todas as interpelações que havia recebido dos empregados, imaginou que esse silêncio fosse uma recusa.

– Senhora – disse ele insolentemente à duquesa –, devolva-me minha sobrinha, não me force a vir buscá-la, acompanhado de todos os meus companheiros briguentos, aos quais se juntariam, se necessário for, todos os amigos que tenho na aldeia.

Essa frase decidiu a duquesa; ela lançou um olhar feio, repleto de ódio, depois lhe disse, em um tom meloso:

– Meu caro senhor Hautemare, como o senhor me entende mal! Quero devolver sua sobrinha. Estava pensando que o frio da noite pode agravar o problema de pulmão que ela tem; diga, por favor, para colocarem os cavalos na carruagem. Peça à srta. Anselme para ajudar Lamiel a se vestir; eu mesma quero me vestir.

Ela apontou a porta com energia a Hautemare, que estava fazendo tudo o que podia para se manter com raiva; ele não queria de maneira alguma voltar para casa sem sua sobrinha; imaginava a cena terrível da qual seria o alvo por parte da sra. Hautemare se ela o visse voltar sem Lamiel.

Ele saiu, enfim; a duquesa se precipitou para a porta e colocou três ferrolhos. Quando os ferrolhos foram trancados com muito cuidado, a duquesa teve um momento de alívio:

"Chegou o momento", pensou ela; "pois bem, meus diamantes, meu ouro e o passaporte falso que o bom doutor me providenciou!"

Ela estava muito enérgica nesse momento, não precisando da ajuda de ninguém para abrir um pequeno alçapão que era mantido fechado por um dos pés de sua cama. O tapete tinha sido aberto nesse local e estava preso apenas por um ponto de costura que ela arrancou facilmente. Uma pequena caixa muito comum continha seus diamantes; o ouro a preocupava mais, ela tinha cinco ou seis libras; tinha também notas de banco que escondeu em seu espartilho junto com os diamantes; quanto ao ouro, ela o colocou em seu regalo. Tudo isso foi feito em cinco minutos. Correu para o quarto de Lamiel e a encontrou com lágrimas nos olhos. A srta. Anselme havia feito a ela grosseiras acusações sobre a indiscrição de seu tio, que veio acordar o castelo numa hora tão ridícula.

A visão das lágrimas de Lamiel fez com que a duquesa esquecesse todas as preocupações que havia tido consigo própria; tinha tanta coragem naquele momento que começou a gargalhar de todo o coração quando Lamiel lhe perguntou sobre os progressos do incêndio. A srta. Anselme havia respondido às suas perguntas apenas com injúrias, e ela acreditara firmemente que o castelo estava em chamas.

– É simplesmente – disse a duquesa – que a revolução recomeçou novamente no vilarejo; mas não se preocupe, minha querida, eu tenho mais de oito mil francos em diamantes comigo; tenho também ouro e notas de banco. Vamos fugir para o Havre; dali, na pior das hipóteses, passaremos quinze dias na Inglaterra e, se eu levá-la comigo, serei tão feliz quanto neste castelo.

Apesar de sua ternura e da amizade apaixonada que sentia por Lamiel, a duquesa achou que era uma estratégia inteligente não mencionar uma única palavra sobre seu filho. Sua verdadeira intenção era passar algumas horas em sua torre e, lá, esperar o momento em que Fédor chegaria a Carville. Em todos os casos, se o povo estivesse muito enfurecido em Carville, ela pegaria a estrada principal a duas ou três léguas de distância e voltaria para perto da aldeia durante a noite, para pegar seu filho. Lamiel estava cheia de admiração pela perfeita coragem da duquesa.

"Essas grandes damas realmente têm uma superioridade sobre nós. Certamente não tenho medo de atravessar a rua principal e a praça de Carville, onde encontrarei todos os jovens da região gritando 'viva Napoleão!' ou 'viva a República!'. Se quiserem mesmo destruir o carro da senhora, darei meu braço a ela e sairemos do vilarejo com orgulho. Yvon e Mathieu, que são os mais briguentos, certamente me obedecerão em tudo, e Yvon é forte como um Hércules; então não tenho medo, mas ficarei séria e atenta, e aqui está a senhora que encontra tempo para dizer coisas encantadoras que nos fazem rir."

A duquesa mostrou um admirável sangue-frio. Ela deu mil francos, que tinha em escudos, à srta. Anselme e a Saint-Jean, pedindo que dividissem essa quantia entre todos os criados. Exigiu que ninguém a seguisse. Repetiu várias vezes, de forma afetada, que estaria de volta em dois dias. Atrelaram os cavalos no landau, que ostentava soberbos brasões; ela teve a bravura de tomar o tempo para mandar desatrelá-los e pô-los na carruagem fechada, que, por estar sem brasões, seria menos notada pelo populacho; enfim, essas senhoras entraram na carruagem unicamente com Hautemare, que, esgotado pelo esforço que fizera para se manter com raiva por uma hora, com medo da briga que o aguardava em casa se voltasse sem sua sobrinha, tinha lágrimas nos olhos, de fraqueza, e não sabia mais o que dizia.

Ao entrar na carruagem, a duquesa teve tempo de dizer a Lamiel:

– Não vamos dizer nada dos nossos planos a este homem, ele talvez esteja fanatizado pelos jacobinos.

Lamiel foi a primeira a dizer, quando estavam a quinhentos passos fora do castelo:

– Mas, minha senhora, está tudo bem tranquilo.

Logo estavam na rua principal do vilarejo; o lampião da prefeitura estava queimando tranquilamente, e o único som que essas senhoras ouviram foi o ronco de um homem que dormia em seu quarto do primeiro andar, a cerca de oito pés do chão. A sra. de Miossens desandou a gargalhar e se jogou nos braços de Lamiel, que chorava de amizade e ternura. Por alguns minutos, a sra. de Miossens se entregou a toda a sua alegria; Hautemare abria os olhos bem grandes.

– É necessário afastar as suspeitas desse homem – pensou a duquesa.

– Pois bem, meu caro Hautemare, ficou satisfeito com o sangue-frio com que eu trouxe sua sobrinha de volta à casa de sua querida tia? O senhor tem as chaves da torre, vá nos abrir o quarto do segundo andar e acenda um fogo, eu vou voltar para a cama, e, caso a sra. Hautemare nos permita – disse ela com um tom de ironia que não foi percebido pelo mestre-escola –, eu gostaria que Lamiel viesse se deitar na caminha de ferro.

O leitor provavelmente notou que a duquesa teve a prudência de não perguntar a Hautemare como ele sabia que Fédor deveria voltar para Carville.

“Isso tem a ver com a propaganda dos jacobinos”, pensou ela; “esse homem me responderia com uma mentira, é melhor não deixá-lo em alerta; eu vou descobrir tudo com a minha pequena Lamiel.”

Hautemare, uma vez seguro de que sua esposa não faria um escândalo, sentiu-se envergonhado com a maneira rude como havia falado com a duquesa. Quanto à esposa, completamente acalmada pela extrema cortesia da grande dama que se dignava, ela própria, a trazer de volta sua sobrinha, não teve dificuldade em permitir que esta subisse rapidamente junto da duquesa e se vestiu para preparar chá. Essa boa gente pensou que era melhor não fazer muita cerimônia com a grande dama; o marido levou o chá para o quarto do segundo andar, perguntou as ordens da senhora e se despediu, fazendo mil saudações bem nobres.

# CAPÍTULO XII
# NOTÍCIAS DE PARIS

AS DUAS MULHERES RIRAM MUITO do medo que tiveram e adormeceram tranquilamente depois de terem atentado durante meia hora ao profundo silêncio que reinava na aldeia. No dia seguinte, a duquesa só acordou às nove horas e, um instante depois, seu filho Fédor estava em seus braços.

Aquele dia era 28 de julho de 1830.[1] Fédor, chegando às sete horas, não quisera que despertassem sua mãe. Ele estava muito triste.

"Se as agitações continuarem", pensava, "meus camaradas dirão que sou um desertor; seria necessário, depois de ter beijado minha mãe, conseguir dela que eu possa voltar a Paris."

Lamiel, vendo aquele jovem tão preocupado, bem apertado em seu uniforme, constatou que ele tinha não sei que aspecto medíocre, que excluía a ideia de força e mesmo de coragem. Fédor era gorducho e frágil; tinha um rosto encantador, mas o medo extremo de passar por desertor privava-o naquele momento de qualquer expressão decidida, e Lamiel achou-o bastante parecido com seu retrato.

---

1 Ou seja, o segundo dia das revoltas de Julho de 1830, que duraram três dias. [N. T.]

"É isso mesmo", pensava, "aquele ser insignificante cujo retrato no quarto da senhora só é olhado por causa da beleza da moldura."

De seu lado, no momento de tranquilidade que lhe deixavam seus remorsos, Fédor pensou:

"Então é essa a pequena camponesa que, empregando tanta astúcia normanda e servindo-se de gentilezas bem calculadas, conseguiu obter a proteção de minha mãe e, o que é mais importante, sabe como conservá-la."

Como tudo o que rodeava Fédor – a cozinha na qual ela o vislumbrara, tio Hautemare e sua esposa, ainda bem triste por ter arriscado a secar a fonte dos presentinhos com que a duquesa a inundava – eram coisas sabidas demais e muito aborrecidas para Lamiel, toda a sua atenção se voltava, contra sua vontade, para esse jovem militar que era tão frágil, tão pálido e que tinha o ar tão contrariado. Assim ocorreu aquela entrevista, cuja ideia havia assustado tanto o doutor Sansfin. A todo momento, a senhora Hautemare aproximava-se da sobrinha e dizia-lhe em voz baixa:

– Mas faça então as honras da casa; você, que tem tanto espírito, converse com este jovem duque, senão ele pensará que somos camponeses grosseiros.

Essas coisas, e muitas outras semelhantes, foram ditas em voz baixa, mas de forma que Fédor as ouvisse perfeitamente. Lamiel tentava em vão convencer sua tia de que era muito melhor deixar ao jovem viajante toda a sua liberdade. Todas as sugestões obsequiosas da sra. Hautemare não escaparam a Fédor, e todo o seu mau humor, que era grande, recaiu sobre o sr. e a sra. Hautemare. Pouco a pouco, foi levado a descobrir que Lamiel tinha cabelos encantadores e que ela seria muito linda se o ar do campo não tivesse bronzeado um pouco sua pele. Depois, foi levado a perceber que ela não tinha nada do olhar falso e dos sorrisinhos melosos de uma pequena enredeira da roça. A sra. Hautemare subia à torre de quinze em quinze minutos para escutar à porta da sra. duquesa e ver se ela estava acordada. Durante essas idas, Fédor ficava sozinho com Lamiel e no fim de contas o instinto da juventude prevalecia sobre as preocupações que faziam com que ele temesse a fama de desertor; olhava para Lamiel com muita atenção, e ela, por sua vez, conversava com ele com todo o interesse inspirado por uma viva curiosidade, quando o dr. Sansfin entrou na cozinha que servia de palco a esta primeira entrevista. A postura do médico parecia uma pose de quadro; ele ficou de pé, na atitude de um homem prestes a caminhar, com a boca aberta e os olhos extremamente abertos.

"É preciso admitir", pensou Fédor, "que ele é um corcunda bem feio; mas dizem que deste corcunda desengonçado e desta menininha tão singular depende toda a vontade de minha mãe. Vamos tentar cortejá-los, a fim de obter dela que me deixe voltar a Paris."

Com essa resolução bem tomada, o jovem duque atacou vivamente a conversa com o médico do campo; começou com um relato exaltado dos primeiros distúrbios que, no dia 26, ao meio-dia, eclodiram no jardim do Palais-Royal, perto do Café Lemblin: dois estudantes da Escola Politécnica, que se encontravam no café no momento em que se liam em voz alta as famosas ordenanças, correram para a Escola Politécnica e relataram com muita precisão aos camaradas reunidos no pátio tudo o que tinham presenciado. O médico ouviu com uma emoção que se pintava com energia em seus traços voláteis; sem dúvida ele estava encantado com os acidentes que poderiam acontecer aos Bourbons. As afrontas vindas dos nobres e dos padres tinham um caráter capaz de provocar um profundo impacto em um homem que se considerava divino por sua própria natureza. A sua imaginação ouvia com delícias as humilhações que iria sofrer essa casa dos Bourbons que, há um século, protegia os fortes contra os fracos.

"Não foi essa gente", pensava Sansfin, "que deu para sempre o nome de canalha à classe em que nasci? Para eles, qualquer um que tenha espírito é suspeito; assim, se este início de insurreição tiver alguma consequência séria, se esses parisienses, tão ridículos, tiverem a coragem de ter coragem, o velho Carlos X poderá ser forçado a abdicar, e a classe da ralé, à qual pertenço, dará um passo adiante. Tornar-nos-emos uma burguesia respeitável que a corte terá de se dar ao trabalho de seduzir."

Então, de repente, Sansfin recordou-se da notável posição que havia assumido diante da congregação:

"Estou à beira de conquistar uma posição", refletiu consigo mesmo, "caso decida solicitar uma. Todos os castelos da vizinhança dariam cinquenta ou cem luíses cada, segundo o grau de avareza, para que eu seja sumariamente enforcado; mas, enquanto espero por este momento agradável, vejo-me como o único agente por meio do qual eles podem se comunicar com o povo. Eu brinco com o terror deles como Lamiel toca o piano. Aumento e acalmo quase à minha vontade. Se obtiverem uma vitória muito grande, os mais furiosos entre eles, aqueles que *dão as cartas*, obterão dos outros que me joguem na prisão. O visconde de Saxile, jovem de corpo tão bonito e tão orgulhoso de seu aspecto de carregador, não disse diante de mim, aos seus nobres associados do cassino, que 'mostrar tamanha tolerância ao descrever as ações dos jacobinos é quase como endossar o jacobinismo'? Assim, se a revolta em Paris, apesar da ingenuidade desses tolos, conseguir efetivamente prejudicar os Bourbons, perderei o prestígio que com tanto cuidado acumulei ao longo de seis anos, junto a todos os castelos e padres da região. Outros homens poderosos surgirão entre o povo, e minha influência terá que se manifestar de maneira notável para ser associada à demonstração de força bruta. Se o partido da corte prevalecer e ordenar a execução de cinquenta deputados liberais, vou ser forçado a fugir para o Havre e possivelmente dali para a Inglaterra, pois o visconde de Saxile logo virá exigir que me atirem na prisão. No mínimo, examinarão meus documentos para ver se não concordei com os liberais de Paris. Este jovem imbecil quer regressar à sua Escola Politécnica, é preciso pressionar a duquesa para que ela consinta nesse regresso, e eu serei o moderador do jovem, irei acompanhá-lo a Paris, enviarei cartas à duquesa duas vezes por dia e, no fundo, tentarei me infiltrar no grupo vencedor. Esses parisienses são tão idiotas que, é claro, a corte encontrará uma saída através de promessas; quando a raiva do povo se aplacar, eles não conseguirão nada; e, em oito dias, os parisienses terão se acalmado. Nesse caso, obtenho o favor dos chefes da congregação e volto a Carville como um de seus enviados. Portanto, está em minhas mãos garantir que todos os tolos do partido compreendam que o visconde de Saxile é de temperamento explosivo, capaz de arruinar tudo. Assim, pelo menos, me salvo da prisão em que esse tratante gostaria de me atirar. É preciso, portanto, adular esse pequeno imbecil para que me aceite como companheiro de viagem."

Durante todas essas reflexões, Sansfin começara a adular o jovem duque, fazendo-o dar mil detalhes sobre o espírito que animava a Escola Politécnica e exaltando Monge, La Grange e os outros grandes homens que fundaram aquela Escola. Esses grandes homens eram os deuses de Fédor, e travavam batalhas em seu coração contra todos os preconceitos próprios à sua origem, cuidadosamente exaltados por seus pais. Ele sentia um grande orgulho de sua posição como duque, mas, se pensava duas vezes por dia em seu título, vinte vezes por dia gozava com delícias a felicidade de ser considerado um dos melhores alunos da escola. Quando a sra. Hautemare veio enfim anunciar que já havia luz no aposento da duquesa, Fédor começava a considerá-lo um homem de grande inteligência e Lamiel redobrara sua consideração pelo gênio com que Sansfin conseguira agradar ao jovem duque. O doutor conseguira dizer a ela, por um instante, quando o jovem duque foi colocar à porta do quarto ocupado por sua mãe um magnífico buquê de flores raras trazidas de Paris:

– A coisa mais difícil do mundo é agradar alguém que se despreza; realmente, não sei se conseguirei agradar este pequeno duquezinho.

Fédor dirigiu-se ao quarto de sua mãe; o médico tinha compromissos a cumprir e, além disso, desejava que a duquesa lhe relatasse posteriormente o que seu filho iria comunicar a ela. Era natural que houvesse um momento de conversa a dois para essa confidência, proporcionando a ele a oportunidade de persuadir a duquesa a concordar em enviá-lo a Paris com o filho dela.

Mas, quando o médico voltou, uma hora depois, encontrou a duquesa em lágrimas e quase à beira de um ataque de nervos. Ela não queria saber de ouvir falar no retorno de seu filho a Paris.

– Ou esta revolta não é nada – cada palavra sendo interrompida por um abraço histérico –, ou esta revolta não é nada, e então a sua ausência não poderá ser notada, você vem ver sua mãe doente, nada de mais simples; ou esta revolta chegará ao ponto de esperar com firmeza os trinta mil homens de Saint-Omer que marcham sobre Paris; nesse caso, não quero que um Miossens figure entre os inimigos do rei; sua carreira estaria perdida para sempre; ora, nas grandes ocasiões, substituo seu pai e dou-lhe a ordem muito formal de não se afastar um passo de mim.

Depois de pronunciar essa última frase com ar bastante firme, exigiu que seu filho, que havia viajado a noite toda, fosse repousar por duas horas e se atirar em sua cama, no castelo.

Ficando sozinha com o médico, ela lhe disse:

– Nossos pobres Bourbons serão traídos como sempre. O senhor verá que os jacobinos terão trazido para si as tropas do acampamento de Saint-Omer. Eles têm maquinações que permanecem inexplicáveis, pelo menos para mim. Por exemplo, diga-me, caro amigo, como, ontem à noite, às nove horas, esse Hautemare soube que meu filho ia chegar de Paris? Não fiz confidência a ninguém sobre a carta para Fédor, que confiei ao mensageiro do duque de R..., e meu filho acaba de me mostrar esta carta; durante quinze minutos nós verificamos o selo, e ele estava intacto quando meu filho o quebrou.

O doutor empregou uma arte muito hábil na lisonja de todos os sentimentos da duquesa; fazia seu trabalho como médico. Seu objetivo era acalmar a irritação de seus nervos, e ele soubera pelo próprio Fédor tudo o que este podia dizer sobre a revolta que começava em Paris. Encontrou a duquesa arrepiada *como uma tigresa*; esse foi o termo que usou ao contar a coisa a Lamiel.

Mas o doutor tinha interesse em não estar em Carville até que ali fosse conhecido o resultado final da revolta de julho. A duquesa logo teve uma ideia: seu filho estava com os nervos à flor da pele, aquele jovem estudava demais, como todos os alunos da Escola Politécnica; seria preciso fazê-lo tomar banhos de mar durante quinze dias, mas era necessário não ir a Dieppe, cidade que tinha a simpatia da sra. duquesa de Berri e que ficaria sob a suspeita dos jacobinos. Bastava simplesmente ir ao mar no Havre: o comércio, temendo por suas lojas, não permitiria a pilhagem nessa cidade, caso os jacobinos estivessem em vantagem; e, se a corte dos Bourbon triunfasse, como o médico julgava muito provável, seria impossível aos maldosos, habitando os castelos vizinhos, ridicularizarem essa pequena viagem da duquesa. A magreza e a palidez de Fédor mostravam bastante que sua saúde estava prejudicada pelo excesso de estudo; o calor era excessivo e ele obedeceu ao conselho do médico, que lhe prescreveu banhos de mar. A duquesa não queria ir a Dieppe, porque não queria aguardar por um vestido de baile e por chapéus que seria necessário mandar vir de Paris. Fédor sempre manifestara o desejo, não de fazer uma viagem à Inglaterra, porque não tinha tempo, mas de passar três dias naquele país singular. Pois bem! Do Havre, iriam passar três dias em Portsmouth.

# CAPÍTULO XIII
# PARTIDA

TODOS ESSES PREPARATIVOS TIVERAM um começo de execução logo depois de o doutor ter dado a ideia à duquesa. Ela via nisso uma vantagem imensa: o Havre ficava muito mais longe de Paris do que Carville e, em segundo lugar, ela se gabava de não ser conhecida na estrada para lá. Ela, que realmente estava muito doente, não saiu da torre, mas todos os aprestos para a carruagem foram feitos no castelo e, às oito horas da noite, quando os cavalos de correio chegavam à torre, viram chegar pela estrada principal de Paris uma diligência postal adornada com bandeiras tricolores.

– Meu Deus, como agradeço por ter total confiança no senhor, querido doutor! – exclamou a duquesa, tomando seu lugar no landau com o filho e o médico.

A duquesa ficou feliz por este não querer ocupar o lugar do fundo. Fédor, contrariado por essa gentileza, optou, assim que se afastaram uma légua da aldeia, por sentar-se ao lado do cocheiro. O médico ficou encantado, porque estaria ausente de Carville quando ali chegasse o resultado definitivo da revolta de Paris, e porque impediu por um bom tempo as conversas entre este jovem duque, tão elegante e tão afetuoso, e a amável Lamiel.

Na estrada, os viajantes encontraram só curiosidade. Todos lhes pediam notícias de Paris; respondiam pedindo novidades e diziam que tinham acabado de sair de um lugar próximo.

Chegando à alfândega do Havre, a Duquesa mostrou orgulhosamente um passaporte emitido em nome da *sra. Miaussante* e de seu filho. Ela o forçara a tirar o uniforme e o pobre rapaz estava desesperado.

"Então, quando há combate", pensava, "o duque de Miossens não apenas deserta, mas até abandona o uniforme!"

Mal foram instalados no Havre, numa casa particular de um conhecido do doutor, e este arranjou uma camareira e dois criados que não faziam ideia de quem fosse a sra. Miaussante. Então foi no le Havre, e liberada de qualquer ansiedade pessoal, que a duquesa passou os primeiros dias de desespero causados pelo incrível resultado da Revolução de Julho. Quando ela soube que o rei estava exilado na Inglaterra, partiu para Portsmouth com o filho. Voltando (de seus amigos para a casa), o médico comprou fitas tricolores, que pôs na lapela, e partiu para Paris. Exagerou aos amigos da congregação os perigos que correra em Carville, e menos de oito dias depois apareceu no *Moniteur* um decreto sobre o sr. César Sansfin; ele fora nomeado para uma subprefeitura na Vendeia. Seu objetivo era apenas marcar sua adesão ao novo governo. A congregação o encheu de cartas de recomendação; mas a sua profissão de médico lhe rendia sete ou oito mil francos em Carville, e Sansfin tinha horror de aparecer com a farda e com uma espada ao lado.[1]

"Em Carville", refletiu, "estão acostumados com a minha corcunda, com os defeitos do meu corpo."

Oito dias depois de sua nomeação, o médico adoeceu e saiu de licença para Carville.

Lamiel tinha ficado com a tia; três dias depois da partida da duquesa, ela viu chegarem quatro pacotes enormes, quase enchendo a carroça coberta do castelo. Eram lençóis e vestidos de todos os tipos, que a duquesa lhe dava de presente. Havia algo de terno nessa atenção. No dia 27 de julho, antes de sua partida,

1 Prefeitos e subprefeitos eram, e são até hoje, altos funcionários representando o governo central nas províncias ou departamentos. Usam uma farda que, até 1945, era muito ornada. [N. T.]

a duquesa tinha ido passar uma hora no castelo e mandara fazer esses pacotes e, desconfiando da probidade de todas as pessoas, tão exemplares, que a rodeavam, mandou que os amarrassem com barbante e, sob seus olhos, fizera aplicar o lacre de seu brasão nos diferentes lugares em que esses barbantes se cruzavam. Foi uma precaução sábia; esses pacotes tinham provocado grande mau humor à srta. Anselme, e esse mau humor se transformou em raiva quando ela viu que Lamiel, que ficara sozinha na aldeia, não se dignava a subir ao castelo para lhe fazer uma visita.

A jovem nem pensava nisso, só se ocupava em esconder a alegria louca que a devorava; todas as manhãs, ao acordar, sentia um novo prazer em dizer a si mesma que não estava mais naquele magnífico castelo onde todo mundo era velho e onde, das vinte palavras que se pronunciavam, dezoito eram consagradas a repreender; agora sua única obrigação desagradável era escrever todos os dias uma carta para a duquesa; por pouco que ela se deixasse seus pensamentos vogarem, suas cartas ficavam menos bem escritas, mas não tinha paciência de recopiá-las; passavam-lhe pela cabeça as reprimendas educadas que esse descuido originaria, depois expulsava bem rápido todos os pensamentos desagradáveis, e o receio dessas reprimendas fazia com que a lembrança daquela duquesa tão amável para com ela se sobrepusesse aos da srta. Anselme e dos outros aborrecimentos do lugar. No total, dez dias depois de deixar aquele castelo, ele só havia imprimido na alma de Lamiel uma única lembrança, apenas um profundo asco por três coisas, símbolos para ela do mais execrável tédio: a alta nobreza, a grande opulência e o discurso edificante a respeito da religião.

Nada lhe parecia ao mesmo tempo mais ridículo e mais odioso do que a dignidade afetada nas atitudes e a necessidade de falar de tudo, mesmo das coisas mais divertidas, com uma espécie de desdém comedido e frio. Depois de ter confessado esses sentimentos a si mesma com uma espécie de remorso, Lamiel percebeu que a gratidão que ela sem dúvida devia à duquesa equilibrava exatamente o descontentamento que lhe inspiravam seus jeitos de grande dama, e logo a esquecia; não fosse a necessidade de escrever a carta, ela a teria esquecido inteiramente.

O horror por tudo que pudesse lembrá-la da estadia naquele monótono castelo era tão grande que superou a vaidade tão natural no coração de uma mocinha de dezesseis anos.

No dia em que a duquesa partiu, o doutor encontrou uma forma de lhe dizer:

– Vá chorar em seu quarto a partida de sua protetora e não se mostre até amanhã de manhã.

No dia seguinte, quando desceu para beijar a sra. Hautemare, esta ficou bem surpresa ao vê-la com todas as roupas de uma camponesa e até com o horrível gorro de algodão, que enfeia todos os lindos rostos das camponesas de Bayeux.

# CAPÍTULO XIV
# AS LEITURAS DE LAMIEL

ESSE TRAÇO DE FALSA MODÉSTIA RENDEU-LHE os aplausos unânimes de toda a aldeia. Aquele gorro de algodão tão feio, naquela cabeça que já tinha sido vista ornada por chapéus tão lindos, aliviava a inveja. Todo mundo sorria para Lamiel quando ela saiu para a aldeia usando tamancos e uma saia de simples camponesa. Seu tio, não a vendo retornar do outro lado da praça, correu atrás dela.

– Aonde está indo? – ele gritou para ela, com ar alarmado.

– Vou correr – disse-lhe ela, rindo –; naquele castelo, eu estava na prisão.

E, de fato, correu em direção ao campo.

– Espere por mim só uma hora, assim que minha aula acabar eu a acompanharei.

– Oh!, *puxa*!... – exclamou Lamiel. Era uma daquelas palavras vulgares que lhe era particularmente proibido pronunciar no castelo. – Ah! Puxa, eu sei me defender contra ladrões! E se pôs a correr de tamancos para evitar qualquer objeção.

Ela caminhou mais de duas léguas, parou com todas as antigas amigas que encontrou e enfim só voltou com a noite escura. O mestre-escola já começava uma reprimenda de três pontos sobre a inconveniência de correr à noite para mocinhas da idade dela, mas a palavra lhe foi retirada por sua digna cara-metade, que tinha necessidade de expressar o espanto, a admiração e a inveja que lhe provocaram os lençóis e os vestidos de seda contidos nos pacotes trazidos do castelo.

– Será possível que tudo isso seja para você? – ela perguntou com triste admiração.

Depois de detalhes a respeito de cada objeto, que pareceram bem longos a Lamiel, a sra. Hautemare tentou manter um ar de segurança que o som de sua voz desmentia, e acrescentou:

– Cuidei de sua infância e tenho motivos para esperar, me parece, que você me permita usar, apenas nos feriados e domingos, o pior dos seus vestidos...

Lamiel ficou estupefata: tal linguagem teria sido impossível no castelo; a srta. Anselme e as outras camareiras da duquesa tinham vários sentimentos baixos, mas sabiam expressá-los de maneira muito diversa. Se visse aqueles vestidos, a srta. Anselme teria se atirado nos braços de Lamiel, tê-la-ia enchido de beijos e felicitações, depois, teria lhe pedido, rindo, que emprestasse um dos seus vestidos, que ela lhe teria designado pela cor. Este pedido de vestido consternou a jovem; reflexões dolorosas lhe chegavam em chusma, então ela não tinha ninguém para amar, as pessoas que imaginava perfeitas, pelo menos de coração, eram tão vis quanto as outras!

– Então não tenho ninguém para amar!

Enquanto se entregava a essas dolorosas reflexões, permanecia imóvel, ereta e com ar sério. A tia Hautemare concluiu daí que a cara sobrinha hesitava em lhe emprestar um dos vestidos que se achavam nos pacotes, e assim, para decidi-la, começou a detalhar todos os serviços que lhe havia prestado antes de sua admissão no castelo.

– Porque, afinal de contas, você não é nossa sobrinha verdadeira, acrescentou ela; meu marido e eu escolhemos você no orfanato.

O coração de Lamiel ficou dilacerado.

– Pois bem, vou lhe dar quatro dos vestidos mais lindos – gritou, com raiva.

– Posso escolher? – replicou a tia.

– Eh! *Puxa*, sem dúvida – exclamou Lamiel, com um ar de desespero e impaciência que foi notado.

Ela ficou chocada com a linguagem baixa que havia desaprendido no castelo. Embora soubesse, dentro de si, o pouco de espírito que tinham o tio e a tia, sonhara com uma família para amar. Em sua necessidade de sentimentos ternos, tinha transformado a falta de espírito da tia numa qualidade; sentiu-se muito abalada e, de repente, começou a chorar. Então o tio tentou consolá-la pelo enorme sacrifício dos quatro vestidos que ela acabara de fazer. Detalhou todos os direitos ao seu reconhecimento que a tia possuía. Lamiel, que queria reservar pelo menos a possibilidade de amar seu tio, fugiu por um movimento instintivo e foi passear no cemitério.

"Se eu tivesse aqui o doutor", pensou, "ele riria da minha dor e das loucas esperanças que a causam; ele não me consolaria, mas me diria coisas verdadeiras que me impediriam, no futuro, de cair em erros semelhantes."

Tudo o que havia de lindo e tranquilo na vil casa rural de seu tio desapareceu de seus olhos. Nem mesmo permitiram que ela ocupasse o quarto do segundo andar, na torre, sob o pretexto de que ficaria sozinha ali e que os mexericos da aldeia diriam que ela poderia abrir a porta, à noite, para algum galante. Essa ideia horrorizou Lamiel. Confinada em sua caminha da sala de jantar, da qual estava separada apenas por um biombo, Lamiel não conseguia deixar de ouvir toda a conversa que se travava na casa. O sentimento de profundo nojo só cresceu e se ampliou nos dias seguintes. Além da tristeza pelo que via, Lamiel estava furiosa consigo mesma.

"Pensei que eu fosse hábil", disse para si mesma, "porque às vezes sei embaraçar o abade Clément e até mesmo o terrível doutor Sansfin; isso acontece simplesmente porque sei dizer algumas palavras bonitas, mas, no fundo, sou apenas uma menininha bem ignorante. Faz oito dias inteiros que não consigo escapar de um profundo espanto; tinha certeza de que encontraria na choupana de meu tio a liberdade de me movimentar e, em consequência, eu pensava, seria perfeitamente feliz. Encontrei a liberdade cuja ausência me foi tão cruel no castelo, e, no entanto, algo inesperado, de cuja existência nunca suspeitei, vem me privar de toda a felicidade."

Dois dias depois, Lamiel deduziu de seus tristes sentimentos, que não a abandonavam um só momento, que era necessário desconfiar da esperança. Essa verdade quase atirou Lamiel no desespero. Ela via tudo bonito na vida e, de repente, seus sonhos de prazer recebiam o mais cruel desmentido. Seu coração não era terno, mas seu espírito era elevado. Para essa alma, onde o amor ainda não havia aparecido, uma conversa divertida era a primeira necessidade; e de repente, em vez das anedotas da alta sociedade contadas longamente pela duquesa e de uma forma muito inteligível, em vez das encantadoras frases espirituosas que brilhavam nos comentários do amável abade Clément, ela se via condenada o dia inteiro às ideias mais vulgares da prudência normanda, expressas no estilo mais enérgico, quer dizer, o mais baixo. Ela ainda teve uma nova mágoa; foi ver o abade Clément em sua paróquia; viu-o em seu pomar, lendo seu breviário, e, logo depois, uma gorda criada veio lhe dizer que o senhor pároco não poderia recebê-la; e a gorda criada acrescentou com o ar mais zombeteiro:

– Vá, vá, minha menina, vá rezar na igreja, e saiba que não se fala assim com o senhor pároco.

A sensibilidade de Lamiel se revoltou; ela retornou para a casa do tio em prantos. No dia seguinte, tomou a decisão de não mais se importar com qualquer tipo de acolhimento; antes, ela tremia à simples ideia de ir ver a srta. Anselme, por quem esperava ser recebida com a mais perversa zombaria. Agora que fora mal recebida pelo abade Clément, que acreditava ser seu amigo, o que lhe importava o resto!...

Embora nascida na Normandia, Lamiel não tinha grande habilidade na arte de proibir seu rosto de expressar os sentimentos que a agitavam. Para dizer a verdade, ela não tivera tempo de adquirir experiência; tinha um coração e um espírito romanescos que imaginavam as chances de felicidade que encontrariam na vida; descobria o reverso da medalha. As conversas da duquesa e do abade Clément, bem como a filosofia grosseira do doutor Sansfin, tinham cultivado, de maneira brilhante, os germes de espírito que recebera da natureza; mas, passando assim longos serões, não tinha ocasião alguma de se submeter às impressões e às pequenas mortificações que oferece o rude contato com iguais. Como experiência, só tivera a impertinência de um bando de criadas invejosas; tinha dezesseis anos e a mais jovem menina da aldeia sabia muito mais sobre os rapazes e sobre o amor do que ela. Apesar dos poetas, essas coisas nunca são elegantes na aldeia; tudo é grosseiro e baseado na experiência mais clara.

Lamiel chegou ao quarto da srta. Anselme com olhos que a assustaram, de tanto que expressavam desespero. Lamiel acabara de passar pelo salão em que o abade Clément tantas vezes lhe dirigira palavras tão graciosas e em que, agora, recusava-se a recebê-la.

A velha preparara uma série de polidas impertinências que pretendia lançar a Lamiel à primeira oportunidade. Não perdoava a jovem pelos sete vestidos de seda da duquesa com os quais havia contado.

No entanto, sua primeira ideia ao ver Lamiel foi que ela, srta. Anselme, estava separada por uns bons nove pés da primeira sala de estar onde talvez houvesse um velho camareiro surdo. Então, foi tão melosa com a jovem que o coração desta ficou revoltado. Lamiel lhe disse bruscamente:

– A duquesa me ordenou a continuar minha formação de leitora, e vim levar alguns livros.

– Pegue o que quiser, senhorita; não sabemos todos que tudo no castelo lhe pertence?

Lamiel aproveitou a permissão e levou mais de vinte volumes; saiu da biblioteca, depois voltou com vivacidade.

– Estava esquecendo... – disse à srta. Anselme, que observava seus movimentos com um olhar ciumento.

Lamiel primeiro pegara os romances da sra. de Genlis, a Bíblia, *Erasto ou o Amigo da Juventude*,[1] *Sethos*,[2] as histórias de Anquetil,[3] e outros livros permitidos pela duquesa.

---

1 Obra de Jean-Jacques Filassier, 1771, de espírito rousseauniano. [N. T.]

2 *Sethos, história, ou Vida tirada dos monumentos, anedotas do antigo Egito, traduzida de um manuscrito grego* é um romance de 1731 que teve grande sucesso, do abade francês Jean Terrasson, um importante helenista. [N. T.]

3 Historiador do século XVIII. [N. T.]

"Eu sou uma boba", pensou. "Fico me preocupando com o profundo nojo que me provocam as palavras melosas dessa mulher que me execra; negligencio o preceito do doutor: julgar sempre a situação e superar o sentimento do momento. Posso me apoderar de todos os livros que a duquesa me proibia a leitura com tanto rigor." E pegou os romances de Voltaire, a correspondência de Grimm, *Gil Blas* etc.

A srta. Anselme dissera que faria a lista dos livros escolhidos; mas, para evitar essa lista acusadora, Lamiel teve a inteligência de recorrer a livros não encadernados, e destinados a serem lidos. A srta. Anselme, vendo que os livros que ela estava levando não eram encadernados, contentou-se em contá-los. Trazendo esse fardo para casa, Lamiel estava profundamente triste; ela não conseguia responder a uma pergunta que fazia a si própria, o que a deixava com raiva de si mesma:

"Como!", pensava, "eu me irrito com a grosseria cheia de benevolência que encontro em meu tio, e também me irrito com a polidez melosa demais dessa srta. Anselme, que ficaria feliz de todo o coração se me visse no fundo do charco, como o doutor Sansfin costumava dizer; então, com dezesseis anos, sou como o doutor Sansfin diz que são as mulheres de cinquenta? Fico irritada com tudo e estou em cólera contra o gênero humano."

O exemplar de *Gil Blas* que Lamiel havia trazido do castelo tinha gravuras; foi isso que a levou a abri-lo antes dos outros. Ela havia conseguido introduzir todos esses volumes na torre sem ser percebida pelo tio, a quem a visão de tantos livros não deixaria de enfurecer; porque, embora fosse mestre-escola, repetia sempre:

– Foram os livros que perderam a França.

Era uma das máximas do terrível Du Saillard, o pároco. Ao esconder esses livros no térreo da torre, Lamiel havia lido algumas páginas de *Gil Blas*; sentira tanto prazer nisso que ousou sair de casa pela janela dos fundos às onze horas, quando viu a tia e o tio dormindo profundamente. Ela tinha a chave da torre, entrou e leu até as quatro da manhã. Voltando para a cama, estava perfeitamente feliz e não tinha mais raiva de si mesma. De início, com a mente repleta das aventuras contadas em *Gil Blas*, ela já não lembrava muito dos sentimentos pelos quais se censurava e, depois, o que era muito melhor, ela havia extraído de *Gil Blas* sentimentos de indulgência para si e para os outros; já não achava tão vis os sentimentos inspirados em sua tia Hautemare pela vista dos belos vestidos.

Durante oito dias, Lamiel se dedicou inteiramente à leitura.

# CAPÍTULO XV
# O AMOR NO BOSQUE

DURANTE OS MESES SEGUINTES, Lamiel sempre se entediava quando ficava na casa de seu tio; por isso, passava a vida nos campos. Retomou seus devaneios sobre o amor; mas seus pensamentos não eram ternos, eram apenas curiosos. A linguagem que a tia empregava para tentar protegê-la contra as seduções dos homens devia seu total sucesso à sua mediocridade; o desprezo que lhe causava refletia-se no amor. Sua tia lhe disse um dia:

– Como todos sabem que os lindos vestidos que uso no domingo para ir à igreja vêm de você, os rapazes talvez suponham, com razão, que a sra. duquesa lhe dará um presente no dia do seu casamento, e, assim que virem você sozinha, *tentarão apertar você nos braços deles*.

Essas últimas palavras despertaram a curiosidade de Lamiel; ao regressar do seu passeio da tarde, um rapaz que voltava de uma festa de casamento na aldeia vizinha, onde haviam bebido muita sidra, aproveitando-se de que a conhecia um pouco, aproximou-se dela e fez o gesto de *apertá-la nos braços dele*. Lamiel deixou-se beijar muito tranquilamente pelo jovem, que já alimentava grandes esperanças, quando ela o repeliu com força; e, como ele voltava, ela o ameaçou com o punho e se pôs a correr. O bêbado não conseguiu segui-la.

"O quê? É só isso?", pensou. "Ele tem a pele macia, não tem a boca dura como a do meu tio, cujos beijos me irritam." Mas, no dia seguinte, sua curiosidade retomou o raciocínio sobre o pouco prazer que há em ser beijada por um rapaz. "Deve haver mais do que senti; caso contrário, os sacerdotes não insistiriam tanto em proibir esses pecados."

O mestre Hautemare tinha uma espécie de assistente para repetir as aulas, chamado Jean Berville, um grande palerma, de vinte anos, muito loiro. As próprias crianças zombavam de sua cabecinha redonda *como uma pera*, empoleirada no topo daquele corpo grande. Jean Berville tremia na frente de Lamiel. Num feriado, ela lhe disse depois do jantar:

– Os outros vão dançar. Saia sozinho e vá me esperar na encruzilhada, a um quarto de légua da aldeia, perto do cruzeiro grande; irei encontrar com você em quinze minutos.

Jean Berville se pôs a caminho, e sentou-se aos pés da cruz, sem suspeitar de nada.

Lamiel chegou.

– Leve-me para *passear no bosque* – ela lhe disse.

O padre proibia, sobretudo, as mocinhas de *ir passear no bosque*. Quando ela chegou ao bosque e a um lugar bem escondido, rodeada de grandes árvores e atrás de uma espécie de cerca-viva, disse a Jean:

– Beije-me, aperte-me em seus braços.

Jean a beijou e ficou muito vermelho. Lamiel não sabia o que lhe dizer; ficou ali pensando em silêncio por quinze minutos, depois disse a ele:

– Vamos embora; você, vá para Charnay, a uma légua daqui, e não diga a ninguém que eu o trouxe ao bosque.

Jean, muito vermelho, obedeceu; mas, no dia seguinte, de volta à escola, Jean olhava muito para ela. Oito dias depois, chegou a primeira segunda-feira do mês. Lamiel ia sempre se confessar nesse dia. Ela contou ao santo padre sobre seu passeio no bosque; não se importava em esconder o que fosse, devorada como estava pela curiosidade.

O honesto pároco lhe fez uma cena pavorosa, mas nada ou quase nada acrescentou ao seu conhecimento. Três dias depois, Jean Berville foi mandado embora por Hautemare, que se pusera a espiar sua sobrinha Lamiel. Uma palavra dita pelo sr. Hautemare e surpreendida por Lamiel fez com que ela suspeitasse que tinha algo a ver com a desgraça de Jean. Ela o procurou, encontrou-o oito dias depois, dirigindo as carroças de um vizinho. Correu atrás dele e lhe deu dois napoleões. Muito espantado, Jean olhou ao longe: não havia ninguém na estrada principal; ele beijou Lamiel e a feriu com a barba; ela o repeliu vivamente, mas, mesmo assim, resolveu descobrir o que devia pensar sobre o amor.

– Vá amanhã, por volta das seis horas, ao bosque onde estivemos no outro domingo, e eu irei lá.

Jean se pôs a coçar a orelha:

– É que – disse ele, depois de muitos risinhos e muitos *a senhorita é muito gentil* –, é que, disse enfim Jean Berville, meu trabalho não estará terminado amanhã. É um acordo que deve me render mais de seis francos por dia, e amanhã só trarei de volta a carroça de Méry às oito da noite.

– Quando você estará livre?

– Terça-feira. Mas não, talvez ainda haja alguma coisa a fazer, e só me darão meu dinheiro quando tudo estiver concluído. Quarta-feira será mais seguro, para não prejudicar meus pequenos negócios.

– Muito bem; eu lhe darei dez francos. Venha ao bosque na quarta-feira sem falta, às seis da tarde.

– Oh! Por dez francos, se a senhorita quiser, irei amanhã, terça-feira, às seis em ponto.

– Então está bem, amanhã à tarde – disse Lamiel, impaciente com a avareza daquele animal.

No dia seguinte, ela encontrou Jean na floresta; ele estava com suas roupas dos domingos.

– Beije-me – ela lhe disse.

Ele a beijou. Lamiel notou que, seguindo a ordem que ela lhe dera, acabara de fazer a barba; disse isso a ele.

– Oh! Isso é verdade – respondeu ele rapidamente, *mademoiselle* é a amante que manda; paga bem e é tão linda!

– Sem dúvida, quero ser sua amante.

– Oh! Isso é diferente – disse Jean, com ar ocupado; e então, sem arrebatamento, sem amor, o jovem normando fez de Lamiel sua amante.

– Não há mais nada? – perguntou Lamiel.

– Não – respondeu Jean.

– Você já teve muitas amantes?

– Tive três.

– E não há mais nada?

– Não que eu saiba; a senhorita quer que eu volte?

– Eu lhe direi dentro de um mês; mas nada de mexericos, não fale de mim para ninguém.

– Oh! Não sou bobo – exclamou Jean Berville. Seus olhos brilharam pela primeira vez.

"O quê! O amor é apenas isso?", pensou, espantada, Lamiel; "é coisa que valha a pena proibir tanto? Mas eu prejudico o pobre Jean: para poder estar aqui, ele talvez recuse um bom trabalho." Ela o chamou de volta e lhe deu mais cinco francos. Ele lhe fez apaixonados agradecimentos.

Lamiel sentou-se e observou-o partir.

Então explodiu numa gargalhada, repetindo para si mesma:

– O quê, esse famoso amor não passa disso!

# CAPÍTULO XVI
# O PATRÃO DE DUVAL

AO VOLTAR, PENSATIVA E ZOMBETEIRA, viu um lindo rapaz, muito bem vestido, vindo em sua direção na estrada principal. Esse jovem, que parecia míope, quase parou o cavalo para poder olhar Lamiel mais facilmente com seu *lorgnon*. Quando estava a apenas trinta passos de distância, fez um movimento de alegria, chamou seu criado, entregou-lhe o cavalo, e esse criado se afastou em grande trote.

O jovem Fédor de Miossens, pois era ele, ajeitou os cabelos e avançou em direção a Lamiel com um ar de segurança.

"Definitivamente, a coisa é comigo", disse ela a si mesma.

Quando ele chegou bem perto, ela pensou:

"No fundo, ele é tímido e quer parecer ousado."

Essa observação, que saltou aos olhos de nossa heroína, tranquilizou-a muito; ao vê-lo se aproximar com sua atitude de movimentos bruscos e de alta presunção, pensou:

"O caminho é bem solitário."

Já no dia seguinte a sua chegada, Duval, o camareiro favorito do jovem duque, informou-lhe de que, por causa de sua chegada iminente, sentiram-se obrigados a afastar bem rápido uma jovem reles de dezesseis anos, encantadora em todos os sentidos, favorita de sua mãe, que sabia inglês etc.

– Tanto pior! – dissera o jovem duque.

– Como assim, tanto pior? – redarguiu Duval, com o ar de segurança de um homem que comanda seu patrão; isso é um bem que está sendo roubado do sr. duque, ele tem a obrigação de atacar essa jovem; para essa aí, basta dar alguns livros e um belo quarto na aldeia, onde o senhor duque irá à noite fumar charutos.

– Seria quase tão aborrecido quanto na casa da minha mãe – disse o duque, bocejando.

Duval, vendo que a descrição dessa felicidade causava pouca impressão, acrescentou:

– Se algum dos amigos do senhor duque vier vê-lo em seu castelo, o senhor duque terá algo para lhe mostrar, à noite.

Esse motivo causou impressão, e a eloquência de Duval, que tratou de falar de Lamiel da manhã à noite, preparou o jovem para se deixar convencer, ele, que tremia à ideia de dar algum passo ridículo que pudesse se tornar uma troça contra ele. Mas, enfim, o tédio era excessivo no castelo de Miossens; o abade Clément tinha inteligência demais para arriscar ideias diante de um jovem tolo que chegava de Paris, e que sabia que ele era o sobrinho de uma das camareiras de sua mãe.

Fédor, portanto, terminou por se render, ainda que com relutância, às exortações de seu tirano Duval. Havia três ou quatro anos, ele realmente se ocupara muito com geometria e química, e conservara todas as ideias que um garoto de dezesseis anos tem a respeito do tom fácil e desenvolto com o qual um homem de alto nascimento deveria se aproximar de uma jovem simples, mesmo que ela soubesse inglês. Eram essas ideias que constituíam um obstáculo real, e ele não ousava confessá-las a Duval. O perfeito descaramento desse homem o chocava profundamente; já ele era tímido diante do ridículo. O jovem duque tinha nobreza na alma; estava longe de perceber que os cinco ou seis luíses a serem ganhos com a mobília do pequeno apartamento que ofereceria a Lamiel eram o único motivo que interessava a seu camareiro. Quanto mais tímido era Fédor, mais agradável lhe parecia a bajulação de Duval; Duval só conseguiria persuadi-lo a agir levando ao extremo tal bajulação.

Por exemplo, ele o lisonjeou horrivelmente no dia em que o convenceu a falar com Lamiel. Fédor apressou-se em apear do cavalo assim que a viu e aproximou-se dela, fazendo muitos gestos.

– Aqui está, senhorita, um estojo de madeira ornado com pontas de aço, que tem um efeito encantador. A senhorita o esqueceu quando abandonou o castelo da minha mãe, que a ama muito e me encarregou de devolvê-lo na primeira vez que a encontrasse. Sabia que faz mais de um mês que a procuro? Embora nunca a tivesse visto, reconheci-a logo por seu ar distinto etc.

Os olhos de Lamiel eram soberbos de espírito e clarividência, enquanto, encerrada numa perfeita imobilidade, ela observava do alto do seu caráter aquele jovem tão elegante que se cansava de fazer pequenos gestos sacudidos, como um galã de vaudeville.

"Na verdade, ele não diz nada de apurado", pensava Lamiel; "ele não vale muito mais do que aquele imbecil de Jean Berville, que acabo de deixar. Que diferença com o abade Clément! Quão gentil teria sido se fosse ele a trazer o meu estojo!"

Depois de quinze minutos, que pareceram muito longos à jovem, o duque encontrou um elogio natural e bem formulado. Lamiel sorriu e imediatamente Fédor tornou-se encantador; o tempo deixou de lhe parecer terrivelmente longo, assim como para Lamiel. Encorajado por esse pequeno sucesso, que sentiu com alegria, o duque tornou-se encantador, pois era infinitamente espirituoso; a natureza apenas se esquecera de lhe dar a força para querer sê-lo. Aquele pobre jovem fora tão e tantas vezes sobrecarregado de conselhos sobre as milhares de gafes que alguém comete aos dezesseis anos ao ser obrigado a falar em um salão como um homem de boa sociedade, que, ao menor movimento a ser feito, à menor palavra a pronunciar, ficava perplexo ao lembrar de três ou quatro regras contraditórias às quais deveria obedecer. É o mesmo embaraço que torna nossos artistas tão insípidos. A palavra simpática que encontrou ao tentar seduzir Lamiel lhe deu audácia; ele esqueceu as regras e foi gentil. Era difícil ser mais lindo.[1]

---

1 Beyle indica em uma nota que deve colocar aqui o retrato de Fédor. Ver no Apêndice IV, p.216, esse retrato cujo modelo é Martial Daru,

"Bem que eu deveria", pensou Lamiel, "abandonar meu Jean e aprender com este ser o que é o amor; mas talvez ele próprio não o saiba."

Mas logo, de tanta desenvoltura, o duque chegou ao ponto de ser ou parecer desembaraçado demais.

– Adeus, senhor – disse-lhe Lamiel no mesmo instante –; proíbo que o senhor me siga.

Fédor ficou de pé na estrada, como se transformado numa estátua. Essa tirada tão imprevista fixou para sempre em seu coração a lembrança de Lamiel.

Felizmente, chegando ao castelo, ousou confessar isso a Duval.

– É melhor não falar com essa sirigaita por oito dias; pelo menos – acrescentou Duval, percebendo que iria desagradar –, isso é o que um rapaz comum faria; mas pessoas de seu nascimento, senhor duque, consultam antes de tudo seu próprio bel-prazer. O herdeiro de um dos mais nobres títulos da França e de uma das maiores fortunas não está sujeito às regras comuns.

O jovem duque reteve até uma hora da manhã esse homem que falava com tanta elegância.

No dia seguinte choveu, o que desesperou Fédor; ele passou seu tempo sonhando com Lamiel; não conseguia sair pelas estradas afora com alguma esperança de encontrá-la. Pegou um carro e passou duas vezes diante da porta de Hautemare. No segundo dia, aguardou a hora do passeio com toda a impaciência de um enamorado, e, de fato, esse amor, criado por Duval, já o havia libertado de uma parte do seu tédio. Duval lhe fornecera cinco ou seis maneiras de abordar a jovem. Fédor esqueceu tudo ao percebê-la meia légua à sua frente, no mesmo caminho em que a havia encontrado pela primeira vez. Ele foi a galope, dispensou o cavalo quando estava a cem passos dela; aproximou-se tremendo e tão emocionado que lhe disse o que estava pensando.

---

bem conhecido dos leitores do diário de Stendhal. [Nota de Casimir Stryienski]

– A senhorita me mandou embora anteontem, e me deixou desesperado. O que é preciso fazer para não ser dispensado?

– Não falar mais comigo como se fosse uma criada da sra. duquesa; eu o fui, mais ou menos, mas não sou mais.

– A senhorita foi leitora, mas jamais camareira, e minha mãe fez da senhorita sua amiga. Eu gostaria também de ser seu amigo, mas com uma condição: será a senhorita quem fará o papel de duquesa. Será verdadeiramente a senhora em toda a extensão da palavra.

Esse começo agradou a Lamiel; seu orgulho gostava da timidez do jovem duque, mas o inconveniente dessa sensação era que comportava um amálgama considerável de desprezo.

– Adeus, senhor – ela lhe disse depois de quinze minutos. Não quero vê-lo amanhã. – E, como o duque hesitava em retirar-se, ela acrescentou com ar imperioso:

– Se não partir já, não o verei novamente durante oito dias.

O duque fugiu. Essa fuga divertiu Lamiel infinitamente; ela já ouvira falar mil vezes no castelo sobre o respeito com que todos tratavam esse filho único, herdeiro de tão grande nome; ela achou divertido vê-lo assumir o papel oposto.

# CAPÍTULO XVII
# SOBRE O PASSAPORTE

O PROCESSO DE RECONHECIMENTO CONTINUOU, mas nesse tom; Lamiel não era apenas senhora absoluta, mas também caprichosa. Entretanto, depois de duas semanas, ela multiplicou os encontros, pois começava se entediar durante as tardes, quando não tinha um rapaz bonito para humilhar. Ele estava louco de amor. Ela passava seu tempo inventando tormentos:

– Vista-se de preto amanhã para vir me ver.

– Eu obedecerei; mas por que essa roupa tão triste?

– Um dos meus primos acaba de falecer; ele era um comerciante de queijo.

Ela se divertiu com o efeito que esse detalhe produziu no belo rapaz.

"Se isso algum dia for descoberto", pensava ao voltar tristemente para o castelo, "vou ficar coberto de ridículo."

Ele pediu permissão à mãe para retornar a Paris. Provavelmente ele não teria tido coragem de ficar lá, mas recebeu uma recusa.

"Enfim", pensava no dia seguinte, indo para o encontro que, naquele dia, seria numa cabana de fabricantes de tamancos, num bosque vizinho, "quem poderá negar o progresso do jacobinismo: aqui estou eu de luto por causa de um vendedor de queijo!"

Lamiel, vendo-o exatamente de luto, disse-lhe:

– Beije-me.

O pobre menino chorou de alegria. Mas Lamiel não sentia outra felicidade senão a de comandar. Permitiu que ele a beijasse, pois, naquele dia, sua tia acabara de fazer uma cena ainda mais intensa do que de costume sobre seus frequentes encontros com o jovem duque, que alimentavam os comentários da aldeia. Era em vão que Lamiel mudava o local de suas reuniões todos os dias. Há três dias que sua curiosidade encontrava um prazer infinito ao ouvir de Fédor os mínimos detalhes da sua vida em Paris; por isso ela não escutava a voz da prudência, que lhe ordenava que o afastasse com uma palavra assim que o visse.

A luz do dia baixava rapidamente. Lamiel e seu amigo deixavam a floresta para voltar à aldeia. O duque contava com encantadora naturalidade e muito espírito seu modo de passar os dias em Paris; Lamiel viu de longe seu tio Hautemare, que descia de uma charrete alugada, aparentemente bastante cara, para espiá-la. Essa visão a deixou impaciente.

– O senhor ainda tem esse fiel camareiro a quem chama de Duval?

– Sem dúvida – disse Fédor, rindo.

– Bem, mande-o a Paris buscar algo que esqueceu lá.

– Mas isso me perturba muito; o que farei sem esse homem?

– O senhor chora como uma criança que tem medo da babá. De resto, não volte a me ver até que Duval não esteja mais em Carville. Aqui está meu tio, correndo atrás de mim, e a quem eu gostaria de poder mandar embora como mando o senhor. Adeus.

Lamiel aguentou uma cena muito longa e muito desagradável por parte de seu tio. A cena recomeçou quando chegou a sua casa. Dona Hautemare tomou a palavra e falou longamente. O tédio paralisava todos os sentimentos em Lamiel; ela teria se jogado no Sena sem hesitar para salvar o tio ou a boa tia que tivesse caído nas águas; mas quando chegaram a falar de seus cabelos brancos desonrados por aquele comportamento à jovem que tanto se aborrecia com eles, esta só sentiu o tédio daquela conversa. O bom velhote Hautemare, recorrendo a frases muito patéticas, pediu-lhe sua palavra de que não sairia no dia seguinte depois do jantar. Lamiel não sabia como recusá-la, e sua religião era a honra: uma vez dada sua palavra, ela não conseguia quebrá-la. Sua ausência em todos os locais de costumeiros de encontros levou o duque ao desespero. Depois de uma noite inteira de incertezas, ele havia sacrificado à sua senhora um homem que era seu senhor. O essencial, aos olhos do jovem duque, era que Duval não adivinhasse sua desgraça; por isso, encheu-o de adulações e o encarregou de lhe fazer um relato da vida que levava o visconde D..., seu amigo íntimo; porque o duque quis confiar a Duval que se tratava de obter a mão da senhorita Ballard, filha de um rico negociante de peles, e que o visconde estaria tentando conseguir o mesmo objetivo, como revelara a carta de um amigo em comum.

Parecia que, durante essa semana, as cataratas do céu se reuniam sobre a Normandia; choveu intensamente por três dias, e o tédio desse clima, que não passava sem uma dose de repreensões na casa Hautemare, sufocou completamente a pequena compaixão pelo futuro isolamento dos dois idosos que tinha penetrado no coração pouco sensível de nossa heroína.

No quarto dia continuava chovendo, mas um pouco menos, e Lamiel, com grandes tamancos e um gorro de algodão, vestida com um pedaço quadrado de oleado no meio do qual havia um buraco para passar a cabeça, foi por acaso até a cabana dos tamanqueiros, no meio do bosque de altas árvores. Uma hora mais tarde, ela observou a chegada do duque, completamente encharcado. No entanto, percebeu que ele havia se preocupado apenas com o cavalo e não consigo mesmo. Esse cavalo acabara de percorrer rapidamente três ou quatro léguas nos arredores.

– Acabei de rever todos os nossos outros lugares de encontro – disse o duque, que não parecia muito amoroso e apaixonado –, Gavião não aguenta mais; a senhorita não faz ideia da lama que existe por aqui.

– Oh! Claro que sim! uma camponesa como eu sabe bem disso... Gosto do Gavião porque ele o torna ridículo; neste momento, o senhor o ama cem vezes mais do que aquela que pomposamente chama de sua amada. Não me fere, mas é ridículo para o senhor.

Essa frase, que parecia uma *frase de efeito*, era perfeitamente verdadeira. Outrora, Lamiel estivera a ponto de amar, de se tornar apaixonada pelo abade Clément. Quanto ao duque, ela o via por curiosidade e para sua instrução.

"Então", pensava, "é isso o que a sra. duquesa chama de homem de boa companhia? Acho que, se tivesse que escolher, preferiria esse idiota de Jean Berville, que me amou por cinco francos. Vamos ver a reação que este fará às minhas propostas. Ele não tem mais o seu Duval, cuja habilidade e desfaçatez transformaram sua dor em um mero sacrifício financeiro. Como diabos esse menino lindo vai fazer isso? Talvez não faça nada; ficará com medo e me apertará em seus braços como um fuzil de teatro. Vamos ver."

– Meu lindo Fédorzinho, esse pobre Gavião – (cavalo puro-sangue que disputou um prêmio nas corridas de Chantilly, onde os camponeses tiveram a astúcia de lhe fazer pagar dois luíses por um frango) – está muito molhado e o senhor não tem cobertor; ele pode pegar um resfriado; aconselho a tirar o casaco e jogá-lo nas costas dele. Em vez de conversar comigo, deveria passear com o Gavião no bosque.

Fédor não conseguia responder, tão preocupado estava com seu cavalo. Lamiel tinha tanta razão!

– E não é tudo – ela continuou; vai acontecer coisa pior com o senhor: a felicidade cairá nas suas costas.

– Como? – disse Fédor, perplexo.

– Vou fugir consigo e vamos morar juntos no mesmo apartamento, em Rouen, no mesmo apartamento, ouviu?

O duque permanecia imóvel e gelado pelo espanto; Lamiel também estremeceu, depois continuou:

– Como o amor por uma camponesa pode desonrá-lo, procuro tocar com as mãos esse pretenso amor, ou, melhor dizendo, quero fazê-lo concordar que não tem um coração robusto o suficiente para sentir *amor*.

Ele foi tão adorável que Lamiel lhe disse pela segunda vez desde que se conheceram:

– Beije-me, e com arroubo; mas está fazendo meu gorro de algodão cair. – (É preciso saber que nada é mais hediondo e ridículo do que o gorro de algodão usado pelas jovens de Caen e de Bayeux.)

– Tem razão – disse o duque, rindo.

Tirou-lhe o gorro, pôs nela seu boné de caça e beijou-a com um arroubo que tinha para Lamiel todo o encanto do inesperado. O sarcasmo desapareceu de seus belos olhos.

– Se você fosse sempre assim, eu o amaria. Se o acordo que estou oferecendo lhe convier, o senhor conseguirá um passaporte para mim, porque tenho medo da polícia. – (Esse sentimento é inato nos países que tiveram Chouans[1] por volta de 1795.) – Pegará dinheiro, pedirá permissão à sra. duquesa, alugará um lindo apartamento em Rouen e viveremos juntos, quem sabe? Durante dez dias, pelo menos, até que o senhor comece a me entediar.

O jovem duque foi tomado pela alegria mais viva; queria beijá-la novamente.

– Não, não – ela lhe disse –, só vai me beijar quando eu mandar. Meus pais me perturbam com sermões intermináveis, e é para zombar deles que me entrego ao senhor. Eu não o amo; o senhor não tem um ar verdadeiro e natural; dá sempre a impressão de que está interpretando uma comédia. Conhece o abade Clément, esse pobre rapaz que só tem uma roupa preta e surrada?

– E o que quer fazer com esse pobre Clément? – disse o duque, rindo altivamente.

– Aquele lá tem jeito de pensar o que diz e quando diz. Se ele fosse rico e tivesse um Gavião, seria ele que me interessaria.

– Mas a senhorita está fazendo uma declaração de ódio e não de amor.

– Pois bem, então, não vamos para Rouen; não faça nada do que lhe ordeno. Eu nunca minto; nunca exagero.

– Meu amor é tão ardente que acabará por aquecer esta linda estátua – disse Fédor com um sorriso. A grande dificuldade é o passaporte!... Ah!, se eu tivesse Duval aqui!

– Quis ver o que seria do senhor sem Duval.

– O quê? A senhorita seria maquiavélica a esse ponto?

---

1 Os Chouans eram insurgentes monarquistas da Bretanha, Maine, Baixa Normandia e norte de Anjou durante a Revolução Francesa. [N. T.]

Pouco a pouco, Fédor compreendia sua felicidade; ele até insistiu muito para que Lamiel estivesse convencida por um momento de que já havia chegado a Ruão; mas só conseguiu ser mandado de volta meia hora antes do pôr do sol. Em seguida, ela o chamou; o bosque estava tão cheio de água que ela quis montar na garupa até a estrada principal. Senti-la tão perto foi forte demais para a razão de Fédor; estava bêbado de amor e tremia tanto a ponto de mal conseguir segurar as rédeas de seu cavalo.

– Então vire-se – disse Lamiel – e me beije o quanto quiser.

Embriagado de felicidade, Fédor teve um lampejo de firmeza: foi diretamente procurar em suas florestas um guarda-caça, um ex-soldado que morava a mais de duas léguas de distância; deu-lhe alguns napoleões e pediu-lhe um passaporte de mulher.

O guarda-caça Lairel pensou bastante; aquele homem tinha muita firmeza, força de vontade e pouco espírito; ele não inventava. O duque foi obrigado, pela primeira vez na vida, a pensar e inventar. Logo encontrou um meio.

– O senhor tem uma sobrinha, peça um passaporte a ela; ela recebeu uma herança em Forges, que é mais longe que Rouen; mas ela deve falar com um promotor em Rouen e depois com um parente co-herdeiro, que mora em Dieppe. Talvez ela tenha que ir para Paris. Então, meu caro Lairel, passaporte para Rouen, Dieppe e Paris. O senhor me entrega o passaporte; três dias depois, declara ao prefeito que ela o perdeu, que está desgostosa com essa viagem, porque um passaporte perdido é um mau presságio, e que ela vai ficar. Mandarei escreverem-lhe uma carta de Rouen que falará sobre a herança e dirá que não há mais necessidade da viagem.

– Farei tudo isso, ponto por ponto, disse Lairel; mas a honra! O nome da minha pobre sobrinha será usado por alguma mocinha que o sr. duque vai trazer de Paris.

– Talvez tenha razão. Então, mude um pouco a grafia do nome da sua sobrinha. Como ela se chama?

– Jeanne Verta Laviele, dezenove anos.

O duque rasgou uma página do registro do guarda-caça e escreveu: Leviail Jeanne-Gerta.

– Tente conseguir um passaporte com esse nome.

– São apenas nove horas, o prefeito está no cabaré; vou arrancar essa cenoura dele. Se ele não consultar o pároco, a coisa é nossa.

Na mesma noite, às onze e quinze, o guarda-caça foi ao castelo, apesar de um tempo horrível, e entregou ao jovem duque um passaporte com um nome assim escrito: *Geanne Gertait Leviail*. Fui eu quem escreveu: teria escrito o que quisesse.

O duque deu-lhe como prêmio tantos napoleões quanto Lairel esperava em francos.

Às oito horas, foi passar diante da porta de Hautemare e se pôs perto da *portinhola*, com o passaporte na mão; Lamiel percebeu isso muito bem.

– Então, ele não é um simplório, pensou; mas talvez Duval esteja de volta ao castelo! Depois, muito contra as suas expectativas, sentiu pena dos dois pobres velhos que iria abandonar. Ela escreveu a eles uma carta muito longa, muito bem-feita. Começou doando todos os seus lindos vestidos à tia, depois prometeu que voltaria em dois meses e *sem ter faltado para com seus deveres*. Enfim, aconselhou seus excelentes pais a dizerem que ela havia partido com o consentimento deles para cuidar de uma tia idosa e doente, perto de Orléans, na região de onde vieram.

# CAPÍTULO XVIII
# VERDE AZEVINHO

NO DIA SEGUINTE, OS PRADOS ESTAVAM inundados, mas fazia um tempo soberbo. Às três horas, Lamiel encontrou-se perto de uma ponte, a trinta passos da estrada grande. Fédor não tinha ideia de que naquele dia chegaria a dar o grande passo do rapto.

– Fiquei tão triste e tão emocionada ao deixar a casa e esses pobres velhos tão tediosos – disse ela a Fédor – que não quero voltar lá.

O jovem duque já não era mais o homem da véspera; ele ficou espantado e embaraçado com a declaração. Mas, tendo-lhe explicado Lamiel que, munida de seu passaporte, iria alugar um cavalo e iria para B..., onde o esperaria por um ou dois dias, o duque recuperou seu equilíbrio e ela notou sua alegria. Ela perguntou se ele havia recebido coletes de Paris. Na véspera, ele conversara longamente com ela sobre uma deliciosa variedade de coletes de caça que seu alfaiate iria lhe enviar; havia um, em particular, listrado de *gris sobre gris*, o que produzia um efeito encantador; além disso, era a jaqueta de caça da moda naquele ano.

Depois que o jovem duque falou longamente sobre o colete listrado gris sobre gris, Lamiel pensou:

"Aliás, ao mesmo tempo que ele gosta quando eu conto todos os detalhes da minha vida em casa, ele também fala para mim o que lhe interessa."

Essa sábia reflexão interrompeu seu desprezo.

– Bom, vou partir para B... sozinha; vá para B... amanhã, a menos que a questão do colete da moda o retenha no castelo.

– Como é cruel! Abusa da mente espantosa que o céu lhe deu! A senhora não é meu primeiro amor?

Ele falava com graça e nunca lhe faltavam ideias, pequenas ideias lindas, muito elegantes, muito delicadas. Lamiel lhe fazia justiça a esse respeito, mas a lembrança do colete gris sobre gris estragou tudo.

– É melhor para os interesses de sua prudência que eu parta sozinha. Se meus pobres pais tiverem a fraqueza de aceitar o conselho do promotor Bonel, nosso vizinho, eles não poderão acusá-lo de rapto. E, no caso, posso jurar que o senhor é muito pouco culpado pelo meu rapto. Por prudência, passe de carro diante da porta deles amanhã e mostre-se na aldeia.

Lamiel e seu amigo passeavam pela floresta cheia de poças d'água de três ou quatro polegadas de profundidade, o que forçava os pedestres a fazer muitos desvios. Lamiel, pensando em seus pais, estava triste e pensativa. Interrompeu um longo silêncio para dizer ao duque, com ar de profunda convicção:

– O senhor teria coragem de me pegar na garupa e me levar até os arredores de Bayeux, do outro lado da floresta? No caminho, eu poderia pegar a diligência de Vire e, no caso improvável de perseguição, ninguém pensará que atravessei a floresta no estado em que ela se encontra.

Fédor baixava a cabeça, não ouvia nada do final dessa fala. A frase cruel: *o senhor teria coragem*? havia despertado nele o fidalgo francês.

– A senhora é cruelmente indelicada – disse ele a Lamiel –, e devo ser bem louco por amá-la.

– Pois bem, não me ame; dizem que o amor inspira a devoção, e, ou estou muito enganada, ou seu coração não está destinado a se preocupar seriamente, a não ser com aqueles coletes encantadores que seu alfaiate lhe manda de Paris.

Fédor fez tudo o que pôde naquele momento para não amá-la, mas sentiu que não vê-la mais era um esforço além de suas forças;

cada dia, ele só se sentia viver durante a hora que passava com ela. Ele lhe disse coisas encantadoras de modo muito ardente e, acima de tudo, com uma graça à qual Lamiel começava a ficar bastante sensível.

Feitas as pazes, ele a colocou a cavalo, e não sem alguns detalhes encantadores para um namorado; era impossível encontrar uma moça mais bonita, mais fresca e sobretudo mais picante que Lamiel naquele instante; ela estava apenas um pouco abaixo do peso.

"É uma das desvantagens da extrema juventude", pensou o duque.

Como ele dominava a arte de cavalgar até as acrobacias, ele saltou depois dela e, várias vezes, nas profundezas do bosque, obteve permissão para beijá-la.

Lamiel chegou cedo a[1] : mas, no dia seguinte ela esperou e Fédor não apareceu.

– Sou muito tola em esperar por ele; talvez ele não tenha conseguido despachar suas malas para Rouen. Mas eu preciso desse lindo bonequinho? Não tenho três napoleões? É mais do que o necessário para chegar a Rouen. – Lamiel corajosamente pegou a diligência noturna, e a encontrou ocupada por quatro caixeiros-viajantes. Ficou revoltada com o tom daqueles cavalheiros. Que diferença em relação ao duque! Logo ela teve muito medo; um momento depois, precisou pegar sua tesoura.

– Senhores – disse-lhes ela, talvez um dia arranje um amante, mas não será um dos senhores, que são feios demais. Essas mãos que tentam agarrar as minhas são mãos de ferreiro, e, se não as retirarem imediatamente, vou feri-las com minha tesoura; o que ela fez, para grande espanto dos caixeiros-viajantes.

Devemos dizer para justificá-los: 1º) que ela era bonita demais para viajar sozinha e, em segundo lugar, tudo nela era honesto, exceto seu olhar. Esse olhar tinha tanto espírito que, aos olhos de pessoas rudes e com pouca compreensão das nuances,

1 Em branco no manuscrito. [Nota de Casimir Stryienski]

poderia parecer provocador. Lamiel chegou às nove da noite a.[2] Ao entrar na sala de jantar da pousada, encontrou à mesa doze caixeiros-viajantes.

Ela se tornou objeto de atenção geral e, logo, dos elogios de todos. Notara que, na diligência, seus epigramas, chegando à injúria, produziam mais efeito do que a ponta de sua tesoura. Um desses caixeiros que estava à mesa começou a persegui-la com seus elogios de uma forma realmente incômoda; ele dizia conhecê-la: começou a falar de sua boa sorte no amor.

– Parece, senhor – disse-lhe ela –, que está acostumado a vencer logo à primeira vista.

– É verdade – disse o viajante, que as belezas da Normandia não me fazem esperar.

– Bem, sem dúvida, o senhor está tão amável hoje como sempre; está me cortejando há uma boa hora, sou da Normandia e tenho orgulho disso, mas... por que então o senhor me parece ridículo e importuno?

A gargalhada foi universal. O Lovelace jogou a cadeira com furor e saiu da sala de jantar.

Lamiel havia distinguido um jovem muito feio que tinha jeito tímido, e dirigia-lhe a palavra com graça; ele mal conseguia responder; ficou muito vermelho. Em poucos minutos, ela fez dele um protetor. Ele aconselhou-a em voz baixa a pedir à dona da casa chá, e também que lhe fizesse companhia.

– A senhora abrirá mão dos seus trinta e cinco centavos – disse-lhe ele –, e por esse preço terá a proteção dela durante a noite.

Lamiel seguiu esse conselho e convidou o jovem tímido, que por acaso era boticário, para tomar chá.

– Não é verdade – disse ele à dona da pousada, depois de elogiar o chá – que essa senhorita é linda demais para viajar sozinha? Seus olhos são muito espirituosos, ela teria que parecer estúpida; mas, como tal *metamorfose* lhe é impossível, vou lhe dar uma receita.

---

2 Em branco no manuscrito. [Nota de Casimir Stryienski]

A palavra *metamorfose*, pronunciada com ênfase, havia conquistado a dona da pousada. O boticário continuou com ênfase crescente:

– Os farmacêuticos amassam folhas de azevinho. Sabem, senhoras, aquelas folhas que têm espinhos nas pontas e que são de um verde tão lindo? A senhora hesitaria – disse ele, dirigindo-se mais particularmente a Lamiel – em colocar uma dessas folhas esmagadas em uma de suas bochechas?

A proposta provocou uma gargalhada.

– E por que isso? – disse Lamiel.

– Enquanto não lavar essa bochecha, ficará feia, e por pouco que a senhorita esconda essa bochecha com seu lenço, juro que nenhum desses arrogantes caixeiros-viajantes vão lhe aborrecer com seus comentários galantes.

Riram da proposta até mais de onze horas.

– A farmácia vai fechar – disse a dona da pousada.

Mandaram buscar um pouco de azevinho amassado, o farmacêutico esfregou o pedaço de verde com o dedo, aproximou-se do espelho, lambuzou uma de suas bochechas, depois olhou para as senhoras: estava horrível.

– Pois bem, senhorita – disse ele a Lamiel – sua vaidade se verá lutando contra o amor pela tranquilidade; amanhã de manhã, antes de entrar na diligência, está em seu poder ser quase tão feia quanto eu.

Lamiel riu muito da receita, mas, antes de adormecer, pensou em Fédor por mais de uma hora.

"Que diferença", pensou; "este boticário é razoável e tem algo a dizer, mas a tolice acaba aparecendo. Que tom enfático ele tomou ao ver o sucesso de sua receita! Essas pessoas que têm conhecimento só me dão vontade de ficar quieta. Sempre quero conversar quando estou com meu duquezinho, mas lhe digo demasiadas coisas desagradáveis."

No dia seguinte, o duque não chegou, e essa ausência, que parecia lhe dar personalidade, atingiu Lamiel.

"Eu o atormentei demais por causa de seu colete; ele se vinga, tanto melhor, não acreditei que fosse capaz disso."

A maioria dos caixeiros-viajantes ainda estava na pousada. Lamiel deu uma olhada na da sala de jantar e foi até seu quarto para colocar uma leve camada de cor verde em sua bochecha. O efeito foi admirável; dez vezes durante o jantar, a dona da pousada veio vê-la, e gargalhava ao ver o olhar taciturno dos balconistas quando olhavam para Lamiel. O marido, que presidia a mesa comum, quis saber a causa de toda aquela alegria e logo partilhou-a. Ele cobria de atenções a pobre garota que tinha uma impingem na bochecha, e morria de rir toda vez que ela lhe dirigia a palavra.

No meio do jantar, o duque chegou, e sua expressão foi encantadora quando reconheceu Lamiel. O pobre jovem não conseguiu comer de tão consternado que estava ao ver a impingem aparente que havia dado uma cor abominável ao rosto de sua amiga.

Lamiel morria de vontade de falar com ele.

“Será que o estou amando? É isto, a parte moral do amor?”

Ela não tinha o hábito de resistir às suas fantasias; levantou-se da mesa antes da sobremesa e, pouco depois, o duque também se levantou. Mas, como encontrar o quarto do seu amigo, como perguntar isso? Ele tratou de “você” um dos caixeiros, que lhe disse, ousadamente:

– Onde guardei os porcos com o senhor, para que me trate de você?

O duque nunca viajara sem Duval. Deu vinte centavos a outro garçom, que o levou até a porta de Lamiel, que, pela primeira vez em sua vida, o esperava com impaciência.

– Ei! Venha aqui, meu belo amigo, o senhor me ama apesar desta infelicidade? – ela lhe disse, apresentando sua bochecha doente para que beijasse.

O duque foi heroico; deu um beijo, mas não sabia bem o que dizer.

– Eu lhe devolvo sua liberdade, disse-lhe Lamiel; volte para casa, o senhor não gosta de moças com bochechas cheias de impingem.

– Diacho, sim! – disse o duque com resolução heroica; a senhora se comprometeu comigo, e eu jamais vou abandoná-la.

– É verdade – disse Lamiel, pois bem! Beije de novo... Confesso que é uma impingem que reaparece a cada dois ou três meses, principalmente na primavera. Sente-se tentado a beijar essa bochecha?

Foi a primeira vez que o duque sentiu que ela respondia às suas carícias.

– Eu conquistei o seu amor – disse ele, beijando-a com ardor. – Mas essa doença, acrescentou com espanto, não tira em nada do frescor e do aveludado da sua pele.

Lamiel havia molhado seu lenço; ela pressionou-o na bochecha doente e se jogou nos braços do duque. Se ele não fosse tão feliz e tão tímido, conseguiria ali tudo o que tanto desejava com tanto ardor; mas quando ousou, já era um minuto tarde demais.

– Em Rouen – disse-lhe Lamiel –, e não antes.

Começou a brincar sobre seu atraso, que a teria entregado como uma presa aos caixeiros-viajantes, se não fosse o recurso do jovem boticário.

O jovem duque relatou o extremo embaraço em que havia caído; tinha cometido a gafe de mentir com *detalhes*. Havia conversado com a mãe sobre um passeio ao Havre para ver o mar, combinado com amigos de Paris, dos *quais tinha dito o nome*: o marquês fulano, o visconde beltrano. A duquesa os conhecia a todos e logo quis fazer parte do passeio. Foi só no segundo dia que Fédor inventou de dizer que o visconde estava em má companhia: uma mocinha que demonstrava muito talento nas *Variétés*... Imediatamente a duquesa lhe fechara a boca:

– Vá sozinho, ou melhor, não vá...

E foi preciso a metade de um dia para obter permissão. Ele terminou dizendo:

– Quando não tenho Duval, não sei fazer nada.

– E eu não quero mais Duval, não quero um rei preguiçoso; quero ver o senhor agir por si mesmo.

– Nesse caso, eu decido – disse o duque, beijando-lhe a mão – que chegaremos o mais rápido possível a Rouen.

Mandaram pedir cavalos e os dois amantes chegaram a Rouen no dia seguinte, às cinco horas da manhã.

# CAPÍTULO XIX
# LAMIEL E A SRTA. VOLNYS

QUINZE DIAS SE PASSARAM E O DUQUE estava perfeitamente feliz. Sua felicidade dobrava a cada dia, mas Lamiel começava se entediar. O duque, que no Hôtel d'Angleterre se dava a conhecer simplesmente por sr. Miossens, enchia-a de presentes; mas Lamiel, ao cabo de oito dias, mandou comprar para ela roupas que indicavam uma filha de burguês caipira, e mandou enfeitar os caríssimos vestidos e chapéus que indicavam uma elegante de Paris.

– Não gosto de ser olhada na rua, sempre me lembro dos caixeiros-viajantes. Tenho certeza de que não sei andar como uma dama de Paris.

Sua culpa, como mulher encantadora, era por prestar pouca atenção ao amante e falar com ele muito raramente. Ela transformou-o em um mestre de literatura; fazia com que ele lesse e explicasse a comédia que foi apresentada naquela noite no teatro.

Ela viu a srta. Volnys, que estava se apresentando em Rouen e ia para o Havre.

– Aí está a mulher que me ensinará a usar seus lindos chapéus sem parecer que os roubei. Vamos para o Havre e estudarei à vontade a srta. Volnys.

– Mas minha mãe anda ameaçando de vir. E se ela nos avistar, meu Deus?

– Então vamos correndo, partamos imediatamente. – E partiram.

A astúcia de Lamiel dava passos gigantescos; chegando ao Havre, teve a astúcia de encontrar desvantagens em todos os apartamentos que os primeiros empregados de hotel vieram oferecer à porta do *coupé*, até que ouviu:

"A srta. Volnys, primeira atriz do Gymnase, acaba de se hospedar conosco."

Durante oito dias, Lamiel, instalada no primeiro camarote do teatro, não perdeu um único movimento da srta. Volnys. Passava horas em sua porta entreaberta na escadaria do Hôtel de l'Amirauté para ver como a outra descia as escadas.

A duquesa de Miossens veio ao Havre e Fédor tremia como uma folha. Um dia, dando o braço a Lamiel, que, na verdade, tinha um grande chapéu, viu a mãe se aproximar dele na rue de Paris (uma rua elegante do Havre). Lamiel pensou que ele fosse cair de medo, e exigiu que ele passasse bravamente ao lado de sua mãe: mas à noite, depois do espetáculo, Lamiel permitiu que ele partisse para Rouen. O pobre Fédor, sem que Lamiel soubesse, foi ver sua mãe e pediu-lhe perdão por não ter ousado cumprimentá-la, por causa da pessoa a quem dava o braço. Ele foi recebido por sua mãe com uma severidade horrível. A duquesa acabou por expulsá-lo de sua presença, repreendendo-o pela insolência que demonstrou ao aparecer sem pedir permissão.

Lamiel estava tão mudada que a duquesa, que a viu perfeitamente bem, não a reconheceu, apesar de seu aspecto soberbo e difícil de esquecer.

Lamiel agora tinha graça, e havia perdido a aparência de uma jovem corça prestes a se lançar na corrida.

Por duas vezes ela escreveu cartas aos pais, que o duque mandou pelo correio de Orléans e que podiam confirmar a fábula sobre uma herança que ela havia aconselhado a eles divulgar na aldeia no dia seguinte à sua partida.

Lamiel passou um mês em Rouen; ela estava profundamente entediada, enquanto o duque chegara a uma verdadeira paixão por ela, o que só a entediava ainda mais. Lamiel só via em seu próprio coração o tédio que a dominava.

Embora fizesse com que o pobre Fédor, cujo peito se fatigava com isso, lesse para ela durante mais de quatro horas por dia, Lamiel ainda não havia chegado àquele ponto de adivinhar as causas de seu tédio. Duas ou três vezes, em sua leviandade, ela chegou ao ponto de consultar o duque sobre as causas do seu tédio mortal; parou na hora certa.

Em suas bizarrices, Lamiel recorria a todo tipo de invenções para não se entediar; um dia, fez com que o duque lhe ensinasse a geometria. Essa vontade redobrou o amor dele. Em tudo que não dependesse dos direitos imperceptíveis da nobreza e da vantagem que ela poderia tirar dos padres, o estudo da geometria ensinara este jovem estudante da Escola Politécnica a não confiar nas palavras. Sem distinguir tudo o que devia à geometria, Fédor amou-a com paixão; ele ficou encantado com a facilidade com que Lamiel compreendia os elementos.

Graças aos seus estudos e às reflexões constantes, Lamiel era muito diferente da jovem que, seis semanas antes, havia deixado a aldeia. Começava a poder dar um nome aos pensamentos que a agitavam. Ela pensava:

"Uma moça que foge da casa dos pais se comporta mal, isso é tão verdade que ela deve sempre esconder o que faz, e por que ela se comporta mal? Para se divertir; e eu estou morrendo de tédio. Sou obrigada a raciocinar comigo mesma para encontrar algo interessante em minha vida. Tenho o teatro à noite e o uso de um carro quando chove, e mesmo assim tenho sempre que passear naquela avenida de grandes árvores ao longo do Sena, que conheço de cor; o duque diz que é ignóbil passear pelos campos.

"– A gente teria o ar de quê?, ele me disse.

"– De gente que se diverte. E ele me disse, até com o ar apressado de me contrariar, que eu estava dizendo algo de muito vulgar e de mau tom.

"Ele já me irrita bastante, apenas oito dias depois que Jean Berville me ensinou, por dinheiro, o que é o amor, mas dois meses em *tête-à-tête*, meu Deus! E ainda nesta Rouen, tão enfumaçada, onde não conheço ninguém!"

Uma ideia iluminou Lamiel! "Quando eu o reencontrei, depois de ter sido exposta à polidez desses caixeiros-viajantes, que são brutos animais, bancando Lovelace, ele me pareceu amável; preciso afastá-lo por três dias."

– Meu amigo – ela lhe disse –, vá passar três ou quatro dias com a sra. duquesa; devo-lhe muita gratidão, e, se algum dia ela descobrir que sou eu a responsável pela vida desordenada que o senhor leva em Rouen, poderá pensar que sou ingrata, e eu ficaria desesperada.

Essa ideia de *ingratidão* chocou Fédor, e lhe pareceu de mau tom; ela supõe uma espécie de igualdade e, sem nunca ter refletido a respeito, com a razão que lhe foi dada pela geometria, parecia-lhe que a sobrinha de um mestre-escola caipira devia todo tipo de consideração a uma senhora da posição de sua mãe, mesmo se ela nunca tivesse sido amável, e que havia algo de ridículo em empregar a palavra *gratidão*. Além disso, ele não tinha nenhuma vontade de ir se expor a sermões infindáveis, mas, tendo Lamiel repetido a ordem, foi necessário partir.

Lamiel ficou louca de alegria por se encontrar sozinha e livre dos eternos comentários gentis e elogiosos do jovem duque. Começou comprando um par de tamancos e levou consigo a governanta da dona do hotel.

– Vamos correr pelos campos, minha cara Marthe – disse-lhe ela –; vamos fugir deste eterno bulevar de Rouen que o céu confunde.

Marthe, ao vê-la vagando pelos campos, seguindo pequenas picadas, e às vezes nem seguindo caminho nenhum, apenas parando para desfrutar de sua felicidade, disse-lhe:

– Ele não vem?

– Quem?

– Esse namorado que, aparentemente, a senhora procura.

– Deus me livre dos namorados! Amo minha liberdade mais do que qualquer coisa. Mas você não tem um namorado?

– Tenho – respondeu Marthe em voz baixa.

– E o que acha disso?

– Que é uma coisa deliciosa.

– Pois bem! Nada é mais aborrecido para mim. Todo mundo se gaba desse amor como a maior das felicidades; em todas as comédias, só se veem pessoas que falam sobre o amor; nas tragédias, mata-se por amor; quanto a mim, gostaria que meu namorado fosse meu escravo, eu o mandaria embora em quinze minutos.

Marthe ficou petrificada de espanto.

– E a senhorita, que tem um amante tão lindo! Alguém disse outro dia à patroa que a conhecia bem, que o senhor Miossens a havia roubado de um outro namorado, que lhe dava mil francos por mês.

– Aposto – disse Lamiel – que esse alguém era um caixeiro-viajante.

– Pois bem! Era – disse Marthe, arregalando os olhos.

Lamiel soltou uma gargalhada.

– E ele não dava a entender, esse viajante, que teve a honra das minhas boas graças?

– Infelizmente sim – disse Marthe, baixando os olhos.

Lamiel apoiou-se em uma árvore próxima e riu até perder o fôlego.

Ao retornar a Rouen, foi reconhecida pelos rapazes que a viam todas as noites no teatro; e Marthe recebeu dois pequenos bilhetes escritos rapidamente a lápis, que foram postos em suas mãos junto com uma moeda. Ela quis entregá-los a Lamiel.

– Não, fique com eles – disse esta. – Entregue ao sr. Miossens quando ele voltar, e ele também lhe pagará por isso.

Na hora do espetáculo, Lamiel sentiu falta do duque por um momento; depois exclamou:

– Enfim, não, considerando tudo, prefiro perder o espetáculo do que vê-lo chegar com seu buquê obrigatório.

Depois ela correu para a dona do hotel.

– A senhora gostaria que eu comprasse um camarote, e de me acompanhar ao teatro?

A dona do hotel primeiro recusou, depois concordou e mandou chamar um cabeleireiro.

“Pois bem! Eu tenho o espírito contraditório”, pensou Lamiel; ela ainda tinha seu pedaço de azevinho verde e esverdeou sua bochecha esquerda.

Mas o camarote ficava à esquerda do teatro; ela atraiu todos os olhares do público elegante, e três bilhetes, de formidável extensão, desta vez escritos a tinta, foram entregues no hotel por volta de meia-noite. Ela os percorreu com uma ansiedade que rapidamente se transformou em nojo.

"Não é grosseiro como os caixeiros-viajantes, mas é muito insípido."

Lamiel estava perfeitamente feliz e tinha quase esquecido do duque por completo quando ele reapareceu, dois dias depois.

"Já!", pensou.

Ela o encontrou absolutamente louco de amor e, além do mais, ele passou tempo provando-lhe isso através de um belo raciocínio.

"Quer dizer", pensava a jovem camponesa normanda, "que ele vai ser ainda mais enfadonho que de costume?"

Com efeito, esse ensaio de liberdade de dois dias tornara Lamiel completamente rebelde ao tédio.

Na manhã seguinte, depois de se levantarem, enquanto ele recomeçava a beijar suas mãos:

"Esse ser fica embaraçado com tudo o que lhe acontece; desde que tenha que se pôr corajosamente em perigo, é um homem em dois volumes: precisa de um Duval."

Lamiel o mandou fazer coisas, pagar as despesas do hotel. Por sua ordem, chamaram operários, que fizeram caixas onde foram embalados todos os objetos bonitos que o duque lhe dera. Ela fez as malas do duque e as suas próprias. Depois, ao vê-lo, da janela, voltar ao hotel lá pelas quatro horas, desceu ao seu encontro e pediu-lhe que a levasse para jantar em..., aldeia à beira do Sena.

Voltando de..., foram diretamente para o teatro; ao soarem as oito horas, ela disse ao duque:

– Fique no camarote e espere por mim, vou pegar o carro e só demoro um momento. Olhe seu relógio.

Correu para o hotel, fez embarcar as malas do duque endereçadas a Cherbourg; a diligência que as levou partiu às oito e meia. Fez com que levassem suas próprias malas para a diligência de Paris. Fédor tinha três mil e cem francos; ela colocou mil quinhentos e cinquenta francos nas malas endereçadas a Cherbourg e mil quinhentos e cinquenta francos em sua própria. Brincando com ele, roubava sua bolsa.

# CAPÍTULO XX
# PARIS

SERIA DIFÍCIL PINTAR OS ARREBATAMENTOS de felicidade que ela sentiu quando sua diligência partiu para Paris. Encolhida num canto, com a bochecha muito verde, ela ria e pulava de alegria ao imaginar o embaraço do duque voltando para o hotel e não encontrando mais nem amante, nem dinheiro, nem pertences. Lamiel teve um pouco de medo, nas primeiras horas, de ver Fédor chegar galopando num cavalo de posta. Ela havia encontrado um recurso contra esse acidente, que era fingir que não o conhecia. Além disso, tivera o cuidado de dar a entender no hotel que partia na diligência de Bayeux e, de fato, foi por essa estrada que o pobre Fédor a perseguiu.

Aquela noite de viagem, fugindo de um amor tão gentil e educado, foi, considerando tudo, o momento mais feliz que Lamiel encontrou em sua vida. Tinha um pouco de medo dos ladrões de Paris; ao descer da diligência, teve a infeliz ideia de tentar fazer acreditar que conhecia Paris e pediu um grande hotel, cujo nome afirmava ter esquecido. O resultado foi que ela foi alojada no hotel de X..., na rue de Rivoli, num apartamento do quarto andar, custando quinhentos francos por mês.

Um pouco surpreendida com o número de criados e com o luxo daquele lugar, dirigiu-se à proprietária e pediu-lhe, com ar de mistério e suplicando que guardasse segredo, o endereço de um bom médico. Era uma das anedotas contadas pelo duque, que lhe dera a ideia dessa astúcia.

No dia seguinte, outra visita à proprietária.

– Senhora – disse-lhe ela –, nunca estive em Paris. O que mais temo, não tendo camareira, é ser seguida; eu gostaria de me vestir como uma pequena burguesa. A senhora faria a gentileza de vir comprar comigo uma roupa completa dessa classe?

A proprietária admirou essa jovem vestida com as roupas mais caras, que queria transformar-se numa pequena burguesa. Uma circunstância redobrou o espanto da sra. Le Grand, a proprietária: Lamiel estava com calor. Ao entrar no *boudoir* da sra. Le Grand, pegou o lenço e tirou quase toda a cor que desfigurava seu rosto. A curiosidade da sra. Le Grand a tornou muito atenta; começou por estudar o passaporte da jovem e tratou-a com tanta gentileza que, no dia seguinte, Lamiel lhe confessou que, impaciente com as atenções dos viajantes e sobretudo do tipo caixeiro-viajante, aproveitara de um conselho que lhe fora dado por outro viajante, boticário de profissão, pintando a bochecha com *verde azevinho*.

Dois dias depois, o hotel estava na admiração por aquela moça alta, cujos movimentos eram um pouco desordenados, é verdade, mas tão bonita e que usava uma maquiagem tão singular. A sra. Le Grand prestou-lhe o serviço de enviar uma carta pelos correios, em Saint-Quentin, dirigida ao senhor de Miossens, em X..., e com a seguinte redação:

> Caro amigo, ou melhor, Senhor duque,
>
> Admirei no senhor suas maneiras perfeitas; suas bondades sem fim quase tiram minha coragem de dizer-lhe uma palavra que, com certeza, o senhor não permitiria e que me parece cruel, mas necessária à sua felicidade e à sua tranquilidade. O senhor é perfeito, mas suas atenções me entediam. Eu preferiria, parece-me, um simples camponês que não estivesse me dizendo eternamente coisas delicadas, nem me agradando. Eu gostaria mais, parece-me, de um homem com humor franco e, sobretudo, não tão educado. Deixei suas malas e mil quinhentos e cinquenta francos em Cherbourg, por falar nisso.

Não foi preciso de mais nada para que Fédor se precipitasse na estrada para Cherbourg, correndo à rédea solta, para poder examinar todos os rostos da estrada principal. Apesar da carta de Lamiel, ele não abandonou a obsessão de procurá-la que o tomava desde sua fuga. Em Rouen, sem dinheiro, sem amante e sem roupa, quase teve a ideia de estourar os miolos. Nunca um homem se sentiu tão embaraçado. Todas as previsões de Lamiel se concretizaram.

No que toca a Lamiel, ela teria esquecido completamente o jovem duque que tivera a arte de sufocar o amor nas doçuras, se ele não lhe servisse de comparação para julgar os outros homens.

Ela tinha tanta naturalidade nas suas maneiras e era tão estouvada que a sra. Le Grand se afeiçoou a ela a ponto de querer sua companhia; logo achou seu *boudoir* um tédio quando não via a jovem ali. Por mais que seu marido lhe fizesse sermões sobre a imprudência de admitir tal intimidade de uma desconhecida, ao que a sra. Le Grand não tinha resposta, sua amizade redobrava para com nossa heroína. Vários jovens, gastando dinheiro, ficaram neste hotel; eles cortejavam a sra. Le Grand, que não desgostava da presença deles em seu *boudoir*. Ela percebeu com prazer e observou para o marido que a presença deles era suficiente para deixar quieta a jovem desconhecida que, decerto, não buscava se pôr em evidência.

A única paixão de Lamiel era, então, a curiosidade; nunca houve um ser mais questionador; talvez tenha sido essa a fonte da amizade da sra. Le Grand, que tinha prazer de responder e explicar todas as coisas. Mas Lamiel já compreendia *que é preciso* ser medrosa, e nunca saía à noite. Sentia por não ir ao teatro, mas a lembrança dos caixeiros-viajantes a tornava prudente.

Lamiel sentiu que era necessário contar sua história à sra. Le Grand, mas para isso era preciso arranjá-la; ela desconfiava de seu estouvamento; era incapaz de mentir porque esquecia suas mentiras. Escreveu sua história e, para poder deixá-la na cômoda, deu-lhe a forma de uma carta de apoio dirigida a um tio, o sr. de Bonia.

Disse então à sra. Le Grand que era a segunda filha de um subprefeito cujo nome não podia dizer. Esse subprefeito, louco de ambição, podia ter esperanças de ser incluído no primeiro lote dos prefeitos nomeados, e nada tinha a recusar a um viúvo rico, filiado à congregação, e que lhe prometia vinte e um votos de legitimistas aliados. Mas esse sr. de Tourte impôs como condição aos seus vinte e um votos que se casasse com Lamiel; ela, no entanto, odiava sua aparência amarelada e baixamente devota.

– É muito simples – disse a sra. Le Grand –, minha pobre Lamiel escolheu um belo jovem que, como fortuna, só tem expectativas de herança.

– Pois bem! Não – exclamou Lamiel –, eu ficaria menos entediada e saberia o que fazer da minha vida. O amor, que parece ser a felicidade soberana de todos, parece-me uma coisa muito insípida e, se me atrevo a dizer demais, muito aborrecida.

– O que significa que talvez a senhorita tenha sido amada por alguém aborrecido.

"Estou me comprometendo", pensou Lamiel, "preciso voltar à verdade."

– Não – acrescentou ela, da forma mais simples que pôde –, fui cortejada; meu primeiro namorado se chamava Berville e só gostava de dinheiro. O outro, chamado de duque, era muito pródigo, mas o dia mais feliz da minha vida foi aquele em que impedi que ele me visse. Um tio me tinha me deixado mil quinhentos e cinquenta francos; no dia seguinte, deviam levá-los ao notário para que fossem investidos. Pedi para ver de perto esses belos napoleões de ouro e a nota de mil francos; eram oito horas da noite, meu pai tinha saído para se preparar para sua eleição, eu fugi pelo jardim da subprefeitura com as três malas que acabavam de trazer de Paris como parte de meu enxoval, porque o sr. de Tourte é tão generoso quanto feio, para dizer o bastante, e meu pai vai reembolsá-lo pelo preço desses vestidos que me agradam. Terminada a eleição para o nosso distrito e anunciado a lista de prefeitos no *Moniteur*, meu pai ficará tão feliz, se for prefeito, que me perdoará facilmente. As coisas serão muito mais difíceis se ele permanecer subprefeito. Esse sr. de Tourte é o todo-poderoso com os eleitores em nosso distrito, seu pai é vigário-geral.

Na noite seguinte, Lamiel, obrigada a repetir sua história ao bom sr. Le Grand, releu a carta de seu tio. Ela tinha esquecido de explicar o passaporte, e disse:

– Um subprefeito, que governa a seis léguas de nossa casa e a quem o sr. de Tourte fez meu pai recusar minha mão, prometeu-me um passaporte por meio de um de seus parentes, prefeito a vinte e cinco léguas de sua casa, do lado de Rennes.

Essa história enterneceu e levou o sr. Le Grand às lágrimas e proporcionou conversas noturnas durante oito dias. A partir do segundo dia, madame Le Grand disse à sua protegida que a amava como se fosse sua filha.

– Você tem mil quinhentos e cinquenta francos como toda fortuna e aluga um apartamento por quinhentos francos; vou lhe dar um de cento e cinquenta, onde você estará igualmente bem, mas quero vê-la com seus lindos vestidos, e vou levá-la na terça-feira ao sr. Servières, onde você verá jovens cavalheiros que têm dez mil escudos de renda e fará conquistas, minha pequena Lamiel; você fará conquistas que valerão mais do que o seu feio sr. de Tourte, com seus vinte e um votos de legitimistas aliados no seu bolso.

– Pois então! Minha querida amiga – retomou Lamiel, permita-me contratar um mestre de dança, sinto que não sei andar, que não entro num salão como qualquer outra: permita-me levá-la algumas vezes ao Théâtre-Français.

# CAPÍTULO XXI
# O CONDE D'AUBIGNÉ-NERWINDE

UMA NOITE, ELA AINDA ESTAVA COM A SRA. LE GRAND à meia-noite e, por diversão, quis agradar seu marido gordo; estudava, naquele homem, a completa ausência de imaginação, quando ouviu um barulho alto na rua e logo na porta do hotel. Um dos jovens moradores da casa era trazido completamente embriagado.

– Ah! É de novo o conde d'Aubigné-Nerwinde – exclamou a sra. Le Grand.

Era o que se chama em Paris um rapaz muito amável, que se empenhava em devorar alegremente uma fortuna de oitenta mil libras por ano, que lhe fora deixada pelo bravo general d'Aubigné, tão célebre nas guerras de Napoleão. Apenas três anos depois de receber a herança, já estava reduzido a morar num hotel. Fora forçado a vender sua casa.

Naquela noite, a bebedeira de d'Aubigné consistia em falar constantemente e não querer subir para seu quarto.

– De que adianta subir dois andares, se amanhã vou ter que descer?

A sra. Le Grand, que tentava fazê-lo subir ao quarto, não conseguia obter outra resposta. Os dois criados que o trouxeram tinham ido embora; ele ameaçava dar um soco *à inglesa* nos moradores do hotel que ele havia irritado e que pediram permissão à senhora para não se meterem com aquele *ser desagradável*. O conde captou essa expressão no voo.

– Ah! Não, decerto, não é um ser desagradável; noto perfeitamente que ela se cala assim que entro nos aposentos da sra. Le Grand, mas isso não importa, há algo de singular, de original, nesta jovem. E eu quero formá-la. Com seus passos largos, ela me fará corar quando eu lhe der o braço; ela não sabe usar xale; mas vou agradá-la, ou morrerei no esforço. Já agradei a tantas outras, mas, sim, é isso, esta não é igual às outras, e me dizem para subir, não quero ser como algum outro. Todos sobem, e eu não subirei, e não tenho razão, senhora Le Grand, de que adianta subir para ter que descer de novo amanhã de manhã?

Essa conversa fiada durou uma hora inteira. A sra. Le Grand ficou muito embaraçada; ela havia sido camareira em uma boa casa e tinha um [tal] resquício de polidez, sobretudo para com um jovem que se arruinava como pessoa da sociedade, que, por nada no mundo, o teria forçado. Mas era preciso ir dormir, e pensava em acordar o servidor da casa e os ajudantes de cozinha, quando o conde começou a explicar pela segunda vez seu projeto para com Lamiel.

Então a sra. Le Grand chamou a jovem que havia fugido ao ouvir seu nome pronunciado e pediu-lhe que ordenasse ao conde d'Aubigné que subisse a seu quarto.

– Mas, minha cara senhora, reflita que, amanhã, esse senhor, o conde, vai se autorizar, por causa dessa conversa, a falar comigo.

– Amanhã ele não vai se lembrar de nada e virá me pedir perdão. Eu o conheço, não é a primeira vez que ele volta nesse estado. Terei que pedir educadamente que ele escolha outro hotel. Ele é altivo como as nuvens, fala com os empregados em tom familiar e é por isso que eles não querem levá-lo para seu apartamento.

– Então ele se embriaga com muita frequência? – perguntou Lamiel.

– Todos os dias, eu acho; sua vida é uma teia de loucuras; quer se passar pelo jovem mais doido dentre todos aqueles que brilham nos camarotes da Ópera. Ultimamente, não estava tão bêbado como esta noite; e não é que pensou em dar uma surra de bengala no cocheiro que o trazia para cá?

"Ah! Ele não é um boneco lindo como meu duque." A ideia de vê-lo espancar o cocheiro que o trouxera divertiu muito Lamiel, e, como a sra. Le Grand renovasse suas insistências, ela avançou pela escada e disse resolutamente:

– Senhor conde d'Aubigné, suba já para o número doze.

D'Aubigné parou de falar, olhou-a fixamente e disse:

– Isso é que é falar; todos os outros me dizem "suba para seu quarto"; esta pessoa bem-comportada, jovenzinha, chegando da província, pensa que esqueci o número de meu quarto e me diz: suba para o número doze. Pois bem! Isso é o que chamo de perfeita polidez... E alguém poderá dizer de d'Aubigné que ele já resistiu às ordens de uma mulher bonita... e que, ainda por cima, nesses quinze minutos, está sem amante? Nunca! Senhorita Lamiel, eu a obedeço e subo ao número doze... Não ao número onze, nem ao número treze (treze, então, é número de azar): eu subo precisamente ao número doze.

Pegou a vela que madame Le Grand lhe apresentava e subiu resolutamente ao número doze, repetindo vinte vezes que não recusaria nada a uma jovem que, nesses quinze minutos, não tinha amante.

No dia seguinte, vestido com um magnífico roupão e esparramado na sua poltrona Voltaire:

– Bem! Malandro – disse o conde d'Aubigné ao primeiro criado do hotel que entrou em seu quarto –, conte-me o que fiz ontem quando voltei, um pouco alegre.

– Já lhe disse – respondeu o criado, no tom áspero de raiva de criadagem –, não respondo quando falar assim comigo.

O conde atirou-lhe um escudo de cinco francos; o criado pegou-o no chão e ergueu o braço como se fosse jogá-lo na cabeça do conde.

– Pois bem! – disse o conde, rindo com afetação ao lembrar de Firmin, dos franceses (papel de Moncade).[1]

---

1 Firmin, célebre ator francês, pertencente à Comédie-Française, que representava o protagonista na comédia *Marquês de Moncade*, de Sewrin. [N. T.]

– Não sei o que me impede de jogar isso na sua cara – disse o criado, empalidecendo –; mas tenho medo de quebrar as porcelanas da senhora.

O criado voltou-se para a janela aberta, olhou por um instante, depois atirou o escudo que, atravessando toda a rue de Rivoli, ricocheteou no portão do Terrace des Feuillants, onde vinte malandros lutaram por ele. Esse espetáculo aparentemente o acalmou, e ele disse ao conde com toda a superioridade da razão e da força física:

– Se quisesse manter seus modos insolentes, teria que ter conseguido conservar seus pobres criados que os suportavam; teria sido preciso não se arruinar, não se colocar ao ponto de temer uma estada em Clichy.[2] Mas o medo de Clichy reduziu-o a fazer uma venda simulada[3] à senhora das poltronas e dos espelhos com que encheu este apartamento. Quando alguém quer ser um grande senhor e insolente, precisa, primeiro, não ser pobre. O que diria o seu pai, o corajoso general d'Aubigné, se o visse reduzido a não ousar sair antes do pôr do sol?

– Pois bem! Meu caro Georges, já que não quis um primeiro escudo, aqui está um segundo para pagar seus bons conselhos.

Georges pegou o escudo; ele teria sofrido pontapés do general do Império, tão sagrada é a memória de Napoleão entre o povo que não guardou nenhuma lembrança da república, pois, na ausência do soberano, não há grandeza para ele.

O conde ficou encantado com a maneira como sua insolência havia se transformado. Ele era uma pessoa que se entediava imediatamente quando não tinha o que fazer; seu coração não lhe fornecia absolutamente nada.

– Agora, é preciso pensar na sra. Le Grand; vou tratar à moda antiga essa venerável camareira, com altiva presunção, com a arrogância que corresponde à minha fortuna passada, ou devo fingir o bonachão? Eh, que diabos! O bonachão! – exclamou o conde – Eu tinha esquecido completamente a grande senhorita Lamiel que é preciso conquistar. O que é essa garota aí? Ela já foi de alguém, ou

2 Prisão num subúrbio popular. [N. T.]

3 Venda oculta. [N. T.]

seria uma provinciana que foge da cólera de sua família? Se ela é completamente idiota, minha bebedeira de ontem a chocou. Portanto, bonacheirão e alegre; Le Grand me passará um sermão, mas saberei alguma coisa sobre Lamiel.

O conde, cujas ideias pouco a pouco iam ficando mais claras, desceu com seu magnífico roupão.

– Minha senhora Le Grand, minha boa amiga, vamos fazer rapidamente um chá e me contar um pouco sobre o que fiz e disse ontem à noite quando voltei. Ah! Senhorita Lamiel!, disse, fingindo só então percebê-la e cumprimentando-a com profundo respeito – Eu daria duas notas de mil para que, ontem à noite, a senhorita tivesse subido ao seu quarto antes das onze horas. Sentamo-nos para comer às oito horas, lembro-me de ter ouvido os relógios baterem dez horas, mas depois a minha alma virou um deserto, não vejo nada nela.

– Meu Deus, senhor conde, estou desesperada por ser obrigada a lhe dizer coisas desagradáveis. Nenhum dos criados quer mais levá-lo a seu quarto; o senhor os chocou e não posso mandar embora trabalhadores sofridos porque eles não querem se prestar a um gênero de serviço para o qual não foram contratados. O sr. Le Grand está se juntando a mim para motivá-lo a procurar um apartamento. Que estrangeiro não teria má opinião sobre o meu hotel ao ouvir uma cena como a de ontem à noite? O senhor falava constantemente e sobre coisas inconvenientes.

– De amor, aposto! Nada me interessa na vida, nem cavalos nem o jogo, sou muito diferente dos outros jovens; se não tenho um coração terno com o qual possa viver em perfeita intimidade, fico entediado; cada dia me parece um século e então, para me distrair, deixo-me convidar para jantar, e como nada me preenche o coração...

– Ah! Delinquente – exclamou a sra. Le Grand, abandonando seu ar sério. – É porque, além dos meus, há aqui outros ouvidos para escutar que o senhor fala de sentimento. Ousa dizer que gosta de outra coisa além um belo cavalo ou de um casaco bem-feito em uma nova cor que o deixe bem de manhã, enquanto caminha no Bois de Boulogne, ou à noite, em seu camarote, na Ópera, ou nos bastidores?

– A senhora me diz, minha excelente hospedeira, para conseguir um apartamento e criados próprios. Acredita então que é para seu deleite que um d'Aubigné-Nerwinde mora em um albergue, embora este seja governado com muita correção e seja o modelo de todos os lugares desse gênero? Mas a senhora se esquece que no momento estou arruinado. Nem sei se daqui a dois meses conseguirei alugar dois quartos pobres. Mas, felizmente, o céu preservou para mim o caráter dos meus antepassados. Minha prima, sra. de Maintenon, nasceu na prisão, casou-se com um ignóbil ser burlesco, um Scarron, e mesmo assim morreu esposa do maior rei que ascendeu ao trono da França. Pois bem! Há dias em que a minha prisão me entedia, porque, esteja certa, um hotel, por mais bem mantido que seja, com criados que se recusam a obedecer-me, não é uma prisão para mim? E a senhora pode me culpar por me conceder um momento de embriaguez que me leva a esquecer todos os meus infortúnios? Sou sério demais neste momento de pobreza, tenho a infelicidade de estar loucamente apaixonado, e, eu me conheço, o amor não é uma brincadeira ultrapassada, é uma paixão excitável (*sic*), terrível; é o amor dos cavaleiros da Idade Média que conduz a grandes feitos.

Lamiel corou profundamente, e o conde percebeu.

"Esse corpo tão bonito é meu, pensou; que efeito ela fará na Ópera, se eu puder vesti-la adequadamente! Cuidado, d'Aubigné, é uma jovem gazela que você quer colocar na jaula, ela não deve pular sobre as grades. Sejamos prudentes."

O conde parecia um brilhante rapaz e muito divertido aos olhos de Lamiel; ele não dizia uma palavra que não fosse decorada, mas nem por isso deixava de causar impressão; todos os seus movimentos de eloquência eram calculados de antemão e organizados de modo a impressionar por meio de contrastes brilhantes – de belas passagens da mais encantadora despreocupação até as mais tocantes e inesperadas ideias. Via o efeito que causava naquela jovem que não dizia uma palavra, sentada num canto do *boudoir*, mas mudava de cor nos pontos mais significativos do *relato da situação* do conde. As censuras e conselhos da sra. Le Grand davam-lhe a ocasião mais natural de falar sobre si mesmo e ele aproveitou-a amplamente; viu também que ele interessava vivamente à sra. Le Grand, ex-camareira de uma boa casa (da sra. condessa de Damas) e acostumada a respeitar e admirar rapazes ricos que se comportavam e agiam com as pessoas e com a fortuna como o sr. d'Aubigné-Nerwinde.

# CAPÍTULO XXII
# O TIRO DE PISTOLA

D'AUBIGNÉ ERA UMA CÓPIA DESSES jovens grandes senhores, os últimos dos quais morreram de velhice sob Carlos X, velhos bem recheados de pretensões e proferindo máximas cruéis que, por felicidade, não tinham a força de aplicar. D'Aubigné não era um jovem senhor despreocupado e alegre, mas era, conforme dizia um grande senhor amável, um homem jovem despreocupado e alegre. Lamiel não tinha experiência suficiente para fazer essa diferença; ela tinha muito espírito porque tinha uma grande alma, mas não era espírito de comparação e estudo; e estava bem longe de ser capaz de julgar a si mesma e aos outros.

Sentada num canto e mergulhada num silêncio cheio de agitação, ela comparava sem parar d'Aubigné ao duque de Miossens e mostrava-se muito injusta para com este pobre jovem; eram sobretudo a naturalidade, a absoluta falta de imaginação, a maneira simples de dizer as coisas mais decisivas e, para resumir tudo, o tom perfeito que o prejudicava aos olhos da antiga amante. Ela dava os nomes de *timidez* e *prudência extrema* aos modos verdadeiramente simples e naturais daquele amável jovem, enquanto a iluminura do conde lhe parecia retratar o caráter com mais energia; ela o viu se lançando, com uma ousadia verdadeiramente cavalheiresca, no inesperado dos acontecimentos.

No dia seguinte, o conde, que a espiava por trás da porta entreaberta, ousou lhe falar quando ela subia para seu apartamento. Ela respondeu ao que ele dizia com razão fria, mas não pareceu chocada com sua atitude. Lamiel ostentava o *natural* de seu caráter escrito em sua testa.

"Ela é minha", pensou o conde, "mas como devo vesti-la? Isso aí não tem roupa que preste. Só Deus sabe o que há naqueles dois baús grandes que vi levados para o apartamento dela! Não vou lhe fazer a corte para ter algum prazer obscuro num hotel, como um estudante de direito. Não vou empregar minhas forças obscuramente. Se eu a desejo, é para mostrar meu luxo; para mostrá-la na Ópera e no Bois de Boulogne; é porque se trata de uma *primícia*, é porque eu terei que contar a sua história, à qual acrescentarei um pouco de picante. Preciso de pelo menos quatro mil francos para que ela seja digna de aparecer ao meu braço. Não, senhorita, a sua virtude parece apressada em falhar, mas só terá esse prazer quando eu tiver reunido quatro mil francos. É preciso que os presentes cheguem, como um raio, no dia seguinte à sua derrota, e a senhorita será a primeira a acreditar que está lidando com um jovem senhor opulento e atirando dinheiro pela janela, algo que eu era há dois anos."

Enquanto d'Aubigné se entregava a esses raciocínios prudentes (a cautela era o seu ponto forte), Lamiel sentia um vivo prazer e acreditava que ele era o mais louco e natural dos rapazes.

"Este aqui não é um catão tedioso e sempre o mesmo, como o duque."

O conde estudava todos os seus ingressos no hotel; estava bem seguro de que Lamiel encontrava-se no *boudoir* da sra. Le Grand, no andar térreo, que tinha uma bela janela sob as arcadas de Rivoli e uma claraboia sobre a escada. A vinte passos do hotel, ele tomou uma providência apressada. Mas sua prudência foi frustrada pelos acontecimentos.

Ele havia reunido cerca de cem luíses para o equipamento de sua futura amante e já escolhia o nome com o qual a faria debutar no Bois de Boulogne. O frescor admirável, o aveludado da tez de Lamiel o decidiram a fazê-la debutar na plena luz do dia do Bois de Boulogne, e não sob o clarão dos candeeiros da Ópera; ele esperava encontrar ainda um crédito de cem luíses ou mil escudos dos comerciantes quando chegasse a época das corridas de Chantilly. Infelizmente, pensou nisso apenas oito dias antes do evento.

"Não tenho mais tempo para ficar doente", pensou com mau humor, dando um tapa na testa. "D'Eberley e Montandon desperdiçaram esse recurso."

Ele caiu em uma[1] e disse a Lamiel com ar profundo:

– Eu a adoro e a senhorita me põe em desespero.

Na mesma manhã do dia em que ele disse essa frase, a sra. Le Grand notou sua profunda tristeza. Aquela frase falhou completamente em seu efeito; ela estava embebida de tédio. O duque, que tanto a entediara, dissera-lhe isso vinte vezes melhor. Se naquela época ela tivesse o talento de ler seu próprio coração, teria dito ao conde:

– O senhor me agrada, mas com a condição de nunca falar comigo na linguagem da paixão.

O conde ficou atormentado pela ideia de Chantilly e ainda muito indeciso quando, à noite, um de seus amigos foi mencionado na roda dos jóqueis, um jovem que mergulhava nas proximidades de Chantilly, fingindo-se doente.

"Quem abraça demais mal aperta", pensou. "Para o diabo com essa garotinha provinciana! Estou perdido com o que dizem de meus negócios, se, com minha paixão por cavalos, não me veem em Chantilly."

Na véspera do grande dia, ele disse a Lamiel:

– Tentarei quebrar meu pescoço, já que sua crueldade torna minha vida tão insuportável.

Essa declaração a escandalizou.

"Mas onde ele vê que sou cruel?" pensou, rindo; "alguma vez me pôs em posição de recusar-lhe algo de sério?"

---

1 Em branco no manuscrito. [Nota de Casimir Stryienski]

O fato é que a sociedade de todas as mulheres entediava o conde; Lamiel, sendo uma mulher perfeitamente honesta, o aborrecia ainda mais; ele, portanto, fazia a corte à nossa heroína dizendo-lhe frases; em sua vida, só passara cinco minutos com ela, *tête-à-tête*; sua arte era fazer Lamiel acreditar que estava morrendo de vontade de falar com ela e que a crueldade dela o privava da possibilidade dessa felicidade.

Lamiel, muito indiferente ao chamado amor e a seus prazeres, pensou:

"Se eu ficar amiga do conde, ele me levará ao teatro. Os meus mil quinhentos e cinquenta francos já estão bastante corroídos, mas o conde não vai poder me dar dinheiro, ele não tem."

– Não há mudança alguma em minha família – disse ela à sra. Le Grand; as eleições estão atrasadas; o sr. de Tourte está sem dúvida mais poderoso do que nunca; aquele sr. X..., liberal, esse redator do *Commerce,* que mora no sexto andar, diz que a congregação vai voltar. O que preciso fazer para ganhar a vida? Só me restam oitocentos francos.

Lamiel se associara a dois gabinetes literários e passava a vida lendo. Quase não ousava mais passear ou pegar o ônibus sozinha. As manchas verdes na bochecha esquerda não produziam mais um efeito seguro. Ela era tão benfeita, seu olho tinha tanto espírito que, quase todos os dias, era obrigada a rejeitar avanços muitas vezes grosseiros. Só se permitia conversar com a sra. Le Grand e com o sr. X..., seu professor de dança, bom rapaz, honesto e limitado, que não deixou de amar sua aluna, e a quem a sra. Le Grand contou a história do pai subprefeito, do sr. de Tourte e o resto da narrativa. Todo esse estilo de vida não era divertido; a impossibilidade de passear prejudicava a saúde de Lamiel e seu tédio era complementado pela falta de teatro. A presunção de d'Aubigné estava a ponto de triunfar, se ele tivesse dado a Lamiel mais oportunidades de falar com o coração aberto; ela tinha tão pouca vaidade que teria se aberto com ele no primeiro momento de impaciência em que ele a surpreendesse.

Foi nestas circunstâncias que Chantilly aconteceu. O conde foi para lá e perdeu dezessete mil francos em apostas. Terminou de se arruinar, esgotou todo o crédito que ainda lhe concediam e pagou nobremente essa quantia antes do final da semana. O conde de Aubigné-Nerwinde era, no fundo, muito prudente e disciplinado, a ponto de ser avaro.

"Já tenho três ou quatro julgamentos que poderiam me levar a Clichy, devo a mim mesmo conquistar essa provincianazinha; com este dever cumprido, tratarei de desaparecer *com grandeza*. Passarei meu tempo em Versalhes, sou conhecido dos pobres diabos que vão bocejar naquela triste cidade com os ingleses arruinados. Bom Deus! Que noitadas passarei!"

Lamiel estava morrendo de tédio. O conde só precisou de dois dias de atenções.

– O senhor me leva ao teatro hoje à noite? – Lamiel perguntou a ele.

– Hoje à noite, se meus negócios terminarem, pretendo estourar meus miolos.

Lamiel soltou um grito e o conde ficou feliz com o efeito que produzira.

– Terá meu último pensamento, bela Lamiel, você terá sido minha última felicidade. Se, há oito dias, tivesse sido menos cruel comigo, eu não teria ido às corridas de Chantilly, onde perdi dezessete mil francos; paguei, como exigia a honra, esgotando todos os meus recursos, e não me sobrou nem uma nota de *mil*. Mas o conde de Aubigné-Nerwinde, o filho de um herói conhecido em toda a França, não deve mostrar-se numa posição inferior. É verdade que eu tenho uma espécie de irmã muito rica, mais velha do que eu vinte anos, mas é uma cabeça estreita, pouco digna de compreender uma vida regida pelo amor e pelo acaso. Além disso, ela se casou com um Miossens, e eu sou apenas de Aubigné-Nerwinde.

–Um Miossens, parente do duque?

– Seu tio-avô, mas de onde conhece esse nome?

Lamiel corou.

– O sr. de Tourte, meu pretendente, falava incessantemente de Miossens; o administrador dessa família lhe fornecia quatro votos.

Lamiel já sabia mentir um pouco, mas ainda sublinhava demais, não atirava as mentiras como coisas sem consequência, ainda tinha muito o que aprender. O que a fazia mentir era uma máxima que a sra. Le Grand lhe repetia muitas vezes desde que passou a lhe falar com o coração aberto: "Seja rica, se puder; comportada, se quiser; mas seja considerada, isso é imperativo".

A intimidade com o conde durou a metade de um dia; à noite, Lamiel já sentia nele uma secura de coração que lhe cortava a palavra. Suas palavras tinham uma grande dignidade, mas essa dignidade lhe custava bastante esforço, e Lamiel via esses esforços, e não saberia dizer de onde vinha seu tédio: apenas que ele era o oposto daquele jovem irrefletido que ela imaginara e a quem amava apaixonadamente como sendo o contrário do jovem duque. A ideia do tiro de pistola, porque ela acreditava em tudo o que era extraordinário, rapidamente expulsou o tédio. Ela olhava para d'Aubigné:

"Esse rosto lindo, tão frio e tão nobre, então é o de um homem que vai se matar em poucas horas! Ele age com perfeito sangue-frio."

O conde estava fazendo as malas e parecia absorto pelos cuidados para não estragar seus pertences; orgulhoso de sua habilidade em arrumar malas, ele era de fato um caixeiro-viajante nesse momento; mas Lamiel não viu nada, sua alma ficou completamente comovida com esse tiro iminente de pistola. Ele endereçou as malas a sua irmã. Acompanhou-as até a diligência de Périgueux e, do escritório das diligências, fez com que fossem transportadas para Versalhes em um furgão alugado. Na manhã seguinte, a sra. Le Grand recebeu a carta costumeira:

– Quando ler estas palavras de... etc.

Lamiel abaixou a cabeça com essa leitura e logo foi sufocada por soluços. O sr. Le Grand exclamou:

– Contudo, são mil seiscentos e sessenta e sete francos que perdemos – e começou a fazer a conta *real* do conde; ele queria saber o seu prejuízo *real*. A conta a pagar era de mil seiscentos e sessenta e sete francos, a nota real era apenas de novecentos francos.

– No ano passado, nossa perda foi de quatro por cento das nossas receitas brutas; este ano será de seis por cento, porque não estou falando do valor das poltronas do pobre conde e de suas porcelanas, talvez ele as tenha designado por testamento.

Toda essa discussão mergulhou Lamiel em profunda tristeza. Certamente ela não sentia amor pelo conde, o sentimento que lhe partia o coração era apenas a simples humanidade.

# CAPÍTULO XXIII
# O CHAPELEIRO DE PÉRIGUEUX

EM VERSALHES, NO MEIO DE UMA SOCIEDADE devota e lamurienta a respeito de qualquer coisa, o conde morria de tédio, mas era acima de tudo cauteloso, e um traço da sua rara prudência corrigia o destino. Para ser bem recebido, apesar da pobreza que começava a transparecer, ele decidira cortejar uma marquesa idosa, a sra. de Sassenage, um dos mais sólidos sustentáculos da congregação naquele país. Seu caráter severo e sua vaidade amarga mantinham a marquesa ocupada. Ela sentiu menos tédio; para amarrá-lo e forçá-lo a cortejá-la, essa marquesa inventou de encorajá-lo a tomar o partido da Igreja. O conde, que sabia explorar seu nome com rara habilidade, disse-lhe gravemente:

– Neste caso, os Nerwinde estão extintos; sou o último do nome e devo, à glória de meu pai e à memória que a França preserva desse herói, amigo de Jourdan, consultar minha irmã sobre este importante passo.

A marquesa de Sassenage achou necessário transmitir esta posição à baronesa, ainda doente e a quem uma alta devoção abrira os salões da antiga nobreza de Périgueux, graças ao seu diretor espiritual. Esse diretor também se encontrou doente, e foi o próprio monsenhor, o bispo de X..., quem foi falar com essa importante e rica devota. Ele próprio era de uma família pertencente à boa nobreza do Béarn; contava, entre seus ancestrais, um *cordon rouge*[1] sob Luís XV. Por acaso, ele tocou em seus sentimentos sobre a queda da *nobreza*, e essa emoção foi para a baronesa a lisonja mais agradável possível. Ela pertencia, portanto, a uma verdadeira nobreza aos olhos daquele homem de boa família.[2]

Dois dias depois, a baronesa fez um novo testamento; ela dava todos os seus bens a esse irmão Ephraim, conde de Nerwinde, que ela havia amaldiçoado tanto. Essa doação poderia se elevar a perto de *um milhão*, mas ela impôs uma condição; queria que ele se casasse antes da idade de quarenta anos. Alguns dias depois, a piedade inspirada pelo título de seu irmão mais novo devastando aquela imaginação volúvel, a baronesa enviou ao irmão, com quem estava em guerra aberta havia dois anos, uma letra de câmbio de seis mil francos. Anunciou-lhe também uma pensão anual no mesmo valor e o fez entender que seria seu herdeiro.

O conde recebeu essa carta às quatro horas, no momento de ir jantar com a marquesa de Sassenage, onde era esperado. Ele não concedeu dois segundos ao prazer ou à surpresa. Os corações dominados pela vaidade têm um medo instintivo das *emoções*; essa é a estrada mais larga para o ridículo.

– Como posso fazer disto, pensou, uma anedota picante que me traria honra no círculo?

Partiu para Paris, subiu correndo até o quarto de Lamiel e, sem se dignar a responder ao grito de alegria da boa sra. Le Grand, abriu a porta do quarto dela com estrondo e jogou-se aos seus joelhos:

– Devo-lhe minha vida – gritou para Lamiel; a paixão que tenho pela senhorita me fez disparar para cima a pistola que acabara de engatilhar. Tendo retomado o sangue-frio e pensando em seus encantos divinos, comuniquei a minha irmã o estado de minha fortuna. O sangue dos Nerwinde não podia mentir; ela me mandou

---

1 Fita vermelha, insígnia de condecoração da ordem de São Luís. [N. T.]

2 A baronesa pertencia à nobreza criada pelo império napoleônico. O herói fictício que seria o pai de d'Aubigné-Nerwinde era um general de Napoleão, amigo de André-Joseph Jourdan, que existiu realmente e foi um marechal do imperador. Essa nobreza imperial era vista com algum desdém pelos velhos aristocratas que se vinculavam à monarquia dos Bourbon. [N. T.]

um pacote de letras de câmbio e a senhorita ainda tem tempo de se vestir antes da Ópera.

A ideia da Ópera e de estar lá em uma hora fez rapidamente a nossa heroína esquecer a triste ideia do conde d'Aubigné-Nerwinde morto por um tiro de pistola. Entraram em várias lojas onde a jovem provinciana trocou de vestido, de chapéu, de xale. A caminho da Ópera, o conde lhe disse:

– Seu pai subprefeito me assusta; se ele vencer sua eleição, não lhe será recusada uma ordem para buscar uma garota rebelde, e o que seria do meu amor? – acrescentou com frieza.

Lamiel olhou para ele e sorriu.

– Vai se chamar sra. de Saint-Serve. Escolhi esse nome porque tenho um lindo passaporte para o exterior com o nome de Saint-Serve.

– Mas eu herdo as belas ações dessa senhora, e que ações!

– Era uma jovem menos bonita que a senhorita, mas que também tinha um pai perigoso; ela partia, achamos mais sensato colocar no passaporte de seu amante como sua esposa. Isso, no exterior, confere uma posição.

A ressurreição do conde foi um acontecimento na Ópera e ele estava no auge da felicidade. A sra. de Saint-Serve teve todo o sucesso possível.

No dia seguinte, Nerwinde escondeu-se e seus amigos negociaram com seus credores. Todas essas pessoas, que não frequentavam o foyer da Ópera, acreditavam que ele estava morto.

Ao sair da Ópera, o conde levou Lamiel a um pequeno apartamento na rue Neuve-des-Mathurins.

– Se a senhorita acredita em mim – disse ele a Lamiel, deliciada com a Ópera –, não veja mais madame Le Grand; ela poderia dizer que a sra. de Saint-Serve é uma conhecida da srta. Lamiel. Escreva-me em um pedaço de papel quanto deve a ela e amanhã um desconhecido irá pagá-la e cumprimentá-la em seu nome.

Naquela noite, das sete à meia-noite, Nerwinde, crivado de dívidas, temendo para o dia seguinte o efeito de quatro sentenças que o enviavam para a prisão de Clichy, tendo no mundo apenas uma promissória de seis mil francos, que não mostrou a ninguém, comprou tudo o que compõe a toalete da mulher mais brilhante, e as comerciantes agradeceram e, ao comprar nas lojas delas, ele tinha o ar de estar lhes fazendo um favor.

Era esse o triunfo desse caráter frio, contido, sempre calculista e só temendo no mundo a dor física de sua querida pessoa ou as desordens da vaidade. Esse caráter tímido e frio tinha sido formado por uma época de vaidade e tédio: antes de 1789, ele teria parecido soberanamente tedioso; encontraríamos nas comédias esse personagem de um gascão frio e importante.

Como as mulheres de hoje não têm mais direito a opiniões, Nerwinde, que não era afeito a agradá-las, devia o brilho de sua reputação a dois duelos e sobretudo a um olho pequeno e morno cuja audácia parecia inabalável. Suas feições, um pouco como as de um calmuco, mas nobres, escapavam ao jeito comum apenas pela frieza, pela profunda amabilidade e pela aparência imbuída de tristeza, ou melhor, de dor física que demonstravam. Naturalmente rebeldes à expressão, só diziam o que ele queria que dissessem; escondiam admiravelmente e completamente a agrura frequente de uma alma glacial, mas apaixonadamente egoísta; a menor perspectiva de sofrimento para sua cara pessoa oprimia o conde a ponto de fazê-lo esparramar lágrimas. O sr. de Menton disse dele:

– É um cauteloso jogador de xadrez que a estupidez do público toma por um poeta.

O conde d'Aubigné-Nerwinde, com a sua seriedade prudente, sombria e sempre preocupada com o público, com a fisionomia de um lobo escondido ao longo de um grande caminho e à espera da passagem de um carneiro, estava bem, sobretudo no seu lugar diante de um grupo de vinte pessoas. Falava com esforços e ansiedades para alcançar a elegância que feria as pessoas de gosto delicado; mas tinha a paixão de falar e contar histórias e, bastante grosseiro por natureza, não sentia os tropeços.

Essa paixão por falar, contar histórias, por ter razão em tudo, deixavam-no num suplício se alguém contava a menor coisa diante dele. Tinha certas objeções azedas a fazer a tudo o que era dito, o que impedia a menor conversa de se desenvolver em sua presença.

A vida íntima com ele era um suplício. Sua fisionomia sofredora, ou pelo menos morna e facilmente ofensiva, impedia os ditos espirituosos e todas as sensações agradáveis – os ditos espirituosos, que formam o prazer da conversação francesa e que precisam sempre de certo grau de confiança dos ouvintes, cujo amor-próprio é sempre posto na berlinda.

Alguma filosofia indulgente e o desejo de bem viver em conjunto, suas contradições contínuas, criavam obstáculo até à conversa sobre as coisas mais simples.

Lamiel estava longe de se dar conta de tudo isso. Boa, simples, vivaz, feliz, sem malícia no coração, ela não conseguia adivinhar de onde vinham as contrariedades de sua vida. Ficou deliciada com o papel que o conde a fazia desempenhar na alta sociedade e com a elevação em que ele a colocou. Ela não teria tanta inteligência, brilho e delicadeza na conversa se não a tivessem ouvido com religiosa atenção. Sem atenção prévia, é preciso bater forte, como as réplicas no vaudeville.

– E a quem devo esta antecipada benevolência, mesmo de parte das pessoas que participam pela primeira vez nos nossos jantares? Unicamente à consideração que o conde adquiriu. Mas aparentemente o esforço que ele faz para isso o cansa: daí seu mau humor nas conversas a dois: pois bem! Abreviemos essas conversas. Chegando em casa, todo o meu contentamento desaparece; assim que ele fica sozinho comigo, torna-se áspero, quase insultante, ele, que se mostra em sociedade com uma polidez tão cerimoniosa; parece que o ofendo ao lhe dirigir a palavra, até mesmo quando peço sua opinião.

Todas essas reflexões, mais sentidas do que claramente explicadas, vieram a Lamiel em chusma, enquanto ela olhava seu cabelo no espelho para colocar os papelotes.

– Ainda há pouco, quando tirei o chapéu, eu estava com o riso nos lábios, pensou, e agora estou triste, preciso fazer esforço para não ficar com raiva. Bom Deus! É assim todas as noites! Aparentemente, esse homem tão imponente fica cansado dos esforços que faz para manter seu império na sociedade e, quando se cansa, fica de mau humor.

Ela correu para seu quarto e se trancou com a chave.

Haviam se passado apenas oito dias desde a primeira noite na Ópera. Lamiel possuía essa coragem sem esforço das personalidades perfeitamente naturais.

– O que isso significa? – gritou o conde com ar morno ao ouvir o som da porta fechada.

Para se divertir, Lamiel imitou o tom áspero e grosseiro de seu nobre amante:

– Isso significa – gritou ela através da porta, que estou cansada de sua nobre presença.

– Bem! Veja só, tanto melhor – disse Nerwinde, que pensou: "por que preciso me irritar com uma criatura com quem todo mundo vê que posso fazer o que quiser? O essencial é que, graças à sua aparência e do espírito que eu desperto nela, ela me honra na sociedade. Vou puni-la bem, essa menininha: esperarei que ela me chame ao seu quarto, e, sobretudo, ela jamais me verá incomodado com sua estranha loucura".

É possível se perguntar qual era a base moral desse estranho caráter do conde. As pretensões, as fatais pretensões, uma das causas principais da tristeza do século XIX. Nerwinde morria de medo de não ser considerado um conde verdadeiro.

A infelicidade de um caráter tão firme em aparência era, em primeiro lugar, a de ser fraco até a pusilanimidade; a brincadeira mais simples e menos frequente, e que a falta de espírito condenava à morte ao nascer, dava-lhe mau humor durante oito dias. Em segundo lugar, o senhor d'Aubigné-Nerwinde esquecia completamente o seu glorioso pai, conhecido na França e na Europa inteira, o general Boucaud, conde de Nerwinde, e pensava sem cessar em seu avô Boucaud, um pequeno chapeleiro de Périgueux.

Alguém acreditaria nesse excesso de orgulho, suscetibilidade e fraqueza? O menor gracejo sobre o comércio, e, mais ainda, o comentário de um homem que dizia à sua frente: "Acabei de comprar um chapéu", faziam-no encarar fixamente o homem que tomava a liberdade de dizer algo tão estranho, e o deixava fora de si por um dia inteiro. O problema que surgiu então era este:

"Devo deixar passar essa alfinetada, ou devo me zangar?"

Desde os dezesseis anos, Nerwinde ficara obcecado por esta frase: *Um pequeno chapeleiro estabelecido em um dos subúrbios de Périgueux*. Que possibilidade alguém poderia ter para tomar por um conde verdadeiro um neto do chapeleiro Boucaud? Se alguém falasse de Boucaud na sua frente, ele corava, daí aquela fisionomia imóvel; era preciso esconder essa ansiedade que o agitava a cada momento, daí essa habilidade suprema com a pistola.

A amante que o agradaria, que traria paz e logo felicidade à sua vida, teria sido uma mulher de alto nascimento que lhe teria repetido dez vezes por dia:

– Sim, meu nobre Ephraim, o senhor é um conde verdadeiro, tem tudo de um homem de origem nobre, até os pequenos defeitos de pronúncia. Diziam *piqueu*[3] em Versalhes, e o senhor diz *piqueu*. O senhor tem até as pequenas coisas ridículas dos contemporâneos do sr. de Talleyrand.

O conde de Nerwinde deveria ter sido o ajudante de campo do príncipe, cujos direitos não são reconhecidos com certeza. A etiqueta era o seu ponto forte, o elemento da sua felicidade, e ele era um dos cúmplices de uma sociedade onde as pessoas queriam enobrecer-se por meio da orgia, do escândalo, dos comentários singulares, da pretensão de brincar sobre tudo e até sobre coisas pretensamente respeitáveis. Que existência para o neto de um chapeleiro!

---

3 Para *piquet*, jogo de cartas. [N. T.]

# CAPÍTULO XXIV
# CAMAS SEPARADAS

ENTRE TODAS AS SUAS ALEGRES COMPANHEIRAS de prazer, Lamiel preferia Caillot, uma jovem atriz das Variétés, que tinha tanto espírito, espírito tão ímpio!

Durante um piquenique em Meudon, mergulhou no bosque com ela, depois de uma longa conversa em que Lamiel foi bastante séria. Caillot ensinou-a a não ser espirituosa, mas a aproveitar ainda melhor as ideias agradáveis e novas que lhe vinham ao espírito de maneira tão inesperada, até para ela.

– Às vezes você é ininteligível, disse-lhe Caillot, explique mais e com mais palavras o que quer dizer, e que essas palavras não saiam do dialeto normando.

Lamiel derramava-se em agradecimentos sinceramente admirados. Caillot era uma de suas paixões.

– A senhorita valerá cem vezes mais que eu – respondeu Caillot aos sinceros elogios de Lamiel –. Só tem uma armadilha a evitar: deslumbrada pelos acessos de alegria que às vezes faço brotar, não tente me imitar. Se tiver vontade, ouse ser o oposto daquilo que vê em mim.

O conde percebia com íntimo e profundo orgulho que, desde o aparecimento da sra. de Saint-Serve, era mais procurado. A autoridade de que gozava entre os homens que buscam o prazer havia dado passos de gigante.

Por acaso, fazia calor naquele verão e os prazeres campestres estavam na moda. O frio e a chuva dos anos anteriores deram-lhes uma aparência de novidade. Os mais ricos entre os companheiros de diversão do conde davam jantares à sra. de Saint-Serve.

Frequentemente, também, para se livrar da espécie de embaraço que impõe a presença de um gerente de hotel, faziam piqueniques em Maisons, em Meudon, em Poissy e até em La Roche-Guyon. Mas o gosto decidido de Lamiel impunha a lei de seguir as primeiras representações teatrais. Ela queria aplicar os princípios de seu mestre de literatura. Tinha uma legião de mestres e estudava como uma aluna. Ela aprendia até matemática. Depois das diversões no campo, chegavam ao teatro às nove horas e a entrada de Lamiel produzia todo o efeito desejável. Mas o conde a repreendia todas as vezes pela afetação que ela demonstrava em não fazer barulho ao entrar em seu camarote.

– Quer então ter, eternamente, o ar de uma camareira que aproveita do camarote e das roupas de sua patroa?

As graças encantadoras que tornavam Lamiel um ser tão novo para Paris nos anos 1830, e que, num instante, a colocaram no primeiro lugar em todos os salões de mulheres fáceis, onde ela estreava, não tinham mérito algum aos olhos do conde, e até o desagradavam. Essas graças, tão picantes, deviam todo seu império: 1º) à novidade; 2º) à sua natureza requintada e precisamente naquilo que mostrava a cada momento que Lamiel não devia o que ela era apenas a um salão da alta sociedade. Ela compreendia as graças da boa sociedade, até aprendera a ser-lhes exclusivamente fiel, mas também compreendera que as graças excessivas, tais como se formaram sob os reinados de Carlos X e Luís XVIII, eram de um tédio total. Ela sempre tinha em mente o salão da duquesa de Miossens, onde se entediara a ponto de cair doente. Era a esse tédio do passado que ela devia o fato de ser tão sedutora hoje. Sua personalidade viva e quase meridional sempre lhe teria dificultado os movimentos contidos e *moderados* que, hoje em dia, são a base da vida de salão no Faubourg Saint-Germain, mas via-se claramente, através de seu natural mais desavergonhado, que ela sabia, que ela teria sabido, se necessário, se mostrar perfeitamente conveniente, de bom tom, e a franqueza de suas maneiras tinha quase o ar de ser um traço de bondade que atraía junto dela as honras e a sem-cerimônia da intimidade.

Ora, o medo de não ser considerado o bastante, que causava o suplício do conde, o tornava, em primeiro lugar, insensível a esse tipo de graças. Sentia-se sobretudo o encanto dos modos de Lamiel nos lazeres do campo que agora ocupavam todos os dias da sua vida, mas esses senhores, homens que se consagravam ao prazer, pouco filosófos, medíocres observadores de seus ofícios, não os adivinhavam, e se tornavam mais encantadores para eles.

Um dia Larduel, um dos pândegos do grupo, encantado com as graças de Lamiel, exclamou, em seu entusiasmo:

– Ela é tão boa companhia!

– Ela é bem melhor do que isso – disse o velho barão de Prévan, que era o ditador de todos aqueles rapazes –, ela é uma garota espirituosa que se entedia com o tom da boa companhia. Com seu ar doce e alegre, ela é a própria audácia; tem a coragem, mais humana do que feminina, de enfrentar o desprezo dos senhores, e por isso é inimitável. Olhem bem para ela, senhores, se por acaso um capricho tirá-la daqui, nunca verão uma igual.

Outra singularidade mantinha Lamiel numa altura incalculável. No meio de jantares degenerando cada vez mais em orgias, via-se uma mulher com aspecto encantador e evidentemente sem ter gosto pelo prazer que é suposto ser o elo naquele tipo de sociedade. Era evidente que a libertinagem, ou o que se chama de *prazer* naquela sociedade e mesmo em outras, não tinha encanto algum para ela. Coisa incrível, ela não era odiada pelas mulheres; sem dúvida, seus sucessos extraordinários chocavam, mas: 1º) o *prazer* não era nada para ela; 2º) tinha um tom de polidez fina e alegre com suas boas amigas que as cativava. Jamais, aliás, com todo seu espírito, com aquela maneira de rir de tudo que tanto chocava o conde, tendo uma beleza tão *jovem* e irresistível, ela chamava a atenção de forma viva e inesperada para os aspectos desvantajosos da beleza ou do caráter daquelas damas.

O epigrama era algo absolutamente desconhecido em sua boca; ela jamais era vista lançando uma palavra maldosa sobre os antecedentes, muitas vezes escabrosos, de suas novas amigas. Nada de mais simples. Lamiel não tinha certeza alguma de que essas senhoras tivessem errado por se conduzirem assim. Ela estudava, duvidava, não sabia como decidir sobre todas as coisas; a curiosidade continuava sendo sua única e devoradora paixão. A vida que o orgulho do conde d'Aubigné-Nerwinde a fez levar tinha apenas uma vantagem aos seus olhos:

1º) Ela via, pelo que se dizia em sociedade, que essa vida era geralmente invejada;

2º) Aquela forma de viver era agradável fisicamente; os excelentes jantares, as carruagens rápidas e muito suaves, os camarotes bem aquecidos, ricos, estofados com belos tecidos em todo o seu frescor e ornados com almofadas da última moda, tinham um mérito que não era possível negar. A ausência de todas essas coisas brilhantes teria chocado Lamiel, talvez a tivesse deixado infeliz (embora esta não seja minha opinião); mas a presença deles não constituía felicidade suficiente para ela.

O velho problema que a agitava (a aldeia dos Hautemare) ainda vivia com toda a sua energia no fundo do seu coração: "Será que o amor de que falam todos estes jovens existe, de fato, para eles, tanto na sua qualidade de rei dos prazeres, e sou eu insensível a esse sentimento?"

– Pois bem! Senhores – disse um dia o conde aos amigos que admiravam a sua felicidade – não me deixo encantar pelo que os deslumbra; seja isso uma vantagem ou um infortúnio do caráter firme que o céu me deu, não me deixo enganar por essa sra. de Saint-Serve, essa rara beleza que os senhores me estragam com todos seus elogios que fazem. Tenho os meios garantidos de suprimir seu orgulho; tal como me veem, há dois meses, quer dizer, desde a primeira semana após meu retorno a Paris, dormimos em camas separadas.

Essa palavra de vaidade mudou tudo entre os amigos do conde. Esses senhores viam Lamiel embriagar-se com tanta felicidade nos prazeres da sociedade, desfrutando com tanta vivacidade as festas prazerosas, que acreditavam que ela era a mais feliz das mulheres. Fiéis às ideias vulgares e na moda entre eles, que faziam do prazer um dos elementos necessários à felicidade, o contentamento perfeito não poderia se conciliar com *cama separada*. Aqueles senhores encheram-se de esperança, fizeram projetos. Seis semanas depois da imprudente confissão do conde, todos os seus amigos tentaram a sorte junto a Lamiel, e todos foram recusados com modéstia e sem nenhuma pretensão à virtude feminina:

– Um dia, talvez, mas agora, não!

Mas uma noite, ao descer à floresta de Saint-Germain para apanhar o barco a vapor até o porto de Maisons, Lamiel viu os olhos de Caillot úmidos de felicidade e, nesse momento, achava a alegria do grupo um pouco afetada: faziam-se cócegas para dar risada; pareceu-lhe que, após quinze minutos, faltava espírito. Ela se decidiu em um instante.

– Qual de todos esses senhores tem mais espírito, exceto seu amante, é claro? – disse para Caillot.

– É Larduel.

– Quem é o consolador que eu deveria escolher para machucar o máximo possível o conde, cuja presunção é execrável esta noite?

– É o marquês de La Vernaye.

– O quê? Esse homem tão frio?

– Fale um pouco com ele, vai ver se ele é frio consigo, ele a adora; aí, de verdade, é um grande amor, sério, patético e aborrecido.

– O senhor entediou-se bastante esta noite –disse Lamiel, sorrindo e aproximando-se de La Vernaye.

À primeira vista, havia algo de frio e contido nele que lembrou a Lamiel o tédio que o duque de Miossens lhe provocava. Ele se dirigiu a ela com elogios tão bonitos e compostos que ela olhou para ver onde estava Larduel; ele se encontrava a mais de cem passos dela, conversando com a srta. Duverny, da Ópera, que tinha querido montar no burro para descer até o barco.

– Que bom para o senhor – disse ela a La Vernaye.

– O que é bom para mim?

– Que eu não esteja disposta a zombar de seus elogios à moda da sra. de Sévigné. Seja, por favor, bem-humorado e simples, console-me da majestade de meu senhor e mestre, o conde de

Aubigné-Nerwinde, se quiser merecer que eu tenha um capricho pelo senhor.

Essa frase fez La Vernaye esquecer toda a sua reserva de elogios de boa companhia; esqueceu sua memória e, achando-se rico com seus próprios recursos, disse o que pensava naquele momento, sem se preocupar muito com a incorreção das frases que lhe poderiam escapar ao improvisar.

Essa primeira infidelidade não deu a Lamiel nem felicidade nem, quase, prazer. Assim que La Vernaye retomava seu sangue-frio, voltava à eloquência à la Sévigné; como dizia Lamiel, ao: *sinto dor no peito*.

– Sabe o que o prejudica muito? – disse ela ao marquês. – Duas coisas:

1º) Já se passaram cerca de cento e vinte anos desde que decidiram imprimir as cartas da sra. de Sévigné;

2º) Sua lavadeira coloca muita goma em seus jabôs, e isso dá rigidez às suas graças. Seja um aluno um pouco mais rebelde.

O marquês ia voltar para vê-la durante a manhã pela terceira vez, retornando a galope do Bois de Boulogne, onde havia deixado o conde, quando ouviu a carruagem de d'Aubigné voltar ao pátio; ela correu escada abaixo.

– Ei, rápido! Ei, rápido! – disse ela ao cocheiro, subindo num só pulo e sem esperar o braço do lacaio, vá embora; não quero estar em casa para um amigo que combinei de encontrar.

– Para onde vai a senhora?

– Para a barreira d'Enfer.[1]

1 Uma das barreiras alfandegárias municipais que ficavam nas portas de entrada de Paris. [N. T.]

# CAPÍTULO XXV
# O ABADE CLÉMENT

DESCENDO A RUE DE BOURGOGNE, no final da ponte Luís XVI, ela viu um jovem coberto de lama. Seu coração bateu com violência. Estava longe de ter um jabô engomado demais – uma gravata preta, reduzida ao estado de cordão, não escondendo uma camisa de tecido pesado e que não era fresca do dia –, era o pobre abade Clément.

Lamiel mandou parar, o lacaio desceu e se fez esperar pelo menos dois segundos, arrumando suas lindas meias brancas bem estiradas.

– Ei! Vamos lá – disse com impaciência Lamiel, que nunca se zangava com as pessoas. Diga a este senhor vestido de preto que uma senhora quer falar com ele, peça-lhe que suba.

O lacaio estava tão bem vestido e o abade Clément tão simples, que este se exauria em cumprimentar o lacaio; o que quer que este lhe dissesse, o abade respondia com estas palavras:

– Mas, senhor, o que há para o seu serviço?

Finalmente, viu Lamiel. E como ela estava vestida! Corou até o branco dos olhos. Enquanto o lacaio repetia pela terceira vez que a senhora queria falar com ele, o pobre abade ainda hesitava em sentar-se. Um carro, que passava em largo trote entre o carro de Lamiel e a calçada, quase o atropelou.

O lacaio pegou-o pelo braço e empurrou-o ao lado de Lamiel, que lhe disse:

– Mas suba, vamos. Tem vergonha de ir ao meu lado por causa da sua condição, pois bem! Vamos para um bairro deserto. Para o Luxemburgo! – ela gritou para o cocheiro. – Como estou feliz em revê-lo! – disse ao abade.

O pobre abade sabia que tinha muitas censuras a Lamiel, mas estava embriagado pelo leve perfume espalhado em suas roupas. Ele não sabia nada sobre elegância, mas, como todos os corações nascidos para as artes, tinha instinto e não se cansava de olhar o traje, simples em aparência, de Lamiel.

E que encanto nos modos dessa jovem camponesa! Que olhares suaves e divinos!

– Suponho que meu vestido lhe dá escrúpulos – disse ela ao abade.

E, quando o carro entrou na rue du Dragon, Lamiel parou em frente a uma loja de moda. Ela comprou um chapéu bem simples; descendo na Porte du Luxembourg, em direção à rue de l'Odéon, deixou o chapéu na carruagem e disse ao cocheiro que voltasse para casa.

O bom abade Clément, surpreso com o que lhe acontecia, iniciou uma frase educada, mas que anunciava censuras a serem feitas.

– Permita-me, caro e amável protetor, contar-lhe tudo o que me aconteceu desde que madame mandou embora sua pobre leitora. Sim – continuou Lamiel, rindo –, vou lhe confessar; promete-me o segredo da confissão? Dizer nada para a duquesa, nada para o duque?

– Mas sem dúvida, disse o abade com um ar bem comportado, mas profundamente perturbado.

–Nesse caso, vou lhe contar tudo.

E, de fato, com exceção da aventura com Jean Berville e do amor que pensava sentir pelo abade naquele tempo, disse-lhe tudo, e como, no desejo de fazer compreender claramente os motivos de suas ações, acrescentava todos os detalhes característicos, sua narração durou nada menos que uma hora e meia. O abade teve tempo de se recuperar um pouco. Dirigiu-se a ela com reflexões morais e prudentes; mas logo sentiu que admirava demais suas lindas mãos; sentia, com vergonha, um desejo ardente de pressioná-las entre as suas e até de aproximá-las de seus lábios. Ele queria se separar de Lamiel; dirigiu-lhe um discurso edificante, severo e completo sobre seus erros, terminando-o com estas palavras:

– Eu só poderia ficar junto à senhora e vê-la novamente se manifestasse a firme intenção de mudar de conduta.

Lamiel desejava ardentemente discutir tudo o que lhe havia acontecido com um amigo tão dedicado, em cujo conhecimento ela tinha tanta confiança e a quem podia dizer tudo. Desde que deixara Carville, ela não pudera ser sincera com ninguém. Exagerou um pouco a curiosa inquietação que a agitava e pronunciou a palavra arrependimento.

Depois de ter dito esta palavra, o abade não pôde recusar-lhe caridosamente um segundo encontro; sentiu o perigo, mas também pensava:

"Se alguém no mundo puder ter alguma esperança de trazê-la de volta ao bom caminho, sou eu."

O bom abade fazia um grande sacrifício ao conceder um segundo encontro, porque uma ideia terrível, contra sua vontade, tomou conta do seu coração.

"Com que facilidade esta encantadora jovem se entrega quando sua cabeça está convencida! Ela parece dar pouca importância ao que é um objeto tão grande para todas as mulheres que fazem, por vício ou por avareza, tudo o que ela se permite graças à leviandade de seu caráter singular. Com a abertura de coração e com a afeição que ela me demonstra, só me bastaria dizer uma palavra."

À noite, essa ideia pareceu tão terrível à verdadeira devoção do abade Clément que ele esteve a ponto de partir imediatamente para a Normandia. Não conseguiu fechar o olho durante a noite. Na manhã seguinte, suas agitações redobraram.

"Mas talvez", pensou, "Lamiel esteja prestes a retornar aos sentimentos honestos. Se eu conseguir persuadi-la, as ações seguirão rapidamente a convicção do espírito... Se me afastar, a oportunidade será perdida para sempre, e me censurarei eternamente pela perda de uma alma tão bela e tão nobre, apesar de suas nódoas. Sua cabeça a perdeu, mas seu coração é puro."

No seu tumulto interior, o honesto jovem foi consultar o sr. abade Germar, seu diretor de consciência, que, tocado pela sua virtude, não vacilou; ordenou-lhe que ele ficasse em Paris e empreendesse a conversão de Lamiel.

O encontro foi marcado por Lamiel num pequeno albergue de Villejuif onde, um dia, um mal-estar a obrigou a procurar refúgio; o jeito honesto da dona da casa a tinha impressionado. O abade encontrou-a hospedada num quarto do segundo andar; todo o resto da casa estava ocupado. Ele recuou surpreso ao vê-la; o chapéu comum que ela comprara na véspera, na rue du Dragon, estava coberto por um véu preto muito espesso, e, quando Lamiel o ergueu, o abade viu um rosto estranho. Lamiel, que começava a saber ler nos corações, acreditou ter adivinhado o motivo que, na véspera, fizera o abade hesitar em conceder-lhe uma segunda entrevista, e ela tinha se tornado feia com a ajuda do azevinho verde.

Ela disse, rindo, ao abade:

– O senhor parecia acreditar ontem que a vaidade era a fonte principal de minha má conduta; veja como sou vaidosa.

Ela continuou com um ar mais sério.

– Não pensei que estivesse fazendo nada de errado ao me entregar a jovens pelos quais não tinha gosto algum. Quero saber se o amor é possível para mim. Não sou dona de mim mesma? Quem eu prejudiquei? Que promessa estou quebrando?

Uma vez tendo entrado nos porquês, Lamiel logo fez com que o abade Clément corresse perigos bem diferentes daqueles que temia no dia anterior. Ela era de uma impiedade assustadora. A profunda curiosidade que, na verdade, era a sua única paixão, auxiliada pelo tipo de educação improvisada que procurava dar a si mesma desde os primeiros dias em que viveu em Rouen com o jovem duque, fez com que ela proferisse coisas que pareceram horríveis aos olhos do jovem teólogo, e a muitas delas ele não conseguia responder de maneira satisfatória.

Lamiel, vendo-o embaraçado, ficou longe de aproveitar grosseiramente sua vitória involuntária; imaginou a conduta cruel que o conde teria adotado em seu lugar; teve a alegria de se sentir superior.

– Mas não se diria, meu amigo, ao me ver conversando consigo durante uma hora sobre coisas simplesmente curiosas, que tenho o pior coração do mundo e que esqueci completamente de meus primeiros benfeitores? O que aconteceu com meu excelente tio e minha tia Hautemare? Eles me amaldiçoam?

O abade, muito aliviado com esse regresso às coisas terrenas, explicou-lhe detalhadamente que os Hautemare se comportaram com toda a sabedoria normanda. Adotaram cautelosamente a fábula que Lamiel lhes contara; todos em Carville pensavam que ela estava ocupada em um vilarejo perto de Orléans cortejando uma tia-avó muito idosa e obtendo um lugar para si em seu testamento. Toda a aldeia comentara um vale de cem francos a retirar nos correios que os Hautemare haviam recebido e que o duque teve a ideia de enviar de Orléans como parte de um presente dado a Lamiel por sua velha tia.

– É verdade – disse Lamiel, devaneando –, o duque era perfeitamente bom como a sra. duquesa; só que ele era muito maçante.

Ela soube com grande espanto que o duque havia perdido a cabeça ao acreditar que estava profundamente apaixonado por ela. Ele a procurara por toda a Normandia e Bretanha, enganado pela carta que Lamiel havia datado de.[1]

Agora que o duque resiste à mãe, a paixão que afirma ter lhe confere caráter. Lamiel começou a rir como uma simples camponesa.

– O duque com caráter! – ela exclamou. – Ah! Como eu gostaria de vê-lo!

– Não tente vê-lo –exclamou o abade, entendendo mal o sentimento que animava a jovem. – Gostaria de aumentar as mágoas da *senhora*? Sei pela minha tia que o que ela chama de "desobediência

1 Em branco no manuscrito. [Nota de Casimir Stryienski]

do filho" a deixa em desespero. Ela quer casá-lo mas percebe que, assim que ele se casar, ele lhe escapará.

As perguntas de Lamiel sobre o que estava acontecendo no vilarejo eram intermináveis. Ela já havia avançado o suficiente na vida para encontrar encanto ao retornar às memórias inocentes de sua aldeia. Soube que Sansfin estava em Paris; ele tivera a audácia de se insinuar de permeio na disputa pelo lugar de deputado do distrito do qual[2] fazia parte; essa pretensão foi recebida com tantas gargalhadas que o pequeno corcunda não teve coragem de continuar a viver no vilarejo. Parece que um dia, no mato, cego de raiva, ele mirou com um fuzil o senhor Frontin, o vice-prefeito, que brincou com ele sobre a ideia de se tornar deputado com sua aparência.

As numerosas conversas que Lamiel obteve do abade Clément aceleraram infinitamente os progressos de seu espírito. Ela havia contado ao abade várias coisas muito distantes de suas crenças, e ele não fora capaz de refutá-las de maneira satisfatória, pelo menos na visão de Lamiel; ela concluiu, não por vaidade, mas, antes, por estima pelo caráter e pela boa-fé do abade, que essas ideias eram verdadeiras.

O abade lhe dissera:

– Só se conhece um homem vendo-o todos os dias e por muito tempo.

Lamiel, naquela mesma noite, destituiu o marquês de la Vernaye e lançou olhares encantadores a D....

– Eu o namoro – disse a ele – para zombar abertamente do conde e vê-lo desenvolver seu caráter. Quero fazê-lo saborear a doçura dos chifres, mas não estou enganando o senhor; o papel que eu lhe destino pode ter perigos e o senhor só receberá sua recompensa quando a primeira loucura ciumenta escapar de meu senhor e mestre.

Ela se dirigira a um homem ousado. No dia seguinte houve um jantar no bosque de Verrières, e D... fez coisas malucas e incríveis para demonstrar seu amor por Lamiel. O conde viu tudo, seu

2 Em branco no manuscrito. [Nota de Casimir Stryienski]

caráter sombrio exagerou tudo; foi o excesso de sua raiva que o impediu de se descontrolar.

– Que glória para esta pequena normanda! Que prova de inferioridade da minha parte se eu tivesse um duelo por ela!

D... estava perdidamente apaixonado desde que os olhos de Lamiel demonstraram amor por ele. Foi consultar Montror, que lhe pediu o segredo, depois disse-lhe, irritado com algumas respostas nada corteses de d'Aubigné-Nerwinde:

– Percorra os chapeleiros de Paris. Terminará por encontrar alguém que acaba de se estabelecer; tire uma cópia da circular que é redigida nesses casos, coloque no final o endereço do sr. Boucaud de Nerwinde em Périgueux e envie esta circular ao seu rival.

Montror disse a D... que o pai do conde era chapeleiro.

Para gozar do jeito furibundo do conde, D... mandou lhe entregar a circular no meio de um jantar. O conde ficou extremamente pálido e disse, depois de alguns minutos:

– Estou me sentindo mal, preciso tomar um pouco de ar.

Saiu e não apareceu mais naquela noite.

# CAPÍTULO XXVI
# CONCLUSÃO

*PLANO*

SOB O REINADO DE D'AUBIGNÉ-NERWINDE, ela se tornou libertina para buscar o prazer e se divertir, quando percebeu que o conde sempre representa um papel. Por vaidade que nasce nela, quer vingar-se da profunda indiferença do conde.

Sabendo que ele vai a um jantar no Tour de Nesles, onde está toda a boa companhia da Ópera, aquelas moças etc., e que depois de as ter acompanhado a suas casas, vão ao b......l, ela leva uma máscara de veludo preto como usavam no século XVII e vai se misturar com as mulheres fáceis. Chega o conde (espalharam colchões no chão), aqueles senhores estão sentados, jogam conversa fora; d'Aubigné começa a falar dela, ela se desmascara; o conde, de aparência tão audaciosa, tão orgulhoso de sua superioridade em tudo, *fica estupefato*.

Há aqui uma lacuna na narração.[1] Pelo plano que se segue, vemos que Lamiel, sem dúvida enojada com a sociedade dos d'Aubigné-Nerwinde, e talvez movida pela *curiosidade*, quis conhecer os heróis ladrões e assassinos cujas histórias cativaram-na outrora em Carville. (CS)

---

## *PLANO* (SEQUÊNCIA)

Valbayre reabre a porta um momento depois que o amante de Lamiel acaba de sair; ela se esconde para pregar uma peça e ver o que ele veio fazer; vê Valbayre, que dá uma olhada e imediatamente começa a abrir uma secretária. Lamiel se apresenta a ele, ele pula sobre ela com uma faca aberta na mão, e a agarra pelos cabelos para enfiá-la em seu peito; no esforço feito, o lenço de Lamiel sai do lugar, ele vê o seio dela.

– Convenhamos, é pena – ele exclama.

Ele beija seu seio e depois solta seus cabelos.

– Denuncie-me e mande me prender, se quiser – diz ele.

Ele a seduz assim. Isso é ter caráter! Ela não diz isso para si mesma, ela vê e sofre as consequências.

– Quem é a senhora?

– Estou travando uma guerra contra a sociedade que está travando uma guerra contra mim. Leio Corneille e Molière. Tenho educação demais para trabalhar com as mãos e ganho três francos por dez horas de trabalho.

Embora perseguido por todas as polícias, e com encarniçamento pessoal por causa das zombarias que lhes dirige, Valbayre orgulhosamente a conduz ao teatro; essa audácia a deixa louca de amor.

---

1 Ver Apêndice II, Personagem de Lamiel, p.209. [Nota de Casimir Stryienski]

"Será então possível que este amor tão alardeado seja tão insignificante para mim?", pensa Lamiel.

Finalmente, ela conhece *o amor*. Foge, mora com Valbayre e o ajuda em um crime.

Valbayre vai para a prisão, ela fica em perigo. A boa sra. Le Grand a esconde em uma pensão para moças, onde passa a trabalhar como assistente; encontra ali Sansfin como médico auxiliar. Ele quer obter vantagem junto ao duque de Miossens, que pensa em Lamiel, porque está irritado com seu desaparecimento (mas é incapaz de amor e paixão). Sansfin diz a ele que acredita ter informações para reencontrar Lamiel, que custariam cinquenta luíses; ele extrai cem do duque. O duque a revê, ela se entediava na pensão, aceita voltar a morar com ele, mas ainda está perdidamente enamorada de Valbayre. As graças adquiridas e a boa educação do duque lutam contra a energia e o gênio inventor de Valbayre. Horrível miséria deste contrasta com a imensa fortuna do duque. Nessa época, Lamiel tem conhecimento suficiente da sociedade para julgar muitas coisas da vida, auxiliada sobretudo pela amizade fiel da sra. Le Grand. Lamiel fica sombria, o duque acha que ela tem um tom muito melhor.

Fala-se muito em casar o duque; grandes indecisões deste (Martial).[2] Ele demora a se decidir sobre a assinatura do contrato.

Sansfin diz a Lamiel:

– A senhorita é uma boba, o duque está tão indeciso que a senhorita poderia ter evitado esse casamento e se casado com ele.

– Eu, ser infiel a Valbayre! – exclama ela.

Lamiel tem a fantasia de ver a duquesa de Miossens no seu castelo; profundo tédio daquela casa que agrada Lamiel, pois está melancólica.

A duquesa vai tão desagasalhada ao baile, por espírito de contradição com a marquesa, que contrai uma doença nos pulmões.

– É uma pessoa condenada, diz-lhe Sansfin; se você for prudente e seguir meu conselho ao pé da letra, poderá sucedê-la.

2 Martial Daru, ver nota à p.137. [Nota de Casimir Stryienski]

Não há dúvida a respeito do consentimento do duque; Lamiel tornou-se necessária para ele. Lamiel poderia ter muito dinheiro e ser útil a Valbayre.

Sansfin consegue o reconhecimento paternal de Lamiel por um velho libertino da escola de Laclos, sem princípios e sem um centavo, o sr. marquês d'Orpierre, nascido na alta Provença, perto de Forcalquier.

Valbayre comparece perante o Tribunal de Justiça; poderia ser condenado à morte; é apenas condenado perpetuamente às galeras.

Por meio de um galé libertado, Valbayre ordena que Lamiel ajude um bando de ladrões, seus amigos, a roubar o duque. Esperam cinquenta mil francos desse golpe. Horríveis combates. Lamiel resiste.

A duquesa morre; Sansfin casa o duque com Lamiel e recebe uma grande soma em dinheiro.

O duque e a duquesa vão para Forcalquier. O marquês d'Orpierre reconheceu uma filha natural desconhecida de todos os seus amigos. O duque e a duquesa vão a Toulon, ela vê Valbayre acorrentado. Três dias depois, a duquesa abandona o marido, levando tudo o que ele lhe dera.

Valbayre paga muito caro os papéis de um fidalgo alemão (ele é de Estrasburgo e fala alemão), volta a Paris, assassina ao acaso (como Lacenaire), é condenado.

Lamiel incendeia o palácio de justiça para vingar Valbayre; encontram ossos meio calcinados nos escombros do fogo – são os de Lamiel.

# APÊNDICES

# APÊNDICE I
# PRIMEIRO CAPÍTULO DE LAMIEL

OS MANUSCRITOS DE BEYLE SÃO QUASE ILEGÍVEIS: sentimos que a pena corre sobre o papel quase tão rapidamente quanto o pensamento; seu talento de *improvisador* é indiscutível, por isso escrevia com muita facilidade, com indisfarçável prazer.[1] Não lhe custava nada refazer um trabalho várias vezes. Para *Lamiel*, ele recomeçou seu início três vezes antes de parar no capítulo que aparece no início do romance.

Veremos que Beyle, alternadamente, pensou em trazer ao primeiro plano vários personagens de *Lamiel*; hesitou muito e finalmente decidiu apresentar-nos, em primeiro lugar, a Carville, no castelo da duquesa de Miossens, para nos revelar o ambiente em que iria despertar o espírito da sua heroína.

1 Ver *Journal de Stendhal*, prefácio. [Nota de Casimir Stryienski]

## PRIMEIRO CAPÍTULO

### A

Na época em que esta história começa, ou seja, no final de 183., numa pequena aldeia da Normandia que, para não desagradar ninguém, chamaremos de Carville, vivia Lamiel; era sem dúvida a jovem mais alerta e gentil de todo o Cotentin. Um formato de rosto singular, uma boca fresca e sorridente, um corpo bonito, olhos azuis de vivacidade média e impossível de esquecer punham os seus dezessete anos em grande honra entre os jovens de Carville e das aldeias vizinhas, mas, por outro lado, todas as jovens tinham um ódio particular por ela.

Uma vez, muito antes de se falar de Lamiel na aldeia, havia uma missão em Carville. Era então plena Restauração, milagres pipocavam por todos os lados e os castelos ao redor de Carville, habitados por pessoas com renda de oitenta mil libras, não acreditavam muito em milagres, mas os protegiam com toda a sua influência.

O último dia da missão [2] etc.

Civita-Vecchia, 1º de outubro de 1833.

### B

O jovem descendente da longa raça de notários cuja narração precede[3] notou, durante a visita do ano seguinte, que o vigário-geral Du Saillard, a quem os gulosos que vinham jantar com a duquesa de Miossens admiravam a profundidade digna de Tácito, tornou-se profundamente ciumento de Sansfin. É preciso entender essa palavra no sentido mais honesto e tal que possa convir à pessoa mais virtuosa...

2 Veja a sequência, p.34. [Nota de Casimir Stryienski]

3 É a narração que compõe os dois primeiros capítulos do romance definitivo. [Nota de Casimir Stryienski]

Saída e a imprudência de Sansfin na frente dos amigos da duquesa.[4]

Civita-Vecchia, 9 de março 1841.

C

Nos últimos anos do reinado de Carlos X, quer dizer, em 1828 ou 1829, o doutor Sansfin era um pobre diabo de médico normando que possuía, por toda fortuna, um cavalo ruim para fazer seu serviço, dois cães e uma espingarda, porque pretendia ser grande caçador. Para piorar a situação, ele era corcunda e muito envergonhado de sua corcunda porque, além de o céu lhe ter dado vaidade por dez Champenois, ele se considerava destinado a ser um homem de boa sorte no amor. Sansfin exercia todas as suas pretensões numa cidade da Normandia muito perto de Avranches, que chamaremos de Carville para que possamos falar mal dela com toda a tranquilidade e sem nos expor às reclamações patéticas de alguns burgueses que viriam nos dizer a respeito da honra de seu pai, tudo na esperança de ver seu nome impresso em algum jornal. Essa aldeia de Carville era coroada por um belo castelo meio gótico construído pelos ingleses. Dali se tinha uma vista para o mar situado a uma légua, e, do lado da terra, uma sequência de colinas cobertas de árvores. Nesse castelo, passava dez meses por ano uma grande dama de Paris, a sra. duquesa de Miossens; ela não tinha muito mais do que trinta anos; seus traços ostentavam nobreza, ela poderia até passar por bonita. Sua fortuna era muito considerável, da qual, além disso, era senhora absoluta. Essa duquesa estava empenhada sobretudo em desempenhar um papel adequado na alta sociedade, e cumpria, portanto, todos os seus deveres escrupulosamente; mas posso acrescentar um fato muito singular: nunca, por um só momento na vida, abandonou o bom comportamento. Poderia ser recriminada por seu orgulho, mas é preciso admitir que qualquer um, por menos, também o

4 Este episódio não figura no romance. [Nota de Casimir Stryienski]

seria. Para puni-la por seu orgulho, salientarei que não era amada pela nobreza circundante. É preciso notar que, nessa parte da Normandia, a cada três léguas encontra-se um castelo com trinta mil libras de renda.

(Seguem detalhes sobre o marido da duquesa, os Hautemare, Lamiel.)[5]

Civita-Vecchia, 17 de março de 1841.

## D
## (Capítulo definitivo)

Que injustiça para com as paisagens da Normandia etc.

Chego na casa da duquesa, eu, sobrinho-neto dos notários da família etc. Aí, feita a exposição, digo: não falarei mais de mim ou abandono o eu. Tudo o que se segue é apenas a narração de um simples narrador comum.

Introdução original e que cobriria os pequenos detalhes. É por esse artifício que WS [Walter Scott] não assusta os homens comuns.

Capítulo II – A cambalhota de Sansfin na frente das lavadeiras, e avante![6]

---

5 Este primeiro capítulo consiste em seis folhas; a partir da quarta página, Beyle não escreve mais, lançando notas absolutamente indecifráveis no papel. [Nota de Casimir Stryienski]

6 Esta nota resumida indica claramente a escolha que Beyle fez entre seus vários primeiros capítulos. [Nota de Casimir Stryienski]

# APÊNDICE II
# O CARÁTER DE LAMIEL[1]

REUNIMOS, NOS APÊNDICES II, III, IV e V, diversas notas e fragmentos relativos aos caráteres dos principais personagens de *Lamiel*.

O profundo nojo pela pusilanimidade constitui o caráter de Amiel.[2]

Amiel, alta, bem-feita, um pouco magra e com belas cores, muito bonita, bem vestida como uma rica burguesa do campo, andava rápido demais pelas ruas, saltava os fios d'água, pulava nas calçadas. O segredo de tantas inconveniências era que ela focava muito no lugar para onde ia e aonde tinha vontade de chegar, e pouco nas pessoas que podiam observá-la. Consagrava tanta paixão à compra de uma cômoda de nogueira para guardar seus vestidos protegidos da poeira em seu quartinho quanto a algo que poderia influenciar toda a sua vida, tanta paixão, e talvez mais. Porque era sempre por fantasia, por capricho, e jamais pela razão, que prestava atenção às coisas e lhes atribuía valor.

1 Este fragmento é tanto mais interessante porque constitui uma espécie de elo entre o romance que ficou inacabado e o plano final. [Nota de Casimir Stryienski]

2 Ver nosso prefácio, p.15, nota 1. [Nota de Casimir Stryienski]

Sua vida desordenada se passava a caminhar rapidamente em direção a um objetivo que ela ansiava alcançar ou deliciando-se numa orgia. Mesmo nisso empregava sua imaginação ardente para levar a orgia a excessos incríveis e sempre perigosos, pois, para ela, onde não havia perigo, não havia prazer, e foi isso que a preservou no decorrer de sua vida, não das sociedades criminosas, mas das sociedades abjetas: ela assustava as almas privadas de coragem.

De resto, sua ousadia na orgia tinha dois traços diferentes: se o grupo tinha pouco dinheiro, era preciso fazer com esse pouco dinheiro tudo o que fosse humanamente possível, tudo o que seria engraçado contar oito dias depois, e notarão que pequenas fraudes cometidas aqui e ali contra os otários, que a má estrela deles lançava nas proximidades da orgia, não estragavam a narração; pelo contrário, embelezavam-na; se o grupo tivesse muito dinheiro, era então a hora de fazer coisas verdadeiramente memoráveis e dignas, nas eras futuras, de figurar na história de algum novo Mandrin.

Como se vê, *divertir-se* era algo estranho à personalidade de Amiel, que era apaixonada demais para isso; passar o tempo de maneira suave e agradável era quase impossível para esse caráter; ela só conseguia se divertir no sentido vulgar da palavra quando estava doente.

Por uma consequência natural e bizarra da admiração que ela teve pelo sr. Mandrin, parecia-lhe mesquinho e ridículo divertir as pessoas com seu espírito. Ela teria podido, assim, brilhar tanto quanto muitas outras, mas esse tipo de sucesso lhe parecia feito apenas para seres fracos; segundo ela, uma alma de algum valor deveria agir, e não falar.

Se ela empregava seu espírito, era muito raramente e apenas para zombar, e até com alguma dureza, daquilo que era estabelecido no mundo como virtude; ela se lembrava de todos os sermões que a entediavam outrora, na casa dos Hautemare. Um camponês normando é virtuoso, dizia ela, porque comparece às rezas, e não porque não rouba as maçãs do vizinho.

O pai e a mãe de Amiel morreram há muito tempo; seu tio Hautemare, o bedel, decide que ela irá à região em busca dessa herança, mas como, desde a repressão aos Chouans e o assassinato de Charrette, ele tem um medo horrível do governo, manda fazer um passaporte bem oficial para L'Amiel (*sic*).

Amiel tem dois, três, quatro amantes sucessivos; passar em revista os principais caracteres dos personagens dos jovens da época. Interesse como nos contos; todo amor dura três meses, depois arrependimento durante seis meses, depois outro amor.

⁂

O objetivo de Sansfin é vincular L'Amiel ao duque, ser tão fraco quanto adorável, e mais tarde induzir este último a se casar com L'Amiel, pelo menos com a mão esquerda.[3]

Amiel, perfeitamente indiferente à riqueza, ri dos projetos de Sansfin e talvez tivesse permitido que eles se concretizassem, mas ela vê Pintard,[4] o valor enérgico, o homem que mata. L'Amiel age assim por amor verdadeiro ou simplesmente por efeito de um capricho violento despertado pela verdadeira energia que descobre em Pintard. O que lhe agrada nesse homem muito feio é que ele não desaparece nos momentos de descanso, certa como está que ele estará presente no momento da ação; esta particularidade é um dos traços mais marcantes do caráter de L'Amiel.

Sansfin pensa: L'Amiel, uma vez casada com o duque, oferece-me um centro de ação, um salão que pode ser reconhecido, até mesmo um salão nobre. Com meu espírito, é isso que me falta. Tal como Arquimedes, uma vez que tenha esse ponto de apoio, posso levantar o mundo; em poucos anos posso me tornar um grande homem como o sr. V. Hugo, conhecido do grande comerciante de Nantes. Sinto que tenho o gênio de agitar esse povo francês; uma

3 Casamento que um aristocrata contrai com uma mulher de classe baixa e que não conferia direitos de nobreza nem à esposa, nem aos descendentes. [N. T.]

4 No romance, vemos apenas Valbayre. [Nota de Casimir Stryienski]

vez investido de grandes dignidades, com a vaidade, satisfeita por ter relações comigo, já não repararão na minha corcunda.

## RETRATO DE LAMIEL

Ela é um pouco alta e magra demais; vi-a da Bastilha à Porte Saint-Denis e no barco a vapor de Honfleur ao Havre; sua cabeça é a perfeição da beleza normanda: testa soberba e elevada, cabelos de um loiro acinzentado, um narizinho admirável e perfeito, olhos azuis não bastante grandes, queixo magro, mas um pouco longo demais; a figura forma um oval perfeito, e só se pode criticar ali a boca que, com os cantos voltados para baixo, tem um pouco o formato da boca de um bagre.[5]

---

5 Cf. p.93. [Nota de Casimir Stryienski]

# APÊNDICE III

# NOTAS SOBRE O CARÁTER DO DOUTOR SANSFIN

*CARÁTER DE SANSFIN.* – S... era um desses corcundas de espírito, espantosos por causa de suas incríveis idiotices. Ele captava na hora o acontecimento presente, mas era incapaz de refletir sobre algo grande de maneira contínua. – De outro modo, o riso acaba.[1]

⁂

Sansfin chega aos poucos à ideia de seduzir a duquesa; durante esse período, Lamiel se forma, depois doença de Lamiel; o doutor quer tomar essa virgindade.

– Eu, desfavorecido pela natureza – exclama – que triunfo!

⁂

Dominique[2] terá espírito suficiente para degradar Sansfin adequadamente?

1 Vimos que Beyle queria escrever, desta vez, um romance engraçado. [Nota de Casimir Stryienski]

2 Ver Prefácio, p.19. [Nota de Casimir Stryienski]

Como Dq. só tem a bravura e a *virtude* (ser útil por sua conta e risco)[3] ..................... assim deixarei a Sansfin apenas o talento do sr. Prévôt.[4]

Como a comédia depende da menor nuance de estilo, fazer um plano seria supérfluo; é preciso fazer isso, pedacinho por pedacinho; a todo momento, Dominique pode entregar-se ao talento de pintar (mesmo com elegância, admito) sentimentos ou paisagens; mas fazer isso é enganar-se a si próprio, ser tão estúpido quanto um alemão; o *riso* não nasceu.

Sansfin tem o talento de Prévôt como única vantagem; o horror de ter que se virar o leva a agir.

Ele começa com a queda diante das lavadeiras, depois seu temperamento de sátiro, seu temperamento furioso o leva a tentar conseguir Lamiel.

Ele corrompe Lamiel, que é enganada por um escudo (estou furioso porque, desde que esta ideia foi escrita, *Léo*,[5] do sr. de La Touche, me roubou essa ideia; não é minha culpa, talvez reste para mim o colorido *normando* do esperto camponês que ganha este escudo; de *Léo*, só vi o trecho maldoso do sr. de Balzac).

A vaidade, única paixão de Sansfin, vaidade irritadiça e irritada, leva-o a mostrar a Lamiel que ele pode seduzir a duquesa (modelo: la piccola Maja).

Sansfin faz Lamiel espionar, a duquesa o cobre de ultrajes.

Não é arranjar esses ultrajes que me atrapalha, é saber se eles produzem um efeito suficientemente cômico.

Sansfin deve ser pego em tudo o que faz e nunca desanimar. (Modelos: Pote de Vinho Branco e Princesa Altima Az.) Ele se torna o senador conde Malin.

Modelo *for me* (para mim), senhor Cl. de Riz, que disse da sra. N...[6].

---

3 Em branco no manuscrito. [Nota de Casimir Stryienski]

4 Médico de Genebra, amigo de Beyle. [Nota de Casimir Stryienski]

5 *Léo*, romance de H. de La Touche, editor de Chénier, 1810. [Nota de Casimir Stryienski]

6 A frase permaneceu em branco. [Nota de Casimir Stryienski]

⁂

Sansfin é cirurgião em Langanerie; espírito muito vivo, mas sem profundidade alguma, não adivinha nada pela imaginação, mas sente com finura e analisa tudo o que existe e tudo o que sente como um homem deitado numa cama ruim de albergue sente nela todos os caroços.

1º) O ódio de Sansfin faz com que sua vaidade sofra.

2º) A vaidade faz o ódio sofrer.

# APÊNDICE IV

# RETRATO DE FÉDOR DE MIOSSENS

O DUQUE DE MIOSSENS, encantador em todos os sentidos, mas sem caráter, primeiro ataca L'Amiel como uma jovem fácil.

É um jovem alto, bem magro e que tem os mais nobres movimentos, um pouco lentos.

Tem o pescoço longo, cabeça pequena, testa muito nobre, narizinho pontudo, muito espirituoso, boca bem desenhada, mas impassível, lábios bastante estreitos, queixo um pouco grande demais. Seus cabelos são do mais lindo loiro, mas seu bigodinho é amarelo, assim como suas costeletas, que usa pouco extensas e pouco cheias. Em suma, é uma cabeça perfeitamente nobre e bela, num salão do Faubourg Saint-Germain; toda a sua pessoa é de grande distinção. Ele é alto e um pouco magro demais. Sua maneira de se vestir tem um ar muito simples; só ao ver o ar comum dos jovens que o rodeiam é que se percebe que ele é inimitável. Fala livremente de seus cães, que adora, e de seus cavalos; mas nisso não é afetado de forma alguma; simplesmente, ele fala daquilo que gosta.

Entedia-se assim que fica sozinho, mas o que torna sua vida bastante difícil é que não suporta a conversa das pessoas comuns; também tem horror da conversa que consegue prever com antecedência.

# APÊNDICE V

# PERSONAGEM DA DUQUESA DE MIOSSENS

APESAR DOS SEUS QUARENTA E CINCO ANOS, a duquesa de Miossens tinha o mais nobre aspecto; ela se parecia completamente com aquele retrato da sra. du Deffand que os editores colocam no cabeçalho da correspondência de Horace Walpole; passara a vida esperando a morte de um sogro de oitenta anos para mudar seu título de marquesa pelo de duquesa. Simples marquesa, mas muito nobre na verdade, e filha de um Cordão Azul, exigia da sociedade do Faubourg Saint-Germain, tal como era por volta de 1820, a consideração que, naquele mundo, era então concedida a uma duquesa.

Como não tinha uma beleza superior a todas as belezas, nem uma fortuna como a de Rothschild, nem um espírito como o de Staël, o Faubourg de 1820 não queria lhe conceder as considerações *pagas* a uma duquesa.

# APÊNDICE VI
# O CARTEIRO

EIS UM EPISÓDIO QUE FICOU INACABADO; o carteiro em questão é uma espécie de *duplo* de Jean Berville, o herói do capítulo intitulado: *O amor na floresta*.

Em Carville vivia um rapazinho de dezoito anos, cuja fisionomia duplamente normanda, tão atento era aos seus interesses, levara-lhe a escolher ser o carteiro da aldeia. Ia todas as noites, às nove horas, recolher cartas endereçadas à população do local, à cidade vizinha, a uma légua de distância, onde as deixava o correio de Paris. Antes da meia-noite já estavam todos distribuídos, nunca houve erro; mas, com os meio-tostões que o carteiro se fazia pagar, enganando os camponeses normandos, conseguira se vestir como um cavalheiro. Era muito bem visto pelas jovens do país. Era citado em todos os cantos por sua discrição à toda prova. Por muito tempo, nunca se soubera que tal moça recebesse cartas pelo correio; era um meio muito cômodo de manter correspondência entre dois jovens de Carville. O carteiro levava as cartas no correio da cidade vizinha e as trazia de volta a Carville, no seu giro do dia seguinte. Certa vez, porém, ele talvez tenha sido suspeito de falhar em sua discrição, virtude que lhe era tão necessária; aconteceu que o doutor Sansfin e ele cortejavam a filha do padeiro, uma das mais lindas e ricas do local. Correu o boato de que o médico, montado em seu bom cavalo cego, ao encontrar o carteiro, lhe dera algumas chicotadas. Logo se soube que a bela padeira, apesar das quatro mil libras de renda que a opinião pública atribuía a seu pai, se decidira em favor do médico corcunda que, na verdade, tinha-se feito preceder pelo dom de seis napoleões de ouro.

Foi esse carteiro, muito bem vestido e conhecido tanto por sua extrema discrição quanto por sua paixão ainda maior pelo dinheiro, que Lamiel escolhera quando sua curiosidade queria formar uma ideia clara daquilo que as jovens do local chamavam o amor.

Ela contou a seu amigo Sansfin a extrema arrogância, quase chegando ao tom de insulto, que presidira as negociações travadas sobre este assunto com o carteiro. Ela lhe dera um belo napoleão de ouro com a condição de que ele nunca pronunciaria o nome dela; que, sob nenhum pretexto, ele jamais lhe dirigiria a palavra. Em compensação, se ela ficasse perfeitamente contente com a perfeita indiferença até mesmo em seu olhar, deixaria cair aos seus pés, no dia 1º de janeiro de cada ano, a quantia de cinco francos.

Como conseguir pintar a raiva profunda que agitava Sansfin enquanto Lamiel lhe dava todos esses detalhes com uma frieza perfeita e como que buscando elogios pelas precauções inventadas por sua prudência? Era ele, portanto, um ser tão inconsequente, tão estranho a qualquer ideia de amor e até de sensualidade que alguém podia sem vergonha gabar-se de tais detalhes diante dele!

O médico fez uma cena furibunda a Lamiel, mas que, entretanto, teve o bom senso de abreviar. Ao sair do quarto de Lamiel, o acaso quis que ele encontrasse no corredor interior, levando ao salão onde a duquesa recebia naquele momento a visita de várias senhoras das vizinhanças, o carteiro fatal, que acabara de ser o herói das confidências cruéis de Lamiel. Esperando entregar à duquesa e em mãos próprias e, talvez, mais ainda, diante daquelas damas, o carteiro consagrara uma hora a uma higiene que excedia a limpeza mais perfeita em muitos cuidados. Se conseguisse disfarçar a aspereza duplamente normanda de seu olhar de raposa, poderia se fazer passar por um jovem de dezoito anos pertencente à sociedade parisiense.

– O que está fazendo nesse corredor que é destinado apenas às camareiras da sra. duquesa e onde os próprios criados nunca ousam aparecer?

– Não tenho conselho a receber do senhor, essas coisas não dizem respeito a um corcunda feio.

Após a resposta do médico, que foi ultrajante, o carteiro agarrou a camisa em tecido holandês de Sansfin, esticada com perfeita elegância sobre seu peito, e pôs seu inimigo fora de estado para aparecer diante das damas. Sansfin, que era forte, respondeu com um soco muito bem dado; o carteiro, persistindo em seu plano de ataque, agarrou a camisa do médico com as duas mãos, de maneira a rasgá-la completamente e revelar o colete de flanela que lhe protegia o peito. Depois de pôr seu inimigo nesse estado, o carteiro fez muito barulho, esperando chamar a atenção da duquesa que ele sabia ter um caráter muito medroso e que, talvez, lhe abrisse a porta.

As esperanças do jovem normando foram superadas: a duquesa apareceu à porta do salão, precedida por duas jovens que a acompanhavam, seguida pelo padre, pálido como o linho e pensando ao mesmo tempo nos ataques da Revolução e em sua condição de homem, que o teria obrigado a preceder as duas moças que assumiram os perigos daquela saída.

– Aqui está uma carta, disse o carteiro com o ar o mais tímido, que o sr. doutor queria tirar de mim...[1]

1 O manuscrito termina aí. [Nota de Casimir Stryienski]

# APÊNDICE VII

# PUNHALADA DE UM CORCUNDA

ESTE EPISÓDIO, DATADO DE 15 DE MARÇO DE 1842, é o último fragmento de *Lamiel* que Beyle escreveu; oito dias depois, ele morria em Paris.

Ele sem dúvida pretendia retrabalhar seu romance mais uma vez e desenvolver as relações de sua heroína com o doutor Sansfin; sabe-se que Beyle nunca ficava satisfeito com o que escrevia. – A *cartuxa de Parma* foi, dizem, retranscrita ou ditada mais de dezesseis vezes, e, apesar disso, o autor teria querido publicar uma edição *revista e corrigida*, como atesta um exemplar anotado, agora em posse de um feliz bibliófilo do Dauphiné.

Um dia, esta[1] disse a Sansfin:

– Dei quarenta francos ao jovem estofador Fabien, que me livrou das dúvidas sobre o que chamamos a v.

Fúria e decepção de Sansfin. Ele sai do quartinho de Lamiel. Num corredor que conduzia ao salão onde a duquesa instalava sua corte, rodeada por quatro ou cinco damas das vizinhanças que tinham vindo lhe fazer uma visita pela manhã, Sansfin encontra Fabien, que naquela manhã seria apresentado a essas senhoras. Estava vestido com um extremo cuidado e pareceu a Sansfin ainda

1 Lamiel. [Nota de Casimir Stryienski]

mais cheio de si que de costume. O médico corcunda ficou especialmente chocado com uma camisa admiravelmente passada por uma das criadas que cortejava o jovem Fabien.

Nesse momento, este teve a infeliz ideia de dirigir ao médico um gracejo de bastante mau gosto, cujo objetivo secreto era dar a entender a extraordinária aventura que acabava de mudar sua posição junto à bela Lamiel. Esse gracejo foi muito bem compreendido pelo médico, que sentiu que lhe davam um golpe no coração; de imediato, pegou um punhal que havia colocado no bolso lateral do paletó, para o caso ainda não ocorrido de ser vítima de alguma piada ultrajante sobre sua imperfeição física. Uma reflexão rápida como o relâmpago veio, infelizmente, lembrar ao médico que seu cavalo, manejado convenientemente, podia fazer quatro léguas por hora e rapidamente pô-lo ao abrigo das perseguições do brigadeiro e dos dois gendarmes permanentes em Carville. Mal o gracejo de mau gosto de Fabien havia sido pronunciado, Sansfin lhe respondeu com uma punhalada enfiada bem no meio daquela camisa, tão bem passada e tão vaidosamente exposta. Mas o jovem Fabien tivera o tempo de ter medo, ao ver o brilho da lâmina da faca-punhal, fazendo um ligeiro movimento para o lado que lhe salvou a vida. A jovem camareira havia passado a camisa com tanto luxo de goma que a ponta do punhal lançado contra o peito foi como que impedida; só penetrou deslizando da direita para a esquerda sob a pele acima das costelas, o que não impediu o jovem estofador de pensar que fosse morrer. Quis entrar, gritando, no salão onde estava a duquesa.

– Não é nada, é brincadeira, amanhã não vai aparecer mais.

Mas, enquanto pronunciava estas palavras com bastante presença de espírito, Sansfin segurou o jovem estofador pela sua bela gravata, que amassou impiedosamente; o jovem Fabien percebeu esse infortúnio.

"Que papel vou fazer diante dessas belas damas que nunca me viram!", pensou, "vou parecer imundo". Essa ideia o deixou furioso, e ele levantou a voz: – O senhor me causou uma incapacidade de trabalho por mais de quarenta dias e meu pai, que tem boas proteções em Paris, saberá como fazê-lo pagar caro por isso.

Aliás, a sra. duquesa, a quem vou mostrar o sinal da sua violência, não permitirá que assassinem assim seus trabalhadores.

Enquanto lhe eram dirigidas essas palavras, Sansfin refletiu que, se esse rapaz encantador, com sua camisa ensanguentada, aparecesse diante das damas reunidas no salão vizinho, ele estaria perdido na aldeia.

"Prefiro matar completamente esse amante de Lamiel; se a sorte ditar que não seu seja surpreendido por nenhum criado, esconderei o cadáver no armário vizinho, de onde tirarei a chave, e esta noite, ajudado pela própria Lamiel, farei desaparecer o corpo do belo parisiense. Um homem como eu pode se safar de situações bem piores."

Uma ideia muito digna da Normandia apresentou-se ao médico corcunda: "supondo que tudo corresse como desejado, esta negligência poderia custar cem luíses; é melhor fazê-los serem aceitos por este animalzinho que me atrapalhará muito mais morto do que vivo".

– Se quiser me acompanhar fora do castelo e não contar nada a ninguém, eu lhe darei uma pensão de trezentos francos por ano. Você morre de fome com seu pai avarento que não tem nem sessenta anos, ele pode fazer você esperar quinze ou vinte anos pela herança de sua loja, enquanto terá um bem-estar garantido com esta pensão de trezentos francos que vou providenciar imediatamente por um bom contrato passado perante um notário e na presença de quatro testemunhas.

Fabien, indignado com o estado que sentiu ficar sua gravata, fez um grande esforço para escapar. Sansfin torceu a gravata de maneira a sufocá-lo.

– Vou lhe enfiar o punhal no olho, ficará caolho para sempre e, mais ainda, morto; aceite a pensão de trezentos francos. – E torceu ainda mais a gravata.

Fabien, realmente asfixiado, gritou em voz baixa:

– Aceito a pensão.

Sansfin cobriu a boca dele com a mão e conduziu-o rapidamente por uma escada escondida que, em dois minutos, os levou para fora do castelo.

# APÊNDICE VIII

# CRÍTICA DE *LAMIEL* POR BEYLE

ESTA *CRÍTICA* É UMA ESPÉCIE DE RESUMO fundamentado da primeira parte do romance; foi quando Beyle retomara seu trabalho, em março de 1842, que escreveu estas poucas linhas.

Há quatro coisas que valem no manuscrito de Lamiel:

1º) O começo e algumas frases sobre as paisagens da Normandia, além da descrição de Carville.

2º) Os primeiros traços do caráter ridículo do corcunda Sansfin; sua louca vaidade que tem a seu serviço um espírito infinito; mas, em troca, a menor decepção perfura seu coração; ele só pode se consolar quando uma nova ação vem colocar suas lembranças entre a tristeza da derrota e o momento presente. Desce a cavalo pelo caminho em ziguezague que leva ao tronco oco de nogueira que serve de tanque às lavadeiras. Os gracejos delas, gritados em voz alta, trespassam o coração de Sansfin e começam a desenhar seu caráter ridículo na mente do leitor.

3º) A doença de Lamiel o introduz no castelo de Carville; de início, ele fica bastante intimidado diante da alta nobreza que o frequenta e que tratava esse médico grotesco com toda a altivez de um fidalgote normando. Estimulada por esses sinais de desprezo, a vaidade de Sansfin luta em todas as direções e finalmente consegue ocupar o lugar de remédio para o tédio que provoca o suplício da duquesa. Esse lugar permanecera vago desde a doença de Lamiel. Após essa primeira vitória, a vaidade de Sansfin ganha asas; sonha, ao mesmo tempo, em tirar a v. de Lamiel e se casar com a duquesa.

4º) Sansfin é exaltado por essas ideias ousadas, a vida começa para ele; consegue esquecer o estado de humilhação profunda e de timidez que a sua imaginação admirável até então tirara de sua pobreza e de sua imperfeição física.

O espírito de Lamiel, iluminado pelas reflexões profundas e, no entanto, perfeitamente claras, que Sansfin consagrava à sua educação, fê-lo realizar imensos progressos. Sansfin dizia-lhe a verdade sobre todas as coisas.

– Só através da força do espírito, se a natureza lhe deu a semente, é que esta jovem poderá um dia perceber que, apesar da minha imperfeição física, valho mais do que a maioria dos homens.

Essa educação, dada com paixão e por um homem que falava a verdade sobre todas as coisas e servindo-se dos termos mais claros, foi ajudada pelos dezessete anos de Lamiel...

# APÊNDICE IX
# CRONOLOGIA E PERSONAGENS

A FIM DE OFERECER POR COMPLETO o *dossiê de Lamiel*, acrescentamos estes dois fragmentos aos nossos apêndices; veremos que Beyle, talvez primeiro, imaginou criar uma espécie de *biografia* de seus personagens.

## CRONOLOGIA

A cena das bombinhas se passa em 1817; naquele dia, Lamiel, nascida em 1813, tem quatro anos; Fédor, nascido em 1809, tem oito anos.

Quando Fédor ama Lamiel, tem no máximo dezenove anos, Lamiel, quinze, portanto 1828.

⁂

A sra. de Miossens, nascida em 1778, dá à luz Fédor em Londres, em 1810. Retorna a Paris em 1814. Lamiel, nascida em 1814, era quatro anos mais nova que Fédor, e tinha quatro anos quando o sr. e a sra. Hautemare, sob o nome de sr. e sra. Prévost, a escolheram no orfanato de Rouen.

O doutor Sansfin, nascido em 1790, tem vinte e oito anos na época da missão de 1818, quando escreve três iniciais nas cinzas da lareira do salão da sra. de Miossens.

6 de março de 1841.

Uma aldeia da Normandia[1]

PERSONAGENS

LAMIEL, 17 anos
HAUTEMARE, mestre-escola, e sua esposa
A duquesa DE MIOSSENS, 48 anos
SANSFIN (Dr.), médico corcunda, 30 anos
FÉDOR DE MIOSSENS, 18 anos, filho da duquesa
O abade CLÉMENT, 27 anos
DU SAILLARD, pároco, 49 anos
OS MISSIONÁRIOS
Senhora LE GRAND, proprietária do hotel de..., rue de Rivoli
Conde DE NERWINDE ou NERWIN[2]
Senhorita ANSELME, camareira

Personagens

Lamiel.

Sansfin, horrivelmente corcunda, belos olhos; deixar bem claro que não tem profundidade alguma; muita inteligência espontânea e vaidade incrível que o levam a fazer loucuras.

Pierre Valbayre, ladrão, louro bonito, amor-paixão por Lamiel; de resto, sem energia para crimes graves.

---

1 Este era o título original de *Lamiel*. [Nota de Casimir Stryienski]

2 O conde d'Aubigné-Nerwinde. Beyle nos conta, em nota, que o caráter desse personagem ilustra essa máxima: "A menor diferença social gera uma quantidade considerável de afetação". [Nota de Casimir Stryienski]

Marc Pintard,[3] ladrão e assassino, homem enérgico, horrivelmente marcado pela varíola, muito feio, cabelos pretos e crespos, mas homem ousado.

O duque de Miossens, filho único da duquesa, rapaz encantador, perfeito, tem todas as qualidades, de espírito meigo, delicioso, admirável; mas, de resto, absolutamente desprovido de caráter (modelo Belisle).[4]

3 Este personagem não aparece no romance. [Nota de Casimir Stryienski]

4 Belisle é conhecido dos leitores do *Journal*. Em outro lugar, Beyle diz que o "modelo" do duque de Miossens é Martial Daru. Ver p. 137. [Nota de Casimir Stryienski]

# APÊNDICE X
# MAPA DE CARVILLE

AQUI ESTÁ AQUELE QUE TALVEZ seja o documento gráfico mais curioso que se possa oferecer aos Stendhalianos; terão um espécime desta "elegante e ilegível caligrafia" (segundo as expressões de Victor Jacquemont) e este mapa imaginário que prova com que escrúpulo o autor de *Lamiel* buscava a realidade.

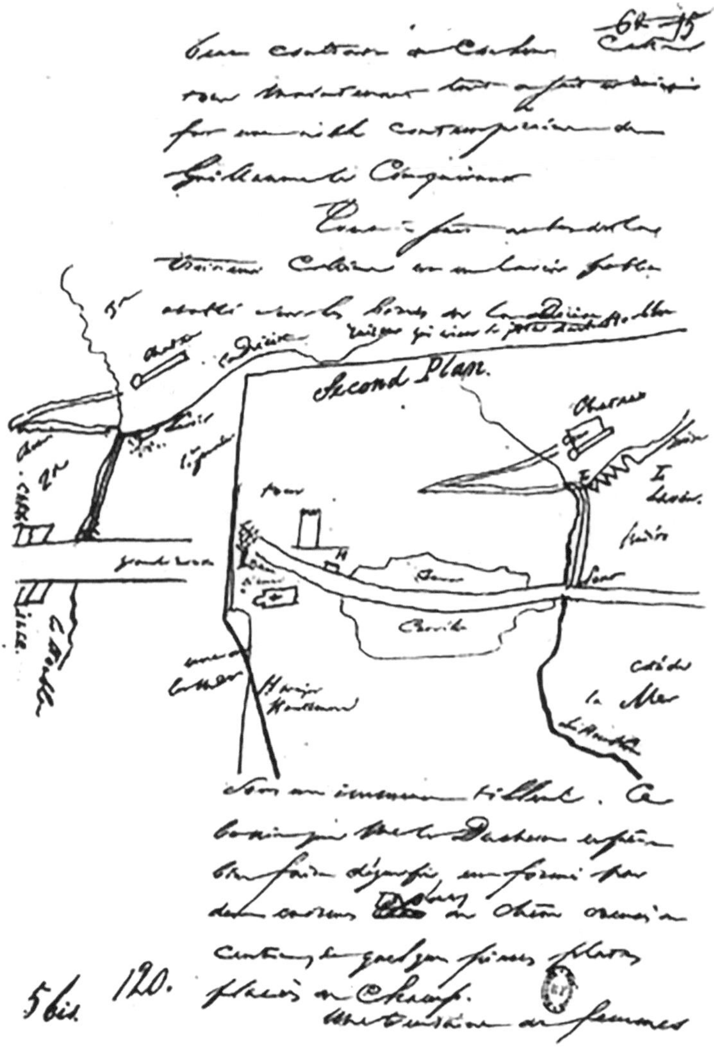
Second Plan.
5 bis.
120.

## SOBRE O LIVRO

FORMATO
13,5 x 20 cm

MANCHA
23,8 x 39,8 paicas

TIPOLOGIA
Arnhem 10/13,5

PAPEL
Off-white Bold 80 g/m² (miolo)
Cartão Triplex 250 g/m² (capa)

1ª EDIÇÃO EDITORA UNESP: 2025

## EQUIPE DE REALIZAÇÃO

EDIÇÃO DE TEXTO
Marcelo Porto (Copidesque)
Pedro Magalhães Gomes (Revisão)

PROJETO GRÁFICO E CAPA
Marcos Keith Takahashi (Quadratim)

IMAGEM DE CAPA
Gravura de autor desconhecido
a partir de retrato de Sophia Chew Phillips, [1856?]

EDITORAÇÃO ELETRÔNICA
Arte Final

ASSISTENTE DE PRODUÇÃO
Erick Abreu

ASSISTÊNCIA EDITORIAL
Alberto Bononi
Gabriel Joppert

## Coleção Clássicos da Literatura Unesp

***Quincas Borba*** | Machado de Assis

***Histórias extraordinárias*** | Edgar Allan Poe

***A relíquia*** | Eça de Queirós

***Contos*** | Guy de Maupassant

***Triste fim de Policarpo Quaresma*** | Lima Barreto

***Eugénie Grandet*** | Honoré de Balzac

***Urupês*** | Monteiro Lobato

***O falecido Mattia Pascal*** | Luigi Pirandello

***Macunaíma*** | Mário de Andrade

***Oliver Twist*** | Charles Dickens

***Memórias de um sargento de milícias*** | Manuel Antônio de Almeida

***Amor de perdição*** | Camilo Castelo Branco

***Iracema*** | José de Alencar

***O Ateneu*** | Raul Pompeia

***O cortiço*** | Aluísio Azevedo

***A velha Nova York*** | Edith Wharton

***O Tartufo * Dom Juan * O doente imaginário*** | Molière

***Contos da era do jazz*** | F. Scott Fitzgerald

***O agente secreto*** | Joseph Conrad

***Os deuses têm sede*** | Anatole France

***Os trabalhadores do mar*** | Victor Hugo

***O vaso de ouro * Princesa Brambilla*** | E. T. A. Hoffmann

***A obra*** | Émile Zola

***Manette Salomon*** | Edmond e Jules de Goncourt

***O urso*** | Antônio de Oliveira

***Israel Potter*** | Herman Melville

***Lamiel*** | Stendhal

**Camacorp Visão Gráfica Ltda**

Rua Amorim, 122 - Vila Santa Catarina
CEP:04382-190 - São Paulo - SP
www.visaografica.com.br